전 세계

어디에 있어도 괜찮아

미국 명문 사립고등학교 학생의
좌충우돌 성장 이야기

전 세계 어디에 있어도 괜찮아

송현준 · 김수진 지음

좋은땅

프롤로그

2021년 8월, 오랜만에 학교에 가서 이어북(Yearbook)과 학교 사이트에 올리는 개인 프로필 사진을 찍었다. 사진 촬영이 있는 날은 컬리지 샌드 오프 데이(College Send-off Day)라고 해서 12학년 선배들이 대학에 가기 전에 학교를 오는 마지막 날이기도 하다. 사진 순서를 기다리는 동안 대학 새내기가 되는 12학년 선배들이 후배들의 옷매무새를 만져 주고 머리 스타일을 점검해 준다. 이날 선배들은 자신들이 진학할 대학의 로고가 새겨진 티셔츠를 입고 학교에 온다. 대학 티셔츠를 입고 오는 것은 후배들이 남은 학교생활을 잘하고 자신들처럼 좋은 학교에 진학하기를 바라는 응원의 메시지를 담고 있다. 하지만 최근 2년 동안은 팬데믹 때문에 학교에서 사진을 찍지 못했다. 선배들과 만날 수도 없었고, 그들은 모두 조용히 학교를 떠났다. 나 역시 사진 촬영을 계기로 2년 만에 처음 학교에 가는 것이었다. 아침부터 "엄마! 복장이 코트 앤 타이(Coat and Tie) 맞아?" 재차 확인했다. 오랜만에 2년 전 홈커밍(Homecoming, Hoco: 미국 고등학생들이 이성 친구들과 함께 풋볼 결승전을 함께 구경하고 가장 큰 파티를 하는 날)에 입었던 자켓을 입고, 타이를 이리저리 고쳐 메고, 행커치프도 주머니에 꽂고, 머리에 왁스도 바르고 학교로 출발을 했다. 2년 만에 학교를 가서 사진 촬영을 한다고 생각하니까 학교를 다시 다니게 된다는 설렘과 걱정, 고민과 우려 등 만감이 교차했다. 사진 촬영을 마치고 나서 오랜만에 학교를 둘러보고 싶었지만 마스크를 쓰고 최대한 빨리 학교를 떠나야 했다. 집으로 돌아오는 길에 문득 '팬데믹으로 인해 학교를 다니지 못하고 고등학교생활의 절반이 지나갔다. 얼마 남지 않은 고등학교 시절을 컴퓨터 앞에 앉아서 온라인 수업만 듣다가 조용히 졸업을 할 수는 없다. 12년간 해외에서 보낸 학창 시절 이야기를 적어 보면 어떨까?'라는 생각이 들었다. 학교에 입학할 때부터 책을 써 보라고 권했던 학부모들의 말이 기억나면서 나의 이야기가 도움이 되는 학생들을 위해 응원의 메시지를 전달하고 고등학교를 졸업하고 싶어졌다.

나는 현재 미국 최고의 명문 사립고등학교(2021년 niche 평가 기준 미국 내 4,500개 사립학교 중 랭킹 2위, 미국 내 남자 사립학교 중 랭킹 1위의 학교)인 St. Mark's School of Texas에 재학 중인 유일한 한국 국적의 학생이다. 한국에서는 이름조차 생소한 학교일 것이고, 미국에서도 남학생들만 다니는 사립에 다니는 한국계 학생은 거의 없다고 알려져 있다. 학교생활은 영화 〈죽은 시인의 사회〉에 나오는 장면들과 무척이나 비슷하다. 하지만 영화와 현실이 다른 점은 나 같은 동양계 학생은 영화에 등장하지 않는 다는 것이다. 만약 영화에 동양인 학생이 등장했다면 어떤 모습으로 그려졌을까? 나의 학교생활을 쉽게 설명하면 그 영화 속에 내가 앉아 있는 모습을 집어넣으면 비슷한 느낌이 들 것 같다. 국제적인 배경 덕분에 입학한 미국 명문 사립학교의 생활은 쉽지 않았다. 학교생활이 힘들어서 학년이 바뀔 때마다 어렵게 입학한 학교를 그만두려는 생각도 했었다. 때마침 팬데믹이 왔고 대면 수업을 못 하게 되면서 학교와 '거리두기'를 하게 되었다. 아이러니하게도 팬데믹으로 인해서 학교생활이 주는 심한 중압감에서 조금은 벗어날 수 있었고, 인종차별로 인한 스트레스 없이 마음이 편안한 날들도 있었다. 그래도 졸업을 6개월 앞두고 그동안의 학교생활을 되돌아보니까 미국 명문 사립학교에 다닐 수 있었던 것은 소중한 경험이었다. 좌충우돌을 겪기는 했지만 해결하는 방법을 스스로 찾고 때로는 자기위안도 하면서 대체로 적응을 잘했다는 생각이 든다. 학교 내 유일한 한국 국적의 학생이었기 때문에 오히려 학교생활을 하는 데 도움이 된 부분도 있었다.

나도 때로는 한곳에 정착해서, 한 가지 언어를 사용하고, 한 동네 친구들과 계속 어울리면서 성장했다면 좋았겠다는 생각을 한다. 하지만 나에게 주어진 환경은 그렇지 못했고 새로운 환경에 적응해야 하는 학창 시절을 보냈다. 때로는 '나는 왜 이 나라에서 이렇게 살게 되었을까?'라는 질문에 대한 답을 구해 본다. 마치 정체성에 대한 질문 같지만 사실 나의 정체성은 명확하다. 나는 한국인이다. 된장찌개와 삼겹살을 제일 좋아하고, 떡볶이는 우울한 기분을 달래 주는 최고의 소울푸드이며, K-pop이 없는 하루는 상상하기도 힘들다. 그리고 12년간 해외에서 학교생활을 하면서 한국인이기 때문에 경험할 수 있는 특별한 것들이 많았다고 생각한다. 한류의 영향이 큰 시기에 중국에 살았던 덕분인지 중국인들은 내가 한국인이라는 이유만으로 무조건 좋아해 주었다. 또한 한국인으로 중국에 살았었던 국제적인 배경 덕분에 미국에서 좋은 교육의 기회도 얻을 수 있었다. 나의 학교생활은 내가 한국인으로서의 정체성을 지켜 나가는 과정과 함께했다고 볼 수 있다. 그래서 이제는 전 세계 어디에 있어도 괜찮다.

2022년 8월, 여름방학을 끝으로 학교 내에서 쓰는 마지막 프로필 사진을 찍었다. 사진을 찍던 날이면 나의 옷매무새를 만져 주고 응원을 해 주던 선배들은 더 이상 없었다. 이제 내가 학교 내에서 최고 선배가 되었다. 팬데믹은 엔데믹이 되어 가고 있고, 나는 한참 대학을 지원하기 위해서 칼리지 에세이를 쓰고 있다. 책을 쓰고 있는 것을 알고 있는 칼리지 카운슬러가 빨리 책을 출판하라고 성화를 부리고 있는 중이기도 하다. 처음 미국에 올 때는 아시아에서 제일 좋은 국제학교 출신인데 미국의 사립학교 중에서도 제일 좋은 학교에 입학해 보고 싶다는 호기로운 마음이 있었다. 하지만 현실은 생각보다 힘든 부분이 많았다. '내가 너무 한국인의 감성이 많아서 문제인가?'라는 고민을 한 적도 있었다. 그래도 배타적인 학교에서 외롭게 시작한 학교생활의 끝에는 국제적인 문화 행사나 소수인종 학생을 위해 큰 역할을 할 수 있는 여러 리더십의 자리에 올랐고, 학교 내 한국계 후배들에게 좋은 롤 모델이 될 수 있었다. 나는 여러 차례의 국제 이사를 하고 계속 학교를 옮겨 다니면서 다른 언어와 문화에 적응해야 했기 때문에 평범하고 무난한 학창 시절을 보내지는 못했다. 그래도 넓은 세상을 경험했고, 앞으로 어떤 나라에서 무슨 일을 하게 되더라도 누구보다 잘할 수 있다는 자신감이 있는 청년으로 성장했다. 주재원인 아빠를 따라서 해외에 첫발을 내딛게 된 순간부터 지금까지 겪은 나의 특별한 경험이 누군가에게는 도움이 되기를 바란다. 그리고 우리 학교 선배들이 후배들의 코트와 타이를 매만져 주면서 미래를 응원하듯이, 나도 전 세계 어딘가에 살고 있는 한인 학생들 모두가 용기와 희망을 가지고 행복하게 살아가기를 진심으로 응원한다.

목차

#1

초코우유, 그리고 그리움

"브랜든(Branden: 나의 영어 이름), 오늘 오후에 시간 있니? 내가 너네 집에 7시까지 갈게. 우리 드라이브 가자." 고등학생 시절 내내 같은 펜싱 클럽에서 함께 운동을 하는 친구 알준(Arjun)이 토요일 늦은 오후에 전화를 했다. 요즘은 서로 다투어 운전면허 취득 시합이라도 하듯이 친구들이 운전면허를 받고 있다. 운전면허를 받게 되면 자랑도 하고 같이 놀고 싶은 생각에 겸사겸사 연락을 해 오곤 한다. 미국에서 만 16세가 된 고등학생들이 주말에 즐길 수 있는 최대의 일탈이기도 하다. 나는 망설임 없이 그러겠다고 대답을 하고 설레는 마음으로 친구를 기다렸다. 저녁 8시가 다 되어서야 친구가 나를 데리러 오긴 했지만 이유를 묻지는 않았다. 초보운전으로 달라스에서 고속도로를 타고 우리 집까지 오는 30분의 여정이 쉽지는 않았을 터라 왜 늦었냐며 이유를 묻기보다는 오히려 자랑스러웠다. 집에 도착한 친구의 차에 올라타서 어디로 갈 것인지에 대한 고민도 없이 우리 집에서 멀지 않은 곳에 있는 다른 친구들의 집으로 향했다. 같은 학교 친구들 네다섯 명의 집을 무턱대고 찾아가서 문을 두드리고 놀자고 했는데, 오직 앤소니(Anthony)만 집에 있었다. 우리 셋은 타코집에 가서 타코를 주문해서 들고서 그 둘이 졸업한 초등학교 운동장 그네에 앉았다.

사실 그 둘은 서로에게 특별한 인연을 가지고 있다. 그들은 텍사스에서 가장 공부를 잘하고 경쟁이 치열한 공립중학교인 라이스 미들스쿨(Rice Middle School) 출신들이다. 중학교를 졸업하고 9학년이 되면서 사립학교 입학시험을 보고 같이 합격을 해서 지금 다니는 학교에 들어오게 되었다. 그렇게 같은 중학교 동창생이 우리 학년에만 유독 네 명이 있다. 입학이 거의 하늘의 별 따기처럼 어렵다는 우리 학교에 같은 학교 출신들 네 명이 함께 다니는 것은 매우 이례적인 경우라서 입학할 당시에도 많은 이슈가 됐었다. 그 네 명은 공부를 잘하고, 기질도 비슷하고, 운도 좋아서인지 명문 사립학교 입학에 성공한 셈이다. 입학 이후에 그들은 학교에서 형제처럼 똘똘 뭉쳐서 다닌다. 그 네 명 중 두 명이 알준과 앤소니다. 게다가 그 둘은 초등학교 동창이기도 하다. 나는 오래된 친구들 사이에 끼어서 마치 나도 동창생인 양 친구들의 이야기를 듣기 시작했다.

알준은 오늘은 하루가 굉장히 길었다고 했다. “오늘은 내가 정식으로 운전면허를 받은 날인데, 할아버지가 오스틴에 있는 힌두사원에 가서 앞으로 운전하는 나의 인생에 안전이 깃들도록 기도를 하고 오라고 하셨어. 그래서 왕복 6시간 운전해서 달라스에서 오스틴까지 다녀온 직후에 너를 데리러 온 거야. 의도치 않게 운전연습을 많이 할 수 있었으니까 오늘 내가 운전한다고 생명의 위협을 느끼지는 마. 절대 안심해. 그리고 운전면허 받으면 제일 먼저 내가 졸업한 초등학교에 직접 운전해서 가 보고 싶었어.” 좋은 일이 있으면 나에게 제일 먼저 알려 주고 배려하는 알준다운 말이었지만, 역시나 나의 불안한 마음을 꿰뚫고 있었던 것 같기도 하다.

그리고 초등학교에 와 보고 싶은 마음도 공감이 되었다. 수년 전 꼬마의 모습으로 초등학교를 다닐 때와는 다르게 자신들이 많이 컸다고 생각하는 자부심도 느껴졌고, 추억을 가진 장소에 조용히 와 보고 싶은 마음도 이해가 됐다.

우리 셋은 한동안 말없이 그네를 탔다. 한동안의 침묵이 깨지면서 우리는 초등학교 때의 무용담을 하나둘씩 꺼내 놓았다. 그 친구 둘은 이곳저곳을 가리키며 추억을 소환했지만, 나는 그럴 만한 것이 없었다. 그들의 이야기를 한참 듣던 와중에 알준과 앤소니는 슈퍼마켓에 가서 초코우유를 사 먹자는 제안을 했다. 사실 미국에서 초등학교를 다니면 초코우유에 대한 공감대가 있다. 기분이 언짢거나, 아프거나, 기쁘거나, 운동을 한 직후에는 꼭 마시던 영혼의 음식이 '초코우유'다. 우리 셋은 초코우유를 사서 나눠 먹으면서 다시 초등학생으로 돌아간 기분이 들었다. 초코우유를 마시는데 문득 나의 초등학교 동창들이 생각이 났다. 나도 한때는 친구들과 초코우유 좀 나눠 마셔 본 학생이었다. 그 순간에 문득 나도 직접 운전해서 내가 졸업한 초등학교에 가 보면 좋겠다는 생각을 했다. 그런데 운전을 해서 북경과 상해 그리고 뉴욕을 가 볼 수는 없을 것이다.

나는 다섯 군데의 초등학교를 네 군데 지역에서 나왔다. British School of Beijing(BSB, 북경 영국 국제학교, 2006~2010), T. Baldwin Demarest Elementary School(New Jersey, 2010~2014), Shanghai American School(SAS, 상해 미국 국제학교 푸동캠퍼스, 2014~2015), Matthew Elementary School(Texas, 2015~2016), St. Mark's School of Texas(2016~2023 졸업예정)이 내가 다녔던 학교들이다. 코로나가 전 세계를 점령하고 있는 지금 나는 이동이 자유롭지는 못하지만 친구들을 그리워하고 있다. 때로

는 '나는 이렇게 살고 있다'고 전하고 싶은 이야기도 많다. 또한 친구들이 그동안 어떻게 지냈는지도 듣고 싶었다. '나랑 놀이터에서 그네를 타고, 초코우유 나눠 마시던 친구들아! 지금 어떻게 지내고 있니?' 국제적인 배경의 친구들은 모두 전 세계의 어딘가에 흩어져서 잘 지내고 있으리라는 생각을 해 본다. 그리고 작은 그리움이 밀려온다. 작은 그리움의 조각을 연결해 보면 어떨까… 생각만 해도 행복하다.

클럽에서 4년간 함께 운동한 알준(Arjun)과 학교에서. 우린 캡틴이다.

#2

백일, 한국과의 이별

"현준아, 백일 축하해. 건강하게 무럭무럭 자라고, 예쁜 색시 만나!"

나는 기억에도 없는 사진 속의 일이다. 2004년 9월 12일 백일이 되던 날 나는 한국을 떠났다. 그리고 한국으로 돌아가지 못한 채 미국에서 고등학교 12학년이 되었다. 거의 20년의 시간이 지나는 동안 나는 다양성의 사

2004년 9월 11일, 백일날 색시와 함께.

회에서 많은 좌충우돌을 겪었다. 엄마의 기억을 빌리면 백일잔치는 외조부모가 해 주시는 재치 있는 덕담을 끝으로 무사히 끝났다고 했다. 나는 하루가 지나면 중국 북경으로 떠나는 것을 아는지 조용히 케이크 위의 초를 쳐다보고, 미역국을 뜨는 흉내도 내 보고, 방실방실 웃으며 가족들에게 기쁨을 선사하고는 편안하게 잠이 들었다고 한다.

나의 영아기 시절을 내 스스로 기억해 내는 것은 한계가 있기에 북경에 처음 간 날의 상황은 엄마가 해 주시는 이야기로 나의 기억 일부를 대신해야 한다는 생각을 했다.

"태어난 지 정확히 백일이 되는 작은 아기를 아기띠에 둘러메고 정신없이 짐을 챙기고 나서 뒤도 돌아볼 겨를이 없이 이민가방 가득가득 아기 용품을 챙기고 구슬땀을 흘리며 정신없이 북경으로 갈 채비를 시작했는데, 문득 정신을 차리고 보니 이미 인천공항 로비에 서 있었다. 이제 가족들과 헤어질 시간인데 슬픔이나 두려움보다는 새로운 세계에 대한 기대와 호기심이 마음 한 켠에 커지고 있었다. 이때는 이 시간 이후 당분간 한국과는 긴 이별을 하게 될 것 이라는 사실을 전혀 몰랐다.

비행기를 오랜만에 타 보는 나와 처음 타는 아기는 비교적 별다른 문제없이 한 시간의 비행 끝에 북경수도공항(北京首度机场)에 도착했다. 사실 나는 남편이 북경으로 발령이 나자마자 집을 구하는 문제를 해결하기 위해 북경에 한 차례 방문을 했던 터였다. 나에게 있어서 북경의 첫 이미지는 남편의 유학 생활 이야기에서 늘 제일 처음으로 회자되는 '그것'과는 너무 달랐다. '그것'은 "라떼는 말이야…" 같은 건데, '한중수교 기념 1호 정부 교류 국비장학생'으로 선발되어 유학 생활을 시작했던 남편(송정훈 박사)이 1994년 북경공항에 내렸을 때는 공항의 활주로가 포장이 안 된 상태였다. 비행기가 착륙하면서 만들어 낸 땅과의 마찰로 붉은 모래먼지가 자욱하게 일어나서 비행기를 휘감았고 하늘 높이 올라간 먼지구름 때문에 한 치 앞도 구분을 할 수 없었다고 한다. 그러하여 북경에 대한 첫인상이 그저 좋지만은 않았을 터이다. 이런 이야기에 귀를 기울여 들었던 나는 북경에 대해 어느 정도 상상을 해 두었던 모습이 있어서인지 생각보다는 깨끗하고 친절한 북경 사람들이라는 인상이 강했다. 무엇보다 모택동이 썼다는 '북경(北京)'이라 적힌 공항의 현판이 마음에 들었고, 심지어는 글씨에서 중국 수도의 역동성과 비장함이 느껴졌었다. 아마 이때부터 중국에 대한 깊은 사랑이 시작된 듯하다.

공항에 마중을 나온 운전기사의 도움으로 미리 구해 두었던 북경의 첫 집에 무사히 도착하였고 간단히 저녁 식사를 하고 한국의 가족에게 전화를 한 후에 아기와 함께 잠이 들었다. 처음 도착한 날은 특별하게 기억할 만한 장면이 없는 것으로 보아서 북경에서의 생활은 무난하게 시작되었던 것 같다. 처음에 북경에 갈 때는 다른 기업들과 다르게 주재 연

2004년 9월 12일, 북경수도공항 도착, 엄마와 나

한에 대한 특별한 규정이 없이 주재원을 나간 상태라서 언제까지 북경에 머무르게 될지 몰랐다. 주재 생활을 시작하던 2004년에는 단지 2008년 베이징 올림픽 전에 한국으로 귀임하지 않을까 정도만 추측을 하는 상태였다. 하지만 결국 베이징 올림픽이 끝나고도 2년을 더 북경에 머무르게 되었다. 아마도 처음 회사를 그만두지 않았다면 2021년인 지금도 북경에 있었을지도 모를 일이다. 내가 남편을 따라서 북경에 주재하게 되었다니까 제일 친한 친구가 중한/한중 사전을 선물로 주면서 “설마… 아기도 있는데 베이징 올림픽을 할 때까지 중국에 있겠냐? 그전에 한국에 돌아오겠지…. 거기서 아기를 어떻게 키우냐….” 하기에 나는 “야…

악담하지 마…. 2008년까지 어떻게 살아…. 당연히 그전에 돌아오겠지." 했었는데, 항상 장담은 함부로 하는 것이 아니라고 2010년까지 결국 6년 남짓을 북경에 살았다." (엄마의 기억 중)

나의 북경 생활은 이렇게 시작되었고, 백일에 한국을 떠나서 영국 국제학교 2학년이 될 때까지 6년을 북경에서 살았다.

#3

아픈 나, '아이(阿姨)'와의 첫 만남

북경에 도착하고 며칠이 지나고 내가 갑자기 아프기 시작했다고 한다. 원래 속설에는 백일 된 아기들은 감기가 안 걸린다는데 나는 고열에 시달리고 콧물이 줄줄 흘렀다고 한다. 게다가 면역력 좋은 모유수유 중임에도 불구하고 감기에 걸려서 한 달 넘게 아팠다고 했다. 엄마는 도대체 북경에서는 어느 병원에 가야 하는지 몰라서 아빠의 유학 생활 동기생들 부인들에게 연락을 해서 병원을 알아보셨다고 한다. 그들은 모두 이구동성 로컬병원은 위생 상태가 안 좋으니까 한국인 의사가 운영하는 병원이나 미국계 병원에 가라고 권했다고 한다. 결국 나는 집 앞에 있는 미국계 병원 응급실에 갔었고, 문진과 관찰을 받은 후에 특별한 치료없이 집으로 돌아왔었다. 그때 당시 병원 진료비가 2300불(한화로 대략 300만 원)이 청구되어서 많이 놀랐었다고 한다. 북경에 있는 미국계 병원의 진료비는 사악하기도 유명했는데 출산 비용이 2천 만 원 정도이고, 응급실에 2시간 이상 있으면 수천만 원의 병원비가 청구된다고 알려져 있었다. 나는 감기가 걸려서 병원에 갔었지만 별다른 치료 없이 타이레놀 정도만 먹고 한참이 지난 후에 자연적으로 치료가 되었다고 한다. 한마디로 병원의 도움을 받지는 못했던 것이다. 그 후로도 아프면 허무지아병원(미국계 병원: United Clinic, 北京和睦家医院), 애강병원(국제병원-한국의료진협진: 爱康医院), 비스타클리닉(홍콩계병원: VISTA clinic)을 다니면서 많은 우여곡절을 겪었다고 한다. 엄마는 북경에서 신생아를 키우는 데 있어서 제일 힘들었던 부분이 마땅히 갈만한 병원이 없다는 점이었다는 말을 많이 하셨었다.

나의 병이 점점 깊어질 무렵에 우리 집에는 가정일을 도와주면서 보모일을 해 주는 '아이(阿姨: 중국어로 '이모'라는 뜻으로 가정부나 보모를 부르는 통칭이다)'가 왔다. 나만 아픈 것이 아니라 엄마도 새로운 환경에 적응해야 하는 공포가 너무 컸는지 모유수유도 못 할 정도로 많이 마르고, 잠도 거의 못 자고, 손가락마다 고름도 생기고, 스트레스로 인해서 몸도 많이 아팠다고 한다. 엄마와 나는 바쁜 아빠를 대신할 수 있는 '아이'의 도움이 절실하게 필요했었다. 북경 생활에서 처음으로 만났던 '명월(明月) 아이'는 아픈 나를 응급실에서 6시간이나 안고 있고, 시간에 맞춰 약을 먹여 주고, 그리고 낮이고 밤이고 나를 품에 안고, 안고, 또 안아 주셨다. 출장 간 아빠를 대신해서 밤에 잠도 같이 잤고, 중국어를 못 하는 엄마가 외출할 때 통역을 해 주기 위해서 어디를 가든지 항상 우리 모자와 함께했다. 엄마가 점점 마르면서 모유가 안 나오고 그 때문에 내가 더욱더 말라가니 '아이'가 흑돼지족을 삶아서 국물을 먹으면 모유가 잘 나온다며 일 년 넘게 흑돼지족을 사다가 엄마에게 끓여 주었다. 물론 그 냄새 나고 역한 돼지족을 일 년 넘게 먹으면서 나에게 모유 한 방울이라도 더 먹이려 했던 엄마의 힘든 노력도 있었다. 그리고 명절을 보내러 고향에 갔던 '아이'는 북경으로 오는 길에 붕장어, 가물치를 사서 약을 만들어 엄마에게 먹게 했다고 한다. 먼 이국땅에서 처음 만난 '아이'는 우리 모자에게 친이모 혹은 친엄마나 다름이 없었다.

나의 예민함과 연약함은 그 뒤로도 2~3년 계속되었다. 잠도 안 자고, 안 먹고 계속 울고 항상 무언가를 불편해했다고 한다. '명월(明月) 아이'는 나를 2년 동안 지극 정성으로 보살펴 주었는데, 고향에 두고 온 딸을 보러 가면서 나와 헤어졌다. '명월 아이'가 떠나고 난 후에는 나를 친할머니처럼 키워 주신 '갑분 아이'를 만났다. 엄마도 지금까지 가장 고마워하는 아이가 '명월 아이'와 내가 미국으로 오기 직전까지 나를 키워 준 '갑분 아이'다. 중국에서의 생활은 '아이' 없이는 설명이 안 된다. 나는 항상 "아~ 이, 아~ 이… 니싀 쩐 타오옌(阿姨! 你是真讨厌: 아이, 너 정말 짜증 난다.)" 하면서 '아이'의 등에 올라타고 '아이'를 놀렸던 기억이 난다. 사실 무슨 뜻인지도 모르고 한 말인데, 나는 그냥 '아이' 등에 올라타고 노는 것이 신났었다. 내가 3살이 될 때부터 6살까지는 '조선족 아이(朝鲜族阿姨)'와 '한족 아이(汉族阿姨)'가 집에서 늘 함께 살았었다. 엄마가 필요한 한국어-중국어 통역과 한국 음식은 '조선족 아이'가 도와주었고, 집 청소와 나의 중국어 공부는 '한족 아이'가 도와주었다. 두 '아이'는 나를 예뻐해 주고, 놀이터에서 놀아 주고, 학교도 함께 다니고, 병원도 함께 다녀 주고, 중국어도 가르쳐 주었다. 그리고 따뜻한 밥을 지으면 가장 먼저 입에 떠먹여 주면서 "우리 현준이, 귀한 사람이 되거라."라고 말해 주었다. 나와 헤어지던 날 나를 부둥켜 안고는 "현준이 잘 가라." 하면서 많은 눈물을 흘렸던 '갑분 아이'의 모습이 아직도 아른거린다.

'아이'와 얽힌 재미있는 일화도 있었다. 중국은 특이하게 어린아이들에게 '카이코우쿠즈(开口裤子)'라는 것을 입힌다. 엉덩이 부분이 열려 있는 바지인데 대소변을 쉽게 볼 수 있기 때문에 모든 중국 아기들이 입는다. 그런데 엄마는 그 바지가 보기 흉하다고 살 생각도 안 하셨고, 나에게 항상 기저귀를 채우고 싶어 하셨다. 하지만 '아이'들은 버석버석한 기저귀를 차면 아기 피부에 안 좋다고 하루에 수십 번 치워도 되니까 카이코우쿠즈를 입혀서 대소변을 편하게 보게 하라고 했다.

2004년 12월 3일, 북경 집에서 '아이'와 노는 중

엄마가 나에게 기저귀를 채워 둔 채 잠시 외출을 하면, 엄마 몰래 '아이'가 내 기저귀를 얼른 벗기고 화장실에 데려다주었다. 엄마는 영문도 모른 채 다른 아이들보다 빨리 나의 '기저귀 떼기'가 끝났다고 자랑하면서 좋아하셨었다. '아이'와 '나'만 아는 비밀 아닌 비밀 덕분에 나는 10개월 무렵부터 국제학교 입학의 필수조건인 다이아퍼 트레이닝(Diaper Training: 기저귀 떼기 훈련)을 끝내고 유치원을 다닐 수 있었다. 나중에 사실을 알게 된 엄마는 '아이'에게 고마워했었다. 지금도 나를 키워 준 '아이(阿姨)'가 보고 싶고, 덕분에 잘 성장한 것 같아서 고마운 마음이 든다. 나와 함께했던 '아이'들이 중국의 어디에서든 행복하고 건강하게 잘 지내시고 있기를 바란다. "阿姨, 我很想你. 谢谢你.(아이, 너무 그립습니다. 감사합니다.)"

#4

북경에서 첫 외출, 만리장성(万里长城)과 아빠의 학교 이야기

나와 엄마가 북경에 갔을 때 아빠가 처음으로 데리고 간 장소는 '만리장성'과 '북경대학교(北京大学)'였다. 우리 가족은 북경에 사는 6년 동안 주말이면 무조건 북경 내에 있는 명소를 찾아서 구경을 갔었다. 특히나 북경의 대표적인 명소인 '만리장성'은 처음에 북경에 살게 되었을 때와 북경을 떠날 때 혹은 미국에서 잠깐 북경을 방문했을 때마다 반드시 찾았었다. 나는 백일 무렵에 아기띠(Baby Jorn)에 매달려 처음으로 만리장성을 구경하러 갔었다. 그리고 4세가 되면서부터는 만리장성에 가도 안아달라는 소리 없이 혼자서 씩씩하게 걸어서 정상까지 올라갔었다. 만리장성의 정상에 올라 '브이'를 하면서 사진을 찍고, 산 아래를 내려다보면 어린 마음에도 내 자신이 뿌듯하고 자랑스러웠다. 내가 보채거나 싫어했다면 오르기 힘든 곳을 자주 가지 못했을 것이다. 지금도 어디를 가나 높은 곳에 오르는 것을 좋아하는 습성을 가지게 된 것은 아마도 어릴 때 만리장성께나 올라 본 솜씨에서 기인한 것이 아닌가 싶다.

북경대학교(北京大学)는 아빠가 박사학위를 받은 곳이다. 아빠는 주말이 되면 유학생일 때에 머물던 기숙사, 학생식당, 법학 대학 건물, 글을 읽을 때 자주 찾던 장소, 호숫가 등에 나를 데리고 다니셨다. 아빠는 가족이 생겨 다시 찾으니 행복하다는 말씀을 하셨다. 북경대학 기숙사 건물 앞에서서 아빠의 외롭고 힘든 유학 생활에 대한 무용담도 들었다. 아빠는 유학 생활을 시작할 때 중국어로 숫자도 세지 못하는 상태로 박사과정 수업을 들어야 했다. 마치 갓 태어난 어린아이에게 글을 읽고 대학 시험을 보라는 것과 같았을 것이다. 처음에 가서는 강의를 알아듣지 못하니까 수업 내용을 녹음하고 녹음한 강의를 백 번이고 천 번이고 이해가 될 때까지 들었다. 그렇게 녹음한 내용을 담은 카세트 테이프가 기숙사 방 벽면을 가득 메우고 천장까지 쌓여 있었다고 한다. 그렇게 중국어를 2년 만에 극복하고 5년 만에 박사학위를 받으셨다. 아빠의 무용담은 종종 나에게 동질감 비슷한 감정을 느끼게 해 주고 때로는 용기를 주었다. 아빠는 기숙사에 주로 머물렀지만, 고민이 있으면 북경대의 미명호(未名湖, 너무 아름다워서 이름을 붙이지 못한 호수라는 뜻)에 앉아서 생각을 정리했다고 한다. 엄마와 나는 아빠와 함께 미명호에 앉아서 아빠의 학교생활을 상상해 보기도 했었다. 아빠가 30년 전에 살았던 북경은 어땠을까?

1994년 아빠는 한중수교기념 첫 정부교류 장학생으로 선발이 되어 중국 북경에 갔다. 그때에도 중국의 미래파워를 예측하는 전 세계의 젊은이들이 모여 함께 언어를 배우고 공부를 했다고 한다. 하지만 아빠는 북경에 도착하고 일주일도 안 돼서 한국으로 다시 도망을 나왔다고 하셨다. 즉, 유학 생활이 일주일 만에 끝나는 불상사를 겪게 된 것이었다. 이유는 본인과 언어도 너무 안 맞고 더러운 나라라는 생각을 해서였다고 한다. 그런데 정부장학생은 국비유학생이었기 때문에 학비와 생활비가 전액 무료였고 그리고 박사학위 취득 후에 일하는 학교까지 정해진 상태라서 결

2004년 10월 1일, 북경대학교에서 아빠, 엄마 그리고 나

국에는 억지로 북경에 다시 돌아오게 되었다고 한다. 그때 한국 식당에 데리고 가서 한국 음식을 사 주면서 위로를 해 준 친구가 하버드대학을 졸업하고 스탠포드대 로스쿨에 재학 중이었던 '홍정욱(Ryan Hong, 전 국회의원)'이라고 한다. 그 친구는 아빠와 룸메이트로 기숙사 생활도 함께 하면서 고민과 걱정을 나누었다고 한다. 먼저 북경 생활을 시작한 친구의 도움 덕분에 아빠도 서서히 북경 생활에 적응할 수 있었기 때문에 친구에게 고마웠다는 말씀을 하셨다. 나도 오랜 해외 생활을 하면서 힘들 때마다 결국 친구들이 도와주고 이해해 줘서 극복해 온 것이나 다름이 없었다. 외롭고 불편한 해외 생활을 극복하고 적응하게 해 주는 힘은 '주변의 친구들'에게서 나온다는 사실은 아빠와 나의 학창 시절이 다를 것이 없다고 느낀다.

아빠는 한중수교 20주년을 기념하여 최초의 정부교류장학생의 자격으로 여러 언론에 인터뷰를 한 적이 있었다. 그때 북경 유학 생활에 대한 소회를 밝히면서 "북경은 늪이다."라는 말을 남겼다. 늪은 멀리서 보면 더럽고 위험해 보인다. 발을 넣기 쉽지 않지만 한 번 발을 담그면 절대 빠져나오지 못하고 점점 깊이 빠지게 된다. 우리 가족이 느낀 북경은 정말 '늪' 같았다. 그런데 '더러운 늪'이 아니라 '매력의 늪'이었다. 우리 가족은 '만리장성과 북경대학'이라는 중요한 상징을 곁에 두고 보면서 북경 생활을 했었다. 처음에 만리장성을 올라갔던 날은 중국 공안(公安)이 빌려준 더러운 방한복을 빌려 입고 추위에 떨면서 케이블카를 타고 대충 봐서인지 기억에 남지 않았다. 하지만 북경 생활을 하면서 마음이 답답하면 만리장성에 가 보고 싶었고, 북경을 떠나서도 광대하고 장엄한 산세가 자주 생각이 났다. 비단 만리장성뿐만 아니라 북경 생활을 하는 동안 보고 느끼는 모든 것들이 흥미롭고 매력적이었다. 아빠가 정부교류 장학생으로 30년 전에 북경에 첫발을 내딛고 고생을 하고 적응을 했던 덕분에 우리 가족이 북경에서 편안한 생활을 할 수 있었던 것도 사실이다. 그래서인지 '다시 가장 살아 보고 싶은 나라는?'이라는 질문을 한다면 우리 가족은 주저 없이 '중국 북경'이라고 말할 것이다.

2004년 10월 2일, 아빠, 엄마, 이모와 함께 처음으로 만리장성에서 올라서서

2008년 9월 8일, 4세 때 홀로 오른 쓰마타이 만리장성에서 '브이'

#5

우유 먹는 연습, 북경 짐보리 1호 원생

우유를 안 먹던 나는 우유를 잘 빨아 먹는 연습을 오랫동안 했다. 나는 예민한 편이라서 뭐든지 처음부터 잘 맞고 흔쾌히 해내는 것이 없었다. 나의 이런 특성 때문에 영아기(infants) 때는 먹는 것을 거부해서 엄마가 많이 힘드셨다고 한다. 빨아 먹는 힘이 약해서 우유를 잘 못 먹으니까 배가 고파서 신경질도 많이 내고, 밤이고 낮이고 계속 울었다고 한다. 엄마는 미국, 스페인, 일본 등등에서 구한 수십 가지 기상천외한 모양의 젖병도 시도해 보고, 스위스, 네덜란드, 뉴질랜드산 등 북경에서 구할 수 있는 해외의 모든 분유를 시도해 봤다고 한다. 하지만 나는 어떤 젖병도 거부하고, 분유도 먹지 않았다고 한다. 결국은 한국에 들어가서 '메델라'를 방문해서 강제수유기를 사고, 가느다란 튜브를 입에 연결해서 분유를 먹이는 시도까지도 했었다고 한다. 모든 시도가 실패하자 엄마는 마지막 방법으로 분유에 소금을 타셨다고 한다. 그러자 나는 너무 맛있게 우유를 먹기 시작했다고 한다. 그렇게 안 먹던 분유를 먹기 시작한 것이 엄마의 특제 소금 분유 덕분인 셈이다. 그렇게 천신만고의 노력 끝에 겨우 우유를 먹기 시작한 것이 생후 10개월경이라고 한다.

우유를 조금씩 먹기 시작하면서부터는 북경에서 아기가 먹을 수 있는 양질의 우유를 사는 것도 문제였다. 내가 중국에 갔던 2004년은 중국에서 대규모의 분유파동이 일어났었다. 중국 네슬레 분유를 먹고 아기들의 머리가 커지는 '대두증'이 유행을 한 것이다. 분유를 먹고 머리가 커지면서 사망하는 아기들의 뉴스가 매일 나왔다고 한다. 엄마는 너무 걱정이 되어 미국에서 우유를 사실 수밖에 없었다. 물론 한국 분유를 한국에서 구매하고 배송을 받으면 되기는 했지만, 미국 분유를 먹으면 키도 많이 크고 살도 찐다는 말에 미국에서 액상 분유를 구매하셨다고 한다. 우유는 어려운 과정을 거쳐서 북경에 도착했다. 한국에 있는 '밀위즈'라는 구매대행 회사에 연락해서 미국 LA에서 Similac(시밀락) 액상 분유를 구하고, LA에서 출발하는 대한항공에 실으면 다음 날 한국에 도착한다. 그리고 또 그다음 날 오전 9시 한국발 비행기를 타고 북경공항에 도착하는 우유였다. 사람들의 인생만 국제적인 것이 아니라 그 사람을 건강하게 키우는 우유도 국제적이랄까? 지금으로부터 18년 전에도 세계의 거리는 생각보다 가까웠다는 생각이 든다. 2년간 우유를 미국에서 공수해서 먹었는데, 소문이 사실인지 깡마르고 하위 1%의 키였던 내가 이제는 다이어트를 주기적으로 하는 건장한 청소년이 되었다. 여튼 엄마는 모유로 하루를 연명하던 내가 우유를 먹기 시작하면서부터 또래 친구들을 만나서 놀기도 해야 하루가 무료하게 지나가지 않겠다는 생각이 들었다고 한다.

엄마는 주변에 내가 다닐 만한 유치원을 알아보셨는데, 그때만 해도 북경에는 한국 사람들이 영세하게 운영하는 어린이집 두 군데를 제외하면 전부 중국 유치원밖에 없었다고 한다. 엄마는 중국어를 못 하는 데다가 중국유치원의 위생 상태도 걱정이 돼서 국제유치원을 중심으로 알아보셨다. 구오마오(国贸)라고 불리는 시내에 국제유치원이 하나 있기는 했지만 집에서 멀었다. 한동안 마땅한 곳을 찾지 못하고 시간이 흘러가다가 내가 6개월이 되던 2004년 11월에 우리가 살던 리두(丽度) 지역에 짐보리가 생겼다는 말을 들었다. 미국에서 살던 앤디(Andy)라는 아저씨가 북경에 다시 돌아가면 북경의 아이들을 위해 미국식 유치원을 반드시 설립한다는 마음으로 오랜 시간 중국 정부의 허가를 위해 노력하고 열었다는 중국의 첫 짐보리(Gymboree)가 북경 리두 지점의 짐보리다. 중국이 공산국가지만 짐보리를 계기로 2004년 초반에는 없던 유럽계와 미국계 사설 유치원들이 2006년 이후에는 여러 군데 생겼다. 중국은 개방형 공산주의의 표본이라서 국제화 교육에도 관심이 많았다. 그런 국제화 교육의 시발점이 된 북경 짐보리 첫 원생이 바로 '나'였다. 나는 북경에서 '최초의'가 붙는 일들과 많이 연관되어 있는데, 짐보리가 그 첫 번째다. 그렇게 첫 등록생이 된 나는 미국 유치원인 3e를 가기 전까지 1년 넘게 빠짐없이 짐보리를 다니면서 즐거운 시간을 보내고 친구들을 만날 수 있었다.

처음에는 짐보리의 원생이 나 혼자였기 때문에 선생님들의 관심은 온통 나에게 집중됐었다. 짐보리에 도착하면 모든 선생님들이 우루루 나와서 반겨 주고, 다리를 주무르며 아기 마사지를 해 주고, 책을 읽어 주고, 등에 태우고 다니면서 놀아 줘서 시간 가는 줄을 몰랐다. 그런데 엄마는 과도하게 집중된 관심이 부담도 되고, 내가 친구도 없이 짐보리에서 혼자 노는 것은 집에서 노는 것과 별반 다를 것이 없다는 생각이 들었다고 한다. 그래서 한국인 주재원 친구들에게 짐보리를 소개하고, 같이 다니자고 설득했다. 그 결과 짐보리를 다닌 지 두세 달 후에는 한국인 원생들이 8명으로 늘어났었다. 그 당시 우리는 겨우 기어다니는 상황을 모면한 귀여운

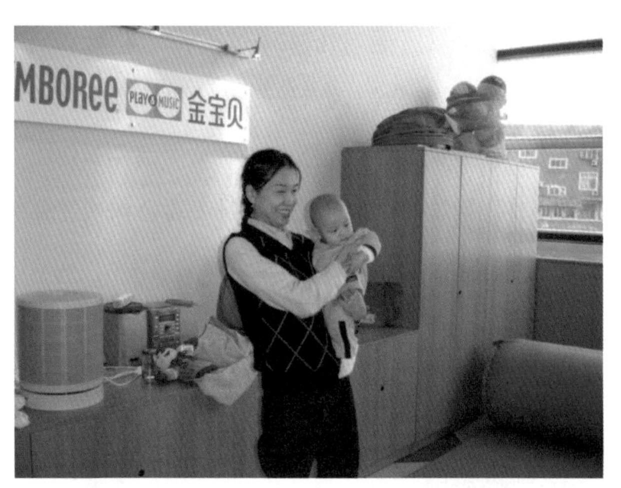

2004년 11월 2일, 북경 1호점 짐보리 첫 수업 날

아기들이었다. 노래도 부르고, 낙하산 위에서 놀이도 하고, 비눗방울 놀이도 하고, 중국어도 배우고, 영어도 배웠다. 한동안 매일 짐보리를 갔기 때문에 어릴 때의 사진을 보면 짐보리 특유의 알록달록한 낙하산 위에 앉아서 선생님들과 놀고 있는 사진이 제일 많고 기억 속에도 선명하게 남아 있다. 유쾌하고 착한 중국인 선생님들과 한국인 주재원 아이들이 북경 짐보리의 첫 구성원이 되어 행복한 어린 시절을 보낼 수 있었던 것이다.

나의 첫 친구들이었던 북경 짐보리의 한국 친구들은 생후 4~5개월에 만나서 북경 생활 내내 서로의 성장을 지켜보고 가장 많은 시간을 함께했었다. 짐보리를 그만두고 각자의 유치원에서 생활을 해도 유치원이 끝나면 우리 집에 모여서 매일 같이 놀고 저녁도 함께 먹었었다. 가족같이 지냈던 친구들과는 내가 6살에 미국으로 오면서 이별을 했다. 어릴 때 모습이 선명하게 그려지는 그 친구들은 대부분 중국의 북경과 상해에서 국제학교나 한국 학교를 졸업하고 올해 대학에 진학했을 것이다. 사는 곳도 다르고 연락도 닿지 않는 친구들지만 보고 싶을 때가 많다. 그리고 무료한 북경 생활을 즐겁게 할 수 있는 계기를 만들어 준 북경 짐보리 창업자인 앤디 아저씨에게 고맙다는 생각을 한다. 지금도 북경 짐보리는 같은 자리를 지키면서 신기한 비눗방울과 즐거운 노래로 많은 아이들에게 꿈과 희망을 주는 곳이 되고 있을까?

2004년 11월 2일, 북경 짐보리 창업자 앤디 아저씨와(제일 오른쪽)

#6

첫 생일, Chateau Regency (허치아오리징)에 대한 기억

북경에 살게 된 지 10개월이 지나고 초여름이 시작되면서 나의 첫 생일이 되었다. 부모님은 북경에서의 처음 1년은 마치 10년같이 길게 느껴졌었다고 하셨다. 북경은 신생아를 키우기에 좋은 환경도 아니었고, 아프다고 해도 마땅히 갈 병원도 없었고, 자유로운 의사소통도 어려웠기 때문에 힘든 시간을 보냈다고 한다. 그래서 부모님은 우여곡절 끝에 맞이한 첫 생일 만큼은 성대하게 잘 챙겨 주고 싶었다고 한다. 구오마오에 생긴 사진관에 가서 기념사진도 찍고, 집으로 전문 사진사를 초대해서 가족사진도 찍고, 그 당시에 북경에서 가장 좋은 호텔이었던 '구오마오 호텔'에서 성대하게 연회도 열었다. 한국에서 외조부님도 북경에 오셔서 첫 생일을 함께 축하해 주셨다. 할아버지와 할머니가 한국에서 준비해 오신 멋진 양복세트와 구두 그리고 고운 한복과 태사혜(신발)를 입고서 한국식의 돌잔치를 했다. 중국에서도 아이들의 첫 생일은 성대하게 차려 준다고 했다. 그래서 호텔에서는 대형 아이스카빙(Ice Carving, 얼음조각상: 원숭이띠라고 원숭이 조각상을 준비해 줌)도 준비해 놓고, 손님들이 먹는 음식이나 음악연주에도 많은 신경을 써 주었다. 북경에 와서 만난 짐보리의 한국 친구들과 아빠의 회사 사람들이 많이 와서 축하를 해 주었다. 첫 생일이 지난 나는 까탈스럽고 예민하던 모습에서 천천히 벗어나기 시작했다고 한다. 혼자서 우유를 먹다가 잠이 들 정도로 순해지고, 걷고 말하기 시작하면서 호기심도 많아졌다고 한다.

첫 생일 이후부터 나는 외출-그래 봐야 아파트 단지 안의 클럽하우스였지만-이 잦아졌고, 그 때문에 내가 살았던 북경의 첫 보금자리였던 허치아오리징(和桥丽晶, Chateau Regency)에서 많은 추억을 쌓을 수 있었다. 허치아오리징은 그때 당시 북경에서 가장 고급 아파트라서 배우 공리(巩俐, actress), 영화감독 장예모(张艺谋, film maker), 한국 유수기업의 대표들, 은행 대표, 외교관들도 살고 있었다. 그래서인지 보안도 철저해서 출입문을 높은 철문으로 만들고 출입통제를 엄격하게 했다. 특이하게도 아파트는 다양한 호텔식 서비스를 해 주었다. 출입 전에는 리셉션(Reception)과 컨시어지(Concierge)를 통과해야 했고, 차에서 내리면 문도 잡아 주고, 짐도 날라 주고, 에비앙 생수도 제공해 주고, 세탁물도 수거하고 가져다주는 등 생활하기에 편리했다. 그리고 북경에서 유일하게 클럽하우스가 있는 아파트였고, 그 안의 수영장은 '1급 식수'로 되어 있었다.

엄마는 나를 데리고 거의 매일 아파트 안의 클럽하우스 수영장에 다녔는데, 그때마다 아파트 정문에서 출입을 통제하는 삼촌과 리셉션의 이모들이 내가 한국인이라는 이유만으로 관심을 갖고 예뻐해 주었다. 심지어 출근하는 '아이'에게 내가 언제 외출을 하는지 묻기도 했다. 간혹 엄마가 안 계실 때 '아이'랑 외출하면 보안들이 나를 데리고 가서 아이스크림도 사 주고, 안고서 아파트의 앞뜰을 걷기도 하고, 놀이터에서 그네도 태워 줬었다. "너는 한국인이라 잘생겼구나." "한국인들은 피부가 하얗고 예쁘다." "한국 드라마 보는데 너무 재미있고 화면이 아름답다." "한국 여자들은 전부 예쁘다." 그들은 한국에 관련된 모든 것을 좋아했었다. 중국은 산아정책으로 가구마다 한 아이의 출산만 허락하기 때문에 아이들을 소황제로 대접하는 나라다. 집의 앞뜰뿐만이 아니라 집 밖을 나서는 순간 어디를 가든지 나는 초관심의 대상이었고 소황제였기 때문에 늘 중국 아줌마들의 관심 어린 잔소리를 들어야 했다. "머리를 잘 감싸고 다녀라. 감기 든다." "발을 꽁꽁 잘 숨기고 다녀라." "찬물 마시지 말고 따뜻한 물을 자주 마셔라(한여름 삼복더위에 듣는 말)." "밥은 잘 먹나? 왜 말랐냐?" "바람이 불 때는 외출하지 말아라." "슈퍼마켓 냉장고가 추운데, 애기를 데리고 나오지 말아라. 아기에게 찬바람이 들면 안 된다." 등은 엄마랑 '아이'가 항상 듣는 잔소리였다. 그래도 나를 위해 주고 감싸 주고 진심으로 이해해 줬던 그분들이 정말 고마웠고, 정감 어린 잔소리도 가끔 그립다.

집 앞뜰에 나갈 때마다 나에게 얼화가 섞인 북경 사투리로 "수아이 끄얼, 쩐 수아이(帅哥儿, 真帅: 잘생긴 오빠, 정말 잘생겼네)."라고 해 주던 보안들(20대 초반의 젊은이들)은 하치아오리징을 떠나던 날도 "잘생긴 한국 아기. 꼭 다시 놀러 와야 한다."고 부탁을 했었다. 그로부터 7년 지난 후에 미국에서 북경으로 갔을 때 허치아오리징에 다시 가 본 적이 있었다. 예전에 비해서 북경에 초호화 고급 아파트들이 많이 지어져서인지 화려함은 바래진 느낌이었다. 아기 때 매일 거닐던 아파트의 앞뜰에 서서 눈을 감으니까 어린 시절의 추억이 새록새록 떠올랐다. 춘절(북경의 초하루, 한국의 구정) 때 열리던 음악회, 작은 미끄럼틀, 작은 시냇물과 푸른 잔디, 아이스크림을 사 주던 보안들(Security Guard), 클럽하우스의 수영장 등 기억 속 모든 것들은 그대로였다. 우리 가족이 북경에 살던 첫 집인

허치아오리징(和桥丽晶, Chateau Regency)에서 쌓은 추억은 언제나 소중하게 기억될 것 같다.

북경 허치아오리징(和桥丽晶) 앞뜰에서

#7

세상과 소통의 시작, 미국 국제학교 '3e'를 만나다

나는 집에서는 한국어를 사용하고, 집 밖을 나서면 영어를 사용한다. 중국에 사는 6년간은 집에서 일을 도와주시는 아줌마들과는 중국어로 대화를 했고, 학교에서는 매일 중국어를 배웠다. 지금은 미국에 살지만 매일 중국어 클래스를 듣고, AP Chinese(대학 중국어 과정)를 듣고, 10학년부터는 HSK(한어수평고시: 중국어능력시험)도 매해 보고 있다. 그럼 '나에게는 어떤 언어가 모국어이고, 어떤 언어가 가장 편할까? 나에게 '소통'의 시작은 언제 그리고 어디서였을까?' 나는 영아기 때에 또래 아이들에 비해서 말이 빠르고, 표현력이 좋았다고 한다. 내가 한 살 때 북경에 놀러 오신 외할머니가 화장실을 못 찾겠다고 그러니까 내가 했던 첫 마디가 "그럼 어쩌지…?"였다고 한다. 생후 10개월 무렵부터 모방이 시작된 나의 언어능력은 12개월이 되면서부터 일취월장하기 시작했다. 언어를 배우기 시작할 때 엄마가 가장 신경을 쓴 부분이 '바른 언어 사용'이다. 집에서 어릴 때부터 금지된 언어는 '까까'나 '찌찌' 같은 '유아기식 표현의 언어'와 '외국어와 섞어서 쓰는 언어'였었다. 한국어를 할 때는 완벽한 한국어로 이야기하고, 영어로 말할 때는 완벽하게 영어로 말하고, 중국어를 말할 때는 중국어로 말해야 했다. 그래서 지금도 세 가지 언어를 정확하게 구분해서 사용한다. 우리 집에서는 '혹시 워터(Water) 마실래? 커부커이(可不可以)?'식의 국적 없는 언어의 사용은 절대 용납되지 않는다.

12개월이 되면서 나는 본격적으로 한국어 공부를 시작했다. 중국에 살게 되었지만 처음부터 한국어 공부를 열심히 한 데는 이유가 있었다. 엄마는 주재원을 나와서 생활하면서 어린아이들의 언어발달을 관심 있게 지켜보았는데, 한국어와 주재국 언어를 전부 못 하는 아이들이 많다는 것을 알고 안타까워하셨다. 대부분의 친구들은 집에서 한족 보모와 살면서 중국어로 의사소통을 하고, 집 밖을 나서면 사방에서 중국어가 들리는 환경이었다. 동시에 부모와는 한국어로 의사소통을 하니까 한참 언어습득력이 좋아지는 시기에 한 집에서 두 가지의 언어를 사용하는 혼동을 겪게 된다. 그래서 친구들 중에는 언어발달이 느리거나 말을 심하게 더듬어서 부모들이 걱정하는 경우도 많았다. 엄마는 모국어가 자리 잡지 못한 채 외국어를 배우면 언어혼란이 오게 되고, 구사하는 모든 언어가 전부 어눌해지는 상황을 맞이한다는 것을 느꼈다. 이런 이유로 나는 한국어를 제일 먼저 배웠다.

사실 나의 모국어는 딱히 '한국어'로 규정되지는 않는다. 학교를 다니는 내내 선생님들도 나의 경우는 뭐가 먼저랄 것도 없이 세 언어가 균일하게 발달한 경우라고 했다. 나는 말도 빨리 한 편이고 글도 빨리 읽은 편이라 세 언어를 배우는 데 큰 어려움이나 충돌은 없었다. 그래도 나는 18개월 무렵에 간단한 한글책을 읽기 시작하면서부터 비로소 영어와 중국어를 배우기 시작했다. 내가 이중언어를 배우고 세상과 소통을 하기 시작하면서 엄마는 우리 단둘이 지내면 다양한 언어자극이 불가능하다는 생각을 했다. 그리고 아빠가 회사의 새로운 프로젝트를 맡게 되면서 우리 가족의 해외 체류도 생각보다 길어지게 되는 상황이었다. 결국 해외 체류가 길어지면 국제학교를 다녀야 하는데, 되도록이면 한 살이라도 어릴 때 영어를 생활화하는 것이 바람직할 것이라는 생각이 들었다. 그래서 짐보리를 그만두고, 18개월이라는 조금 이른 나이에 북경에 새로 생긴 미국 학교인 '3e International'에 입학하게 되었다. 이것이 북경에서 나에게 연관된 '최초의'가 붙는 두 번째 일이다.

2005년 11월 12일, 3e 가기 전 상해를 다녀오며

'3e'를 선택한 이유는 중국 로컬 유치원을 다니는 것보다는 미국 학교를 다닐 때 얻을 수 있는 장점이 컸기 때문이었다. '3e'는 미국 미시간대학교(University of Michigan: Ann Arbor에 있는 명문 주립대학)와의 합작과 투자로 2005년에 북경에 처음으로 문을 열었다. 처음에는 유치원생들로만으로 시작했는데 지금은 K-12(12년제 사립학교로 유치원-고등학교 과정까지 있음)가 재학하는 꽤나 큰 규모의 학교가 되었다. 사득공원(四得公园)이라는 아름다운 공원 안에 학교가 있었고, 학교의 시설은 전부 뉴질랜드산 원목으로 되어 있었다. 아이들에게 유기농 음식을 먹이고, 촉감교육을 중시하고, 미국에서 대학원을 졸업한 교사들이 가르치고, 몬테소리 같은 무난한 컨셉보다도 특이하고 참신한 커리큘럼을 가지고 있었다. 그리고 특이하게 학교에 스웨덴에서 온 목수(Carpenter) 두 분이 상주했었다. 목수는 아이들이 필요한 장남감이나 교구들을 그 자리에서 천연 나무로 직접 만들어 주었고, 이케아 스타일의 의자나 작은 가구들도 바로바로 만들어 주었다. 나도 목수 선생님들이 직접 만들어 준 미니자동차와 장난감 수납용 수레를 열심히 타고 끌고 다녔었다. 장난감을 나무로 만드는 과정을 지켜보는 것도 유치원을 다니는 큰 즐거움 중 하나였다. '3e'는 그 당시 북경에서는 획기적인 개념의 학교여서 많은 관심을 받았었다.

사실 '3e'는 2005년에 설립됐을 때, 첫 원생들을 연구표본으로 20년간 그들을 추적하고 연구논문을 쓴다는 목적으로 시작되었다. 나의 케이스도 연구표본에 들어가 있다. 연구표본은 아주 어린 영유아들(18개월경부터)이었다. 이 연구는 장기 프로젝트인데 내용은 '20년간 3개국어 이상의 다중언어에 노출된 아이들이 어떻게 살고 있을까? 그들은 혼란없이 잘 성장했는가? 다중언어의 사용이 두뇌발달에는 좋은 영향을 미쳤는가?'이다.

2006년 5월 4일, 3e에서 제일 친한 친구인 Ellie와 나

내가 20살이 되고 대학에 가면 나의 성장결과를 가지고 연구에 참여할 수 있을 것이다. 사실 나도 연구결과가 무척이나 궁금하다. '다중언어 사용이 지금 나의 학업과 두뇌발달에 얼마나 영향을 미쳤는가?'에 대한 대답은 아마도 미시건대학교의 연구결과에 나타날 것이다. 3e에 입학할 때는 여타의 국제학교처럼 생후 18개월의 아기에게도 나름의 입학시험이 있었다. 입학시험 내용은 첫째 조건이 기저귀 트레이닝이 끝나야 한다는 것이었다. 또 하나는 교실에 선생님과 앉아서 혼자 구슬 12개 정도를 꿰어야 했다. 인내심과 집중력을 보려는 목적이었을 텐데, 그때는 하바(HABA) 교구를 열심히 공부해야 들어가는 유치원인가 보다 생각하기도 했었다. 마지막에는 연필을 잡는 모습도 보여 줘야 하고, 간단한 질문에 영어로 대답도 해야 했다. 또한 외국 국적자여야 입학을 할 수 있는 국제학교여서 입학 절차에 필요한 서류들도 많고, 학부모와 교장 선생님이 면담을

하는 시간도 있었다고 한다. 그리고 학비도 저렴하지 않았다. 사실 유치원 입학은 단순한 이야기일 수 있지만, '3e'는 국제학교였기 때문에 입학 절차가 복잡했었다. 이후에 국제학교나 사립학교를 입학할 때마다 쉽지 않은 시험을 통과하고 복잡한 서류작업을 하면서 매번 같은 과정을 반복했는데, 그런 과정을 익숙하게 받아들일 수 있도록 해 준 학교가 바로 '3e' 였던 셈이다.

2006년 5월 4일, 3e의 뒤뜰인 사득공원에 서 있는 카우보이

#8

언어가 정착되는 시기, 3개국어를 동시에 배우는 법

내가 어릴 때부터 가장 많이 듣는 질문은 "너는 어떻게 3개국어(부족한 스페인어까지 하면 4개국어)를 하니?"였다.

한국어는 집에서 부모님과 매일 대화하고 엄마와 함께 책을 많이 읽었기 때문에 자연스럽게 익힐 수 있었다. 하지만 나의 모국어가 아닌 다른 언어(특히 중국어)들은 처음에 배울 때부터 그 언어에 자연스럽게 노출될 수 있도록 많은 노력을 기울여야 했다. 물론 나의 경우는 북경과 상해에서도 국제학교를 계속 다녔었기 때문에 3개국어를 배우는 데 좋은 환경이었던 것은 사실이다. 학교를 다니기 시작한 이후로는 한국어보다는 영어를 사용하는 시간이 더 많았고, 학교 내에서 중국어도 매일 배웠다. 그래도 다른 나라의 언어를 꾸준히 유지하려면 끊임없이 공부해야 한다는 것을 느꼈다. 일례로 내가 잠깐 북경을 떠날 때가 영국 국제학교 K2학년(6세)이었는데 그때 이미 논어나 맹자의 강론을 중국어로 읽고 쓸 수 있었다. 그런데 뉴욕에 오고 2~3년이 지나면서 중국어를 사용하지 않으니 자연스럽게 중국어를 잊어버렸었다. 하지만 고등학교 4년간 중국어를 배우면서 다시 유창한 중국어 실력을 갖추게 되었다. 언어는 'Use it, or lose it(사용하지 않으면 잊어버린다)'이 맞는 것 같다.

세 가지의 언어를 어릴 때부터 익히면서 처음 각각의 언어를 접할 때 일화들이 있다. 내가 한국 사람이기에 당연히 익혀야 했던 한국어는 다양한 주제를 섭렵할 수 있는 수천 권의 책과 한국 수학 공부를 통해서 배웠다. 엄마가 어느 날 외국에서 사는 시간이 길어질 것이라는 판단이 들어서 한국의 거의 모든 출판사에 전화를 걸어서 한국에서 시판 중인 명화, 동화, 과학동화, 음악동화, 미술동화 등을 대부분을 사셨다. 그 권수가 5,000권에 달했다고 한다. 그때 출판사 사장님들이 이 정도 책을 사면 아이가 대학 갈 때까지 책을 사지 않아도 충분하다고 했다는데 결국은 사실이었다. 그 당시에 구매한 책들이 얼마나 많았는지 각각의 출판사 역사에 남을 만큼 많은 양이었다고 한다. 그 책을 모두 컨테이너에 싣고 배편으로 북경까지 한 달 반에 걸쳐서 받았고, 대부분의 책들이 아직도 미국의 내 방에 있다. 친척들이나 외할머니가 집에 놀러 오시면 많이 물어보는 질문이 "이 책을 다 읽지도 못할 것 같은데, 왜 이렇게 많이 샀냐? 이 책들을 다 읽기는 했니?"다. 대답은 "다 읽었어요. 그리고 심지어는 4~5번씩 읽었어요."다. 엄마는 내가 8살이 될 때까지 매일 하루에 4시간이나 6시간 이상씩 소리를 내서 책을 읽어 주셨고, 12살까지는 매일 하루에 2시간씩 소리를 내서 책을 읽어 주셨다. 때로는 방문 선생님이 집으로 찾아와서 한국어를 가르쳐 주는 웅진의 '신기한 아기 한글 나라(북경에도 웅진의 '신기한 한글 나라'가 들어와 있었다)'를 통해 한글 공부를 하기도 했다. 한 번도 한국에 살아 본 적이 없는 내가 한국어를 완벽하게 할 수 있는 것은 이런 노력의 결과라고 생각한다.

영어는 주로 학교에서 배웠지만 영국 학교에 정식으로 입학하기 전에는 영어 공부를 하기 위해서 영어 학원의 힘을 빌리기도 했었다. 나는 2006년경에 북경에 처음 생긴 한국의 영어 유치원인 PSA(서초동에 본원을 둔 유아들을 위한 영어 학원)에서 2년 이상 영어 공부를 했다. 이것이 북경에서 나에게 연관된 '최초의'가 붙는 세 번째 일이다. 그 당시 북경 PSA는 학생들을 모집하기 위해서 PSA 압구정 지점에서 가장 경험이 많은 킴벌리(Kimberly) 선생님을 원장선생님으로 초대했었다. PSA에서는 책을 읽고, 토론을 하고, 리딩시험을 보고, 독후감을 내는 형식의 수업을 주로 했었다. 그 결과 5세 때가 되었을 때 미국 초등학교 1학년이 읽는 소설책들을 쉽게 읽을 수 있었다. 그리고 여름방학에는 집중적으로 독서를 하는 '썸머 리딩 캠프'도 참여했다. 학원을 다니면서 리딩 수준이 올라가면 GATE라는 영재프로그램에 들어가게 되는데, 나는 게이트 프로그램에서 공부하다가 영국 학교에 입학하면서 학원을 그만두었다. PSA에서 만났던 킴벌리 선생님은 나를 각별히 애지중지하셔서 나중에 미국에 와서도 한동안 연락을 하고 지냈던 기억이 있다.

영국 학교를 입학한 후에는 학교가 끝나고 집에 돌아오면 엄마와 함께 '독서'를 많이 했다. 엄마가 학교에 면담을 오시면 선생님들이 "집에서 책을 많이 읽어 주라."는 부탁을 하셨다고 한다. 그러면 엄마가 "난 원어민 발음도 아니고, 단어 뜻도 때로는 한국어로 설명해 주는데 그렇게 읽어 주면 오히려 독이 되는 것이 아닌가?"라고 선생님들에게 되묻곤 했다고 한다. 그러면 유명 국제학교의 영어 담당 선생님들은 발음이 문제가 되는 건 전혀 없고, 오히려 책을 안 읽어 줘서 생기는 문제가 더 크다고 했다. 책읽기의 중요성을 알았기에 초등학교 때까지는 학교에서 쿼터(Year Quarter: 3개월에 한 번)마다 북페어(book fair)가 열리면 중요한 책들을 학년별로 리스트했다가 모조리 구매해 와서 읽었다. 그리고 반즈앤노블(Barnes and Noble)의 멤버십에 가입하고 클래식 서적을 전부 사서 엄마와 함께 읽었다. 유명 동화작가의 책이라면 전 세계 어디서 출판된 책이라도 어떻게든 구해서 전부 읽었다. 지금도 기억에 남아 있는 유아기 때의 첫 책은 《매직 트리 하우스(Magic Tree House)》다. 엄마는 매일 한 시간씩 《매직 트리 하우스》를 읽어 주시고, 파닉스를 익힐 수 있게 도와주셨다. 그리고 저녁을 먹고 나면 BBC 방송의 TV쇼인 〈찰리 앤 로라(Charlie & Lora)〉를 같이 보고, 책도 읽었다. 핑크우유를 좋아하는 '로라'와 '상상 속의 친구(imaginary friend)'를 보면서 영국식 악센트도 배우고, 학교에 가서 로라 흉내를 내면서 딸기우유도 많이 마셨다. 어릴 때부터 엄마와 함께한 독서와 공부는 내가 고등학생이 될 때까지도 계속됐다. 엄마는 캠벨(Campbell)의 생물책을 보고 요점정리도 해 주고, 줌달(Zumdal)의 화학책도 함께 공부해 주고, 사회 과목의 시험 준비도 도와준다. 내가 미국에서 홀로 외로운 공부를 하지 않도록 지금까지 함께해 주고 있는 셈인데, 이렇게 할 수 있는 것은 엄마와 나의 언어발달이 동시에 진화했기 때문이라는 우스갯소리도 가끔 한다. 자랑 같지만 외국인 학생들에게 많이 어렵다는 과목인 AP Literature와 AP Language에서 A를 받을 수 있는 것도, 심지어 엄마의 SAT 영어 점수가 만점이 나오는 것도 모두 오랜 시간 동안 모자가 함께해 온 '독서' 덕분이라고 생각한다.

중국어는 7년이란 시간을 중국에서 살아서인지 나에게는 듣기에 아주 편안한 언어다. 나의 언어 수준은 영어, 한국어, 중국어 순서로 유창하다. 중국어가 제일 유창하지 못한 편이긴 한데, 이유는 학교 교육만을 통해 받는 언어습득이 완벽하기는 어렵기 때문이다. 중국에 머무를 때는 영국 국제학교와 상해 미국 학교에서 매일 들었던 중국어 수업과 아빠랑 집에서 함께 공부하고 읽는 중국 교재가 나의 중국어 실력을 늘리는 훌륭한 방법이 되었다. 처음에 중국어를 배우기 시작했던 2~4세 때는 정확한 발음을 듣고 따라하는 것이 중요하다고 생각해서 북경 현지 CCTV 방송국 아나운서를 집으로 불러서 푸다오(辅导: 개인교습)를 했다. 매일 뉴스를 진행하는 아나운서라서 자세도 좋고, 발음도 좋았다. 나에게 매일 '꾸스(故事: 중국 고사)'를 읽어 주고, 북경 표준어를 정확하게 발음하도록 가르쳐 주었다. 그리고 엄마도 매주마다 번갈아 가면서 중국어 동요의 전체 가사를 써서 벽에 크게 붙여 놓고 내가 오며 가며 읽어 보고 노래도 부르게 도와주셨었다. 어느 날은 '아이'가 엄마에게 "시엔셩(先生: 아빠를 부르는 명칭)이 아니라 네가 저 중국어를 썼냐?"고 여러 차례 묻길래 엄마가 이유를 묻자 '아이'는 "너는 공부를 잘 못하는 줄 알았어. 그러니 당연히 중국어는 못 쓰겠지라고 생각했다."고 했단다. 그런데 한국은 12년 이상을 한문을 배우기에 발음만 다른 중국어를 배우면서 쓰는 문제는 전혀 없었다고 한다. 그리고 중국의 동화책을 살 때는 청음용 CD가 들어 있는 것으로 구매하여 엄마와 함께 수십 번씩 듣고 읽기를 반복했다. 때로는 국제학교 앞에 있는 서점에 죽을 치고 있다가 서점 주인에게 이 근방 국제학교와 로컬학교 선생님들이 자주 사 가는 교재가 무엇인지 묻고 같은 것을 구매하여 공부를 하기도 했다. 이렇게 공부한 중국어 덕분에 6세경이던 영국 학교 2학년으로 올라갈 때는 영국 학교에서 유일하게 외국인으로서 중국 아이들로만 구성된 3년 선행 고급 중국어반 들어갈 수 있었다. 이것이 북경에서 나에게 연관된 '최초의'가 붙는 네 번째 일이다. 그 반에 들어가서 미국에 올 때까지 논어와 맹자의 고문을 중국어로 읽고, 쓰고, 외웠었다. 원래는 학교에서 부모가 둘 다 외국인이라 고급반에 못 들어 가는데, 아빠가 원어민만큼 중국어가 완벽하다는 증명을 해 오면 들여보내 주겠다고 해서 아빠께서 A4용지 3장 분량의 중국어 작문을 해서 학교의 승인을 받아 원어민반에 들어갔던 기억이 있다. 이렇게 완성된 나의 언어능력은 세 나라의 사회와 문화를 깊게 이해하는 데 많은 도움이 되었다. 우리 가족이 생각하는 세계적 다양성을 인정하고 이해하는 기본은 '언어'다. 어느 나라에 가든지 그 나라의 언어를 익히려고 노력을 하고, 현지 사람들과 많은 소통을 해야 한다고 생각한다. 언어를 익히면서 새로운 사회와 문화에 자연스럽게 녹아들고, 소통을 통해서 서로의 차이를 이해해야 비로소 제대로 된 적응을 시작할 수 있다고 생각한다.

#9

3e의 브로콜리 홍보대사, 드디어 학교모델이 되다

'3e'에서의 생활은 놀이와 언어활동이 대부분이었다. 매일 영어도 배우고 중국어도 배우지만 얼마나 잘 놀고, 창의성을 발휘하는지가 제일 중요했다. 유치원 뒤에 있는 사득공원에 나가 마음껏 뛰어놀고, 학교 목수들이 만들어 주는 장난감을 끌면서 학교 곳곳을 탐방했다. 그리고 매일 '노래 시간'과 '타악기 시간'이 있어서 유치원 생활이 행복했다. '3e'에서 나의 첫 담임 선생님은 '에이미(Amy) 선생님'이었다. 점심시간이 되면 무릎에 앉혀서 밥도 떠 먹여 주시고, 천둥소리를 무서워하는 나를 비가 올 때마다 꼬옥 안아 주셨다. 노래를 전공하신 선생님은 아름다운 음색으로 매일 아침마다 노래를 불러 주셨다. 선생님 덕분에 나도 유치원에 가면 마음껏 노래를 불렀다. 내가 어릴 때 가장 좋아하는 액티비티는 '노래'였다. 나는 노래를 부르는 목소리가 맑고, 꽤 높은 음까지 쉽게 올라갔고, 음정과 박자가 정확했다. 그래서 별명도 '꾀꼬리'였다. 가장 좋아하는 노래는 〈동물농장〉, 〈해피뉴이어(新年好)〉, 〈거미가 줄을 타고 올라갑니다(Itch Bitch Spider)〉였다. 노래는 반드시 춤과 함께해야 했고, 나름 무대 체질이라서 무대에 올라가거나 많은 사람들이 지켜보게 되면 장소를 가리지 않고 무대매너를 다해 노래를 불렀었다. 지금은 부끄러움을 조금은 아는 청소년이 되기는 했지만 여전히 노래 부르는 것을 좋아해서 비밀 아닌 비밀로 틱톡(Tik Tok)이나 유튜브에 노래 영상을 올리고 있다. 돌이켜보면 지금까지 유지되고 있는 나의 노래에 대한 열정은 '3e'를 다니던 2세부터 시작된 것이다.

매일매일 유치원 생활이 즐거워지면서 먹는 것을 좋아하지 않던 내가 잘 먹고 잘 자는 어린아이로 변했다고 한다. 유치원에 처음 갔을 때는 브로콜리를 하루에 세네 개씩 보울(bowl)에 담아 줘서 꼭 먹어야 했다. 친구들과는 다르게 야채, 샐러드, 브로콜리를 좋아했기 때문에 처음에는 유치원을 대표하는 브로콜리 홍보대사가 되었다. 그 이후에는 건강한 식생활을 위한 '헬시 리빙(Healthy Living)' 캠페인 모델이 되었다. 북경 시내 잡지에 몇 달간 나의 얼굴이 실린 기사가 나가고, 학교를 홍보하게 되었다. 지금의 얼굴이라면 어려웠겠지만 어릴 때는 나쁘지 않은 외모였나 보다. 그 홍보 사진 속의 나는 입 주변에 토마토 소스가 범벅이 되어 있었지만, 동네에 걸어다니면 종종 알아보는 사람들이 생겼다. 그 이후에는 대형 영화사에서 아

2006년 4월 28일, 북경 시내 신문잡지에 실렸던 광고 사진

역영화배우로 섭외를 받기도 했다. 하지만 겉멋이 들게 될까 봐 부모님은 시키지 않으셨다고 한다. 여하튼 인과관계는 별로 없어 보이지만 어린 시절에 나를 모델로 만들어 준 브로콜리를 아직도 좋아한다.

#10

사고로 이마가 찢어지다, 의료 시설이 열악한 북경

나는 유아기 때에 얌전한 편이어서 높은 곳에 올라가거나, 마음대로 뛰어다니거나, 한시도 가만히 있지 못해서 엄마를 힘들게 하는 개구쟁이 남자아이는 아니었다. 오히려 그 반대로 가만히 앉아서 책을 읽고, 그림을 그리고, 가베를 만들고, 클레이토이를 만들고, 음악 듣는 것을 좋아했다. 유일하게 처음으로 한 운동이 클럽축구였는데 소울메이트인 원숭이 인형과 함께 골대의 방향과 상관이 없이 아이들이 뛰는 방향으로 무조건 열심히 뛰는 겁쟁이 축구선수였다. 스키, 스케이트, 골프 등도 배워 보기는 했는데, 겁이 많고 조심성이 많아서 소심하게 따라하는 정도에서 그쳤다. 이렇게 활동적인지 않던 나에게 비교적 큰 사고가 일어났었다. 중국에서는 대표적인 명절로는 한국의 추석과 같은 중추절(中秋节), 중국의 공산당 창립 기념일인 국경절(国庆节), 새해(春节, 文旦)가 있다. 명절이 되면 아빠도 회사 일을 일주일 이상을 쉴 수 있었기 때문에 우리 가족은 북경 근교로 함께 여행을 다녔었다. 자주 가던 곳은 북대하(北戴河: 베이따이흐어)라는 바닷가와 만리장성 근처에 있던 온천이다. 2005년 춘절 연휴가 시작되던 날에 아빠의 대학 동창인 북경 주재 참사관 한상국 아저씨의 가족과 함께 북경에 새로 생긴 고급 온천을 가게 되었다. 만리장성 근처에 호텔식으로 근사하게 대규모로 지은 온천이라서 내부에는 수십 종류의 온천풀도 있었다. 춘절이라 고향 방문을 간 중국 사람들이 많아서인지 온천에 방문한 사람들은 대부분 외국인이었고 사람들도 거의 없었다고 한다.

두 가족은 온천에 도착해서 옷을 갈아입고 한두 군데 온천탕에서 온천욕을 했다. 내가 그때만 해도 잘 걷지를 못하는 아기인 데다가 온천 바닥이 미끄러워 위험할까 봐 주로 엄마가 안고 다니셨었다고 한다. 엄마는 이곳저곳을 구경하다가 유황 온천풀이 있길래 들어가 보려고 했는데, 이상하게도 그 온천풀은 물색도 누렇고, 포말이 거대하게 일어나서 깊이가 가늠이 안 되었다고 한다. 나를 온천 밖에 혼자 두면 위험할까 봐 온천에 튜브를 띄워서 나를 먼저 앉히고 난 후에 엄마도 온천에 들어가려고 했었다. 그런데 엄마가 나를 안아서 물 위에 떠 있는 튜브에 앉히려는 순간 손이 미끄러지면서 나를 놓쳤다고 한다. 결국 나는 누렇고 깊은 온천 물속에 빠졌다. 나중에 알게 된 사실은 그 온천풀 안에는 뾰족한 천연돌들이 바닥에 많이 솟아 있었는데 거대한 포말에 가려져서 잘 안 보인 것이라고 했다. 엄마가 순간적으로 너무 놀라서 나를 얼른 물속에서 건졌는데, 건지고 나서 나를 보니까 이마가 찢어져서 피가 흐르고 있었다고 한다. 처음에는 상처가 깊지 않은 줄 알았다. 그런데 물에 불었던 상처는 시간이 지나면서 점점 벌어지고 이마뼈가 보일 정도로 깊어졌다. 물에서 건져내고 얼마 되지 않아서 이마에서는 피가 분수처럼 뿜어져 나오고 손을 갖다 대고 눌러도 피는 멈추지 않았다고 한다. 엄마는 나를 안은 채 온몸이 피투성이가 되어 아빠를 애타게 찾았다. 나를 발견한 아빠와 아빠 친구는 나를 안고서 이리저리 뛰어다니면서 직원들의 도움을 요청했다. 하지만 온천에는 간단한 응급조치를 할 수 있는 거즈와 지혈제조차 없었다. 온천 바닥은 피투성이가 되고 온천 내부는 순식간에 아수라장이 되었다.

문제는 춘절이라 응급실을 연 곳이 없다는 것이었다. 대사관 직원이었던 아빠 친구가 각국 대사관 비상연락을 찾아서 북경 시내 여러 병원에 연락을 해 봤는데도 마땅히 수술을 할 곳을 찾지 못한 채 시간만 계속 흘러 출혈이 계속 심해지는 상태였다. 그때 문득 엄마의 대학교 선배가 응급의학과 의사인데 북경에서 소아과를 열었다는 소식을 들었던 것이 생각이 났다고 한다. 혹시나 해서 집에서 쉬고 있는 응급의학과 선배에게 개인전화를 했는데 선뜻 병원에 나와서 이마를 꿰매 준다고 했다. 병원에 도착해서 의사에게 상처를 보여 주니까 상처가 너무 깊어서 전신마취를

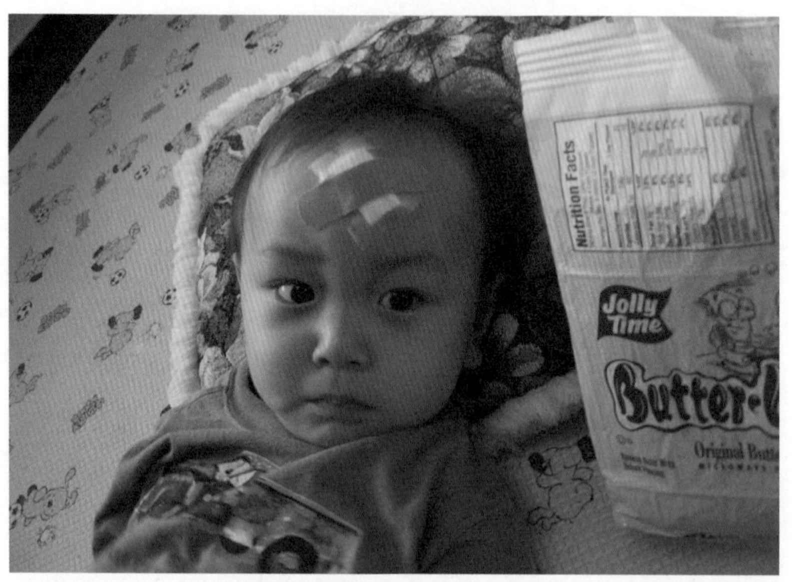

2005년 2월 8일, 상처 난 이마를 꿰매고서

하고 여러 겹을 꿰매야 흉터도 안 남고 좋은데 마취를 하기가 어렵다고 했다. 그래서 부분 마취를 하고 네다섯 바늘을 꿰맸다고 한다. 내가 움직일까 봐 팔다리를 침대에 묶고, 죽는다고 우는 나를 안고 아빠 엄마도 같이 울면서 나의 수술은 끝이 났다고 한다. 지금도 이마에는 영광의 상처가 남아 있다. 다행하게도 성장기에 얼굴이 길어지면서 흉터가 이마 윗부분으로 올라가면서 앞머리로 충분히 가려지는 위치에 남게 되었다. 너무 어렸을 때 벌어진 일이라서 기억이 거의 나지 않지만, 기억에 남아 있었다면 깊은 사고 후유장해(PTSD)가 남았을 수도 있을 것이다.

북경의 열악한 의료 시설 때문에 곤란을 겪는 경우는 나뿐만이 아니었다. 3e의 한국 친구인 민규도 놀이터 미끄럼틀에서 떨어져서 이마가 심하게 찢어졌었다. 민규는 애강병원의 한국인 성형외과의를 찾아서 전신 마취를 하고 찢어진 이마 피부의 안과 겉을 촘촘하게 꿰맸다고 한다. 내가 이마를 다쳤을 때만 해도 북경에서는 성형외과 의사를 찾기가 어려웠었다. 그나마 2007년부터는 한중협진병원인 애강병원이 문을 열면서 한국인 성형외과 의사가 근무를 하기 시작했다. 한국식 성형외과가 생긴 것은 중국 내 한류 열풍으로 한국 연예인 스타일로 성형을 하는 것이 중국 내에서 대유행인 시절이라서 가능했던 것이다. 그렇다고는 해도 매일 한국인 성형외과 의사가 병원에 근무하는 것이 아니라 예약제로 운영이 되기 때문에 성형수술이 있는 날 한국에서 의사들이 비행기를 타고 오는 형식이었다. 민규가 다친 날은 다행히 한국인 성형외과 의사가 애강병원에 수술이 잡혀 있었던 날이었다. 나중에 수술을 마친 민규 엄마는 천운이 닿았기에 수술을 할 수 있었다는 말을 했었다. 또 다른 친구인 유준이는 북경에서 1172km 정도 떨어진 시골인 '우한(武汉)'이라는 곳에 살았었다. 그곳에는 제대로 된 병원이 없어서 유준이는 예방접종을 하러 정기적으로 북경에 왔었고, 그때마다 우리 집에 머물렀다. 그런데 문제는 여러 차례 나눠서 맞아야 하는 예방접종을 며칠에 거쳐 한 번에 맞으니까 아기 몸이 버티지 못하고 밤새 열이 펄펄 났다. 게다가 먼 길을 온 유준은 칭얼거리고, 잠도 못 자고, 밥도 못 먹고, 토하면서 많이 힘들어했었다. 때로는 예방접종이 다가와도 북경에 올 수 없는 경우도 있어서 뇌수막염접종제(Prevenar) 등은 미국 병원에서 앰플을 사서 아이스박스에 넣어 우한에 가져가기도 했었다. 2004년 당시만 해도 북경의 의료 시설이 열악한 편이어서 엄마도 나를 키우면서 마음도 많이 아프고, 힘든 일도 많았다고 하셨다. 미국계 병원들이 있었지만 진료비가 상상을 초월하게 비싸서 이용하는 데 한계가 있었다. 결국 치과진료, 눈 다래끼 수술 등은 한국에 나가서 하게 됐었다. 내가 동생이 없는 이유가 북경에서 아기를 키우는 것이 너무 힘들어서 엄두가 안 났었다는 말씀도 종종 하셨다.

북경의 열악한 의료 시설 때문에 아기였던 나와 내 친구들이 겪은 일보다 조금 더 슬픈 이야기들이 있다. 하나는 우리 가족과 친하게 지내면서 나를 귀여워해 주시던 외교공사님이 있었다. 그분은 아빠의 학교 선배여서 우리 가족과 더 가깝게 지냈었다. 주말이면 식사도 함께하고, 집에도 놀러 가서 티타임을 갖기도 했었다. 그분은 여느 날과 다름없이 점심에 샌드위치를 사 먹었는데 배탈이 났다고 한다. 그래서 북경의 한 병원에 갔고, 그곳에서 수액을 맞게 되었는데 혈전이 생기면서 결국 사망하셨다. 외교관이었기 때문에 돌아가신 후에도 사망 원인에 대한 조사를 철저히 했고, 결국은 병원의 '의료과실'로 판명되었다. 불과 돌아가시기 며칠 전에도 우리 가족과 함께 점심식사를 하면서 즐거운 시간을 함께 보냈던 분이라서 충격이 컸다. 그리고 공사님의 자녀들이 한참 공부 중인 어린 학생들이었기 때문에 주위에서도 너무 안타까워했었다.

아빠에게 들은 또 다른 이야기는 우리가 북경에 살던 당시에는 장기이식수술(간이식이나 신장이식 등)을 하러 북경에 오는 한국 분들이 많았다고 한다. 아빠의 친구도 가족을 데리고 북경에 간이식 수술을 하러 왔었다. 하지만 수술을 받는 병원의 위생 상태는 상상을 초월하게 엉망이었다고 한다. 이식수술 순서를 기다리는 대기실에는 오로지 야전침상 하나밖에 없었고, 냉장고도 없어서 환자와 보호자들이 제대로 된 식사도 못 하고 불편하게 지냈다고 한다. 아빠는 환자와 보호자들을 위해서 냉장고와 먹을거리를 사다 주곤 하셨었다. 하지만 차례가 되어 수술을 받아도 부작용 때문에 결국 사망하는 분들도 적지 않았다고 했다. 아빠의 친구 가족분도 수술을 마친 다음 날 돌아가셨다. 돌아가신 분들은 화장절차를 밟거나 대한항공으로 시신을 운구해야 하는데 복잡한 서류작업과 함께 중국 정부의 허가를 필요로 했다. 아빠는 친구가 안타까운 일을 겪자 한국으로 시신을 운구해서 장례절차를 밟을 수 있도록 중국 정부의 허가와 관련된 일처리를 도와주었다고 한다. 내가 어린시절을 보냈던 2004년의 중국은 위생 상태가 좋지 못하고 의료 수준이 많이 낙후되어 있었다. 그래도 지금 내가 북경을 떠난 지 거의 14년이 지났으니까 의료 시설이 많이 발전했을 것이라고 생각한다.

#11

북경 영국 국제학교, British School of Beijing(Nord Anglia)

나는 1년 6개월 정도 '3e'를 다니다가 초등학교를 입학해서도 다닐 수 있는 큰 학교로 옮겨야겠다는 생각을 했다. 그때 당시 북경에는 미국계 국제학교와 영국계 국제학교가 있었다. 가장 대표적인 학교가 ISB(International School of Beijing), WAB(Western Academy of Beijing), BSB(British School of Beijing), Dulwich College Beijing 등등이었다. 학교를 선택할 때는 엄마가 직접 학교에 전화를 걸어서 스쿨투어를 신청하고, 학교 시설을 둘러보고, 선생님 면담도 한 후에 여러 학교들의 장단점을 철저하게 비교해 보고 신중하게 선택을 했다. 엄마의 선택은 영국계 국제학교였다. 영국 학교를 선택한 이유는 학교가 비교적 엄격하고, 책을 많이 읽게 하고, 수영과 악기를 조기 교육시키고, 교복을 입고, 예절을 중시하고, 영국 영어를 배울 수 있다는 장점 때문이었다.

그렇게 나의 첫 학교생활은 영국 학교의 널서리(Nursery)에서 시작되었다. 영국의 학제는 미국과 달라서 널서리(Nursery)-리셉션(Reception)-1학년(Year 1)…으로 불린다. 널서리와 리셉션은 미국의 킨더가든(Kindergarten)에 해당되는 과정이다. 영국 학교를 입학할 때도 입학시험이 있었다. 나는 미국 학교를 다녀서 영어는 잘했기 때문에 언어능력 외의 시험들을 봤다. 연필을 잡고 쓰는 모습을 보이고, 선생님과 단둘이 교실에 들어가서 선생님이 묻는 질문에 대답을 하고, 잘 들어가지 않는 실을 긴 실린더에 넣어서 통과시키고, 작은 구멍 사이로 실을 넣어 천을 짜야 하는 시험도 있었다. 이 중에서 실로 보는 시험이 가장 인상적이었다. 나중에 합격을 하고 학교에서 알려 준 사실은 영국 학교의 학교생활이 엄격해서 아이들의 인내심을 보느라고 일부러 실도 꼬아 놓고 구멍도 아주 작게 만들어서 아이들이 어떻게 반응하는지 보는 것이라는 말을 들었다. 짜증을 내거나 쉽게 포기하면 학교에 들어오지 못했을 것이다. 결국 나는 한 해에 아시안은 1~2명만 뽑는 영국 학교에 무사히 입학을 하게 되었다. 그때 당시의 영국 학교 이름은 British School of Beijing이었고, 산리툰(三里屯)이라는 지역에 있었다. 산리툰은 북경의 시내 중심에 외교공관과 대사관저들이 모여 있는 곳이다. 그래서 팬시(fancy)한 식당이나 카페도 많고 아주 안전한 동네였다. 내가 졸업한 이후에 영국 학교는 노드앙글리아(Nord Anglia)라는 이름으로 바뀌었다.

British School of Beijing은 영국 정부에서 지원을 하는 국제학교여서인지 영국에서 온 외무부파견 직원들의 자녀들이 많았고, 힐튼과 같은 대형 호텔체인의 아이들, 그리고 북한의 고위급 정치인들의 아이들도 다녔다. 학교생활은 학교 내 규율이 많고, 선생님들이 매우 엄격한 편이었다. 학교에 처음으로 갔던 날 나는 엄마와 헤어지기 싫어서 엄마손을 잡고 울었었다. 그런데 엄마가 있던 없던 아랑곳하지 않고 선생님이 내 손을 확 당기면서 "울지마."라고 무서운 얼굴로 말하고 나를 데리고 교실로 들어갔었다. 낮잠 시간이 되면 작은 침대에 이불을 스스로 펴고 잠들고, 잠이 깨면 스스로 접어야 했다. 또한 음식예절을 중요하게 생각하고 아이들에게 엄격하게 가르쳤다. 예를 들어서, 뜨거운 수프를 후후 소리를 내면서 불면서 먹으면 안 되었다. 뜨거운 음식을 먹으면 식사예절에 어긋나게 되고 고상하게 먹지 못한다는 이유로 주로 찬음식을 먹게 했다. 수업 중에 손을 들어서 의견을 말할 때는 오른손 검지(index finger)를 세운 채로 오른손을 들고서 왼손으로 오른손으로 받쳐야 했다. 그리고 흐트러지지 않는 바른 외모를 중요시해서 4세임에도 불구하고 바지, 베스트, 셔츠, 블레이저로 된 교복을 입고서 타이까지 메고 다녀야 했다. 심지어 검정구두, 양말, 학교모자까지 정해져 있었다.

학교생활뿐만 아리나 학교 교육도 엄격했다. 학교생활을 시작했을 때 가장 큰 어려움은 학교 내에서 '영국식 악센트'를 듣고 말하는 것이었다. 학교에서 근무하는 모든 선생님들은 영국에서 왔고, 수업 시간에 굉장히 심한 영국식 악센트를 썼다. 예를 들자면, 지금의 유튜버 '영국남자'의 조쉬(Josh)와 같은 악센트다. 수업 시간에 습관처럼 미국식 영어 발음을 하면 선생님들이 굉장히 싫어하셨고, 바로 교정을 해 줬다. 재미있게도 영국 학교에 지원하는 과정에서 부모님과의 면담을 통해 부모의 언어감각도 입학심사에 고려한다. 즉, 영국 학교에 입학하려면 부모도 빠르게 말하는 영국식 악센트를 알아듣고 학교 선생님들과 의사소통을 할 수 있어야 한다. 다행히 엄마는 영국식 악센트를 대부분 알아듣고 교장 선생님과의 면담을 무사히 마쳤다고 한다. 하지만 막상 학교에 입학을 하고 난 후에는 학교 선생님들이 하는 말을 알아듣기가 어려워서 익숙해지는 데 시간이 걸렸다고 한다. 나는 4년 동안 영국 학교를 다니면서 가랑비에 옷이 젖듯이 나도 모르게 영국식 악센트를 강하게 쓰는 아이로 변했다. 북경에서 영국 학교를 다닐 때는 내가 영어를 한다고 신기하게 바라보는 사람들이 없어서 몰랐는데, 미국에 오니까 어디를 가나 강한 영국식 악센트를 사용하는 것이 화제가 되었다. 미국에 왔을 때 학교 선생님들은 영국 악센트가 심한 내가 신기해서 영어로 책을 읽어 보게 하고 때로는 일부러 말도 걸었었다. 그러나 미국에 와서 1~2년이 지나면서 악센트는 자연스럽게 사라졌다.

영국 학교 교육이 엄격하다고 느낀 또 다른 특징은 글씨는 무조건 필기체(cursive)로 써야 한다는 점이었다. 글씨 자체를 제대로 쓰기 힘든 어린 나이의 학생들임에도 불구하고 학교 수업 중에는 흰 종이에 밑줄을 긋고 필기체로 필기를 하게 했다. 나는 영국 학교에서 널서리(Nursery) 학년부터 시작했기 때문에 애초에 영어를 쓸 때부터 필기체로 쓰도록 배운 격이라 큰 어려움은 없었다. 그럼에도 불구하고 매일 정해진 분량의 학습지에 필기체를 써서 학교에 가져가서 검사를 맡는 것이 쉽지는 않았다. 학교에 다니면서 대체로 책을 많이 읽어야 했고, 매일 해야 하는 숙제도 적지 않았지만 그래도 영국 학교의 교육에서 언어만큼 중요한 것이 교양을 위한 활동이었다. 학교는 북경 외곽 지역인 순이(顺义)에도 제2 캠퍼스가 있었는데 올림픽 경기장 수준의 풀이 있어서 일주일에 세네 번 수영도 배우고, 악기 조기 교육이 중요하다고 강조해서 바이올린도 배우기 시작했다. 학교생활이 엄격하고 선생님들도 무서운 편이었지만 다양한 체험교육을 통해 나의 어린 시절이 균형 있게 발전하면서 어리기만 했던 유아기를 조금씩 벗어나게 되었다.

2007년 3세 때 영국 학교 Nursery에서 썼던 필기체와 그림

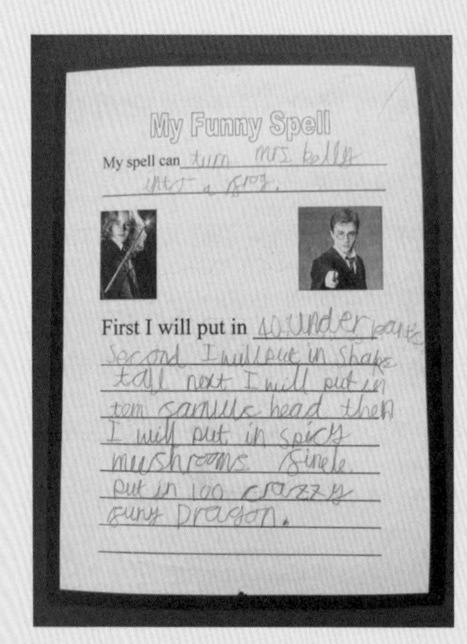

2008년 4세 때
영국 학교 Reception에서 썼던 필기체

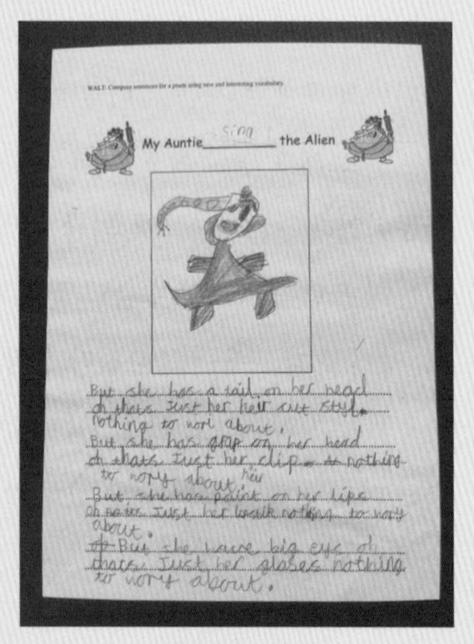

2009년 5세 때
영국 학교 Year-1에서 썼던 필기체

#12

왕푸징(王府井)의 동교민항(东教民巷)성당, 세례를 받고 천주교 신자가 되다

'중국' 하면 흔히 '공산주의'를 떠올리는 경우가 많다. 우리 가족이 살 때의 일화를 하나 말하자면, 북경에 살 때 천안문에서 작은 시위가 열린 적이 있었다. 부모님은 한국 신문을 매일 아침마다 받아 봤었는데, 천안문에서 시위가 있던 날 이후에 배달된 신문은 시위에 대한 기사가 실린 부분만 잘려져 있었다고 한다. 이렇듯 언론의 자유가 제한되어 있고, 경찰과 군인의 공권력이 세고, 공산당 전당대회를 열거나 중국 공산당 창립 기념일 행사를 매년 요란하게 치른 것을 보면 중국 사회는 공산국가의 전형적인 모습을 가지고 있었다고 볼 수 있다. 하지만 우리 가족은 북경에 살면서 공산국가의 전형적인 모습을 몸소 느낀 적은 없었고 오히려 '개방형 공산국가'의 모습을 느끼고 살았었다.

북경은 자본주의의 모습이 사회에 흡수되어 전 세계 유행 브랜드나 음식이 어느 아시아 국가보다 빨리 들어왔고, 부동산 투자로 인해 높은 건물과 신축 고급 아파트들이 많아져서 부자들도 기하급수적으로 증가하는 중이었다. 우리 가족이 머물렀던 2004년 이후의 시간들이 북경이 가장 빠른 변화를 보였던 시기이기도 하다. 게다가 우리 가족이 사는 아파트, 놀러 다니는 곳, 학교는 모두 국제적인 배경을 가진 사람들이 모여 있는 곳이라 북경 안에서도 중국어보다는 영어를 사용했고 화려하고 풍성하고 넉넉했다. 우리 가족의 생활반경을 조금만 벗어나도 공안(公安)이 웃옷을 벗고 다니는 사람들을 때리기도 하고, 불법을 단속한다고 시장을 부수고 하는 모습을 종종 지켜볼 수 있었지만 대체로는 자유롭게 경제활동을 하고 해외의 좋은 물건이나 교육제도 등을 빠르게 받아들였다.

그 당시 중국은 사회나 문화 전반에 걸쳐서 공산국가의 모습은 거의 없었던 데 반해서, 종교의 자유는 인정하지 않았다. 외국인의 경우는 정해진 장소로 가야만 종교활동을 할 수 있었다. 북경에는 성당이 두 개 있었는데, 북경 안의 성당 지역은 프랑스령이라서 치외법권이 인정되어 종교활동도 자유롭게 할 수 있다. 그중 하나인 왕푸징(王府井) '동교민항(동지아오민샹: 东教民巷)' 성당은 주말에 한하여 한인미사를 허락했었다. 우리 가족은 계속되는 북경 생활에서 나름의 의미를 찾기 위해 아빠가 유학시절에 외로움을 달래고 심적 안정을 위해 다녔었다는 성당을 함께 다녀보기로 했다. 성당을 다니기 시작하면서 아빠와 엄마는 세례를 받기 위해서 교리공부를 했었다. 성당은 주말에만 갈 수 있었기 때문에 교리공부를 하려면 수녀님들의 숙소로 가거나 일반 가정집에 모여서 해야 했다. 때로는 신부님이 머무는 아파트에서 강론을 듣거나 가정미사를 하기 위해 여럿이 모이게 되면 창문 위에 드리워진 커튼을 닫고 만났다. 그렇게 모여도 성가를 부르거나 기도문을 크게 외우는 행위는 할 수 없었다. 이렇게 할 수밖에 없었던 이유는 중국 내에서 허가 없는 종교 모임은 불법이었기 때문이었다. 그럼에도 불구하고 우리 가족은 모두 무사히 세례를 받고, 집에서 신부님을 모시고 고해성사도 하고, 주기적인 성당 모임에도 참여했었다. 나 역시 두 살 무렵부터 부모님과 함께 성당을 다녔고 세례도 받아 '루카(Luca)'라는 세례명을 얻었다.

북경동교민항성당은 한인들이 일요일마다 미사를 할 수 있는 소중한 장소임과 동시에 북경에서 제일 유명한 관광명소에 위치하고 있어서 색다른 즐거움을 주었다. 성당이 있던 왕푸징이라는 곳은 북경에서 야시장이 크게 열리는 곳이기도 하고, 역사적인 건물들이 많이 모여 있는 곳이기도 하다. 오후가 되면 진귀한 음식상이 줄을 지어 푸드코트를 연다. 특히 전갈꼬치, 개미사탕, 달콤한 산자꼬치인 탕후루(糖葫芦)와 같은 신기한 음식들은 구경하는 것만으로도 즐거움을 주었었다. 가장 신기한 광경은 신장 우루무치(新疆乌鲁木齐)에서 온 상인들이 양꼬치를 파는 모습이었다. "신쟝 양로우 추알~(신강양꼬치: 新疆羊肉串~)"을 외치면서 신장 사람들 특유의 콧소리를 내면서 파는 모습은 모든 이들의 시선을 사로잡았다. 향신료 맛이 강한 티벳 스타일의 양꼬치(羊肉串)는 5살의 나에게도 정말 맛있었다. 왕푸징 야시장과 함께 우리 가족은 사합원(四合院)이라는 집들이 몰려 있는 곳에 놀러 가서 시장 구경도 하고, 중국의 최대의 경극극장(京剧剧场)에서 경극도 보고, 동방신천지(东方新天地, Oriental Plaza)에서 쇼핑도 했었다. 왕푸징은 북경에서 가장 즐거운 곳 중 하나인데 한인미사를 하는 성당까지 있으니까 그야말로 금상첨화였다.

동교민항성당을 떠올릴 때마다 잊지 못하는 소중한 분들이 있다. 그때 성당에 계시던 신부님들과 수녀님들은 한국의 대구 교구에서 파견되어 오신 분들이었는데 이루 말할 수 없이 따뜻한 분들이었다. 북경에서 나의 첫 세례를 집전한 새내기 신부님이었던 김동현 신부님은 내가 미국에 왔다가 다시 상해로 가서 살 때 상해한인성당 주임신부님으로 다시 만나기도 했었다. 북경 성당에 다닐 때는 아기가 거의 없어서 내가 거의 유일한 아기였었다. 그래서인지 신부님들과 수녀님들이 많이 예뻐해 주셨었다. "우리 루카, 곱게 자라서 하느님이 원하시는 일을 하는 데 귀하게 쓰이기를 바란다. 너는 눈에 띄게 귀하다."라고 귓속말을 해 주시면서 머리를 쓰다듬어 주시던 수녀님들의 따뜻한 손길이 아직도 기억에 남아 있다. 그 당시에 북경은 살기 불편한 곳이었는데도 신부님들과 수녀님들은 허름한 로컬아파트에서 낡은 옷을 입고 종교의 자유도 없이 수도자의 생활을 하셨다. 식사를 잘 챙겨 드시지 못하는 수녀님들을 위해 음식을 가져다드리면 음식을 쌌던 쿠킹호일을 젓가락으로 비벼서 매끈하게 펴서 다시 쓰겠다고 모아 두셨다. 고해성사를 하러 신부님의 숙소에 가면 구멍이 여기저기 뚫린 내의와 양말이 빨래걸이에 걸려 있었다. 그래도 신부님들과 수녀님들은 밝게 웃으시면서 가난해서 행복하다고 말하고 한인들과 한인 유학생들을 위해 헌신적으로 봉사하셨다. 그래서인지 북경을 떠난 지 오래 되었지만 신부님과 수녀님들을 잊을 수가 없다. 아빠는 유학 시절에 외로운 마음을 달래려고 홀로 찾아갔던 성당을 10년 만에 가족을 이루어 다시 다니면서 감사한 순간을 선물 받았다고 말한다. 비록 자유로운 종교생활을 하는 데

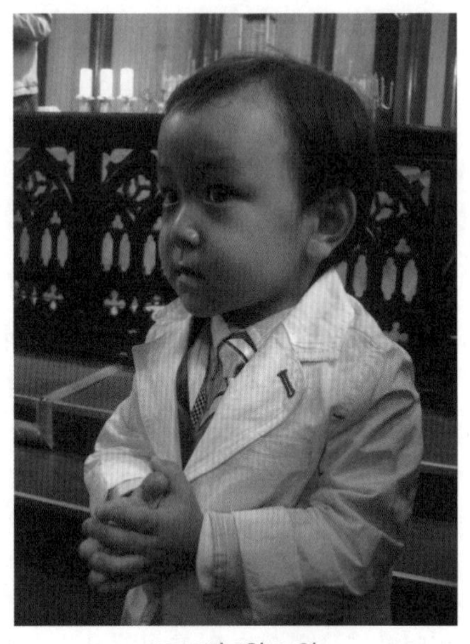

2007년 4월 29일,
북경동교민항성당에서 세례받던 날

제약은 있었지만 나와 엄마도 북경동교민항성당 덕분에 북경 생활이 행복했었다. 멀리에서도 내가 보이면 "오~ 잘생긴 루카 왔네!" 하면서 달려 나와서 안아 주던 신부님과 수녀님들께도 '아기 루카'가 잘 지내고 있다고 전할 수 있었으면 좋겠다.

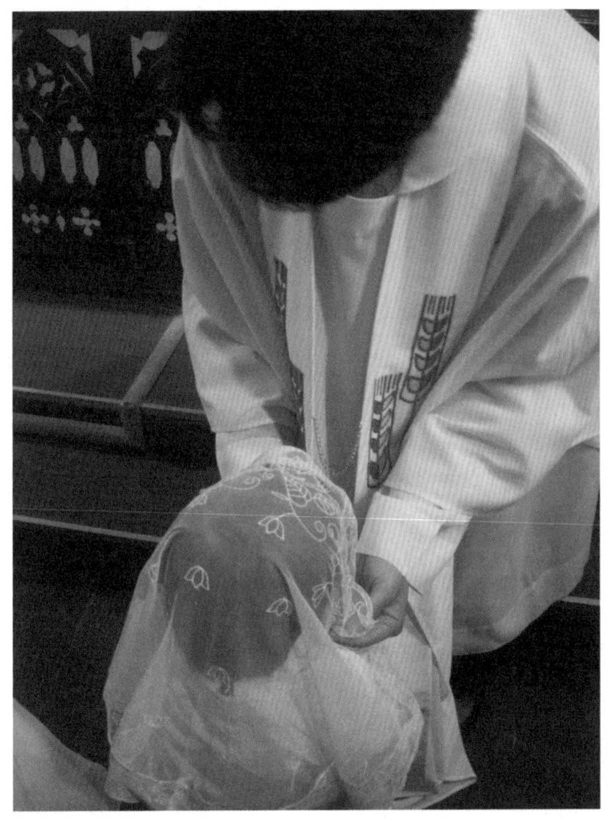

2007년 4월 29일, 북경동교민항성당에서 세례받던 날 김동현 신부님과

#13

중국에 대한 편견, 그리고 2008년 베이징 올림픽

미국에 처음 왔을 때 내가 중국에서 왔다는 이유만으로 중국에서 더럽게 살다가 온 줄 아는 사람들이 대부분이었다. 뉴저지에서 학교에 간 첫날 "너가 그 쭈웅~국에서 왔다는 아이지? 쭈웅국?"이라면서 비아냥거리던 동네 학부모들도 있었다. 내가 살던 북경의 3환 지역(东三环北路: 동3환북로는 북경의 3환 지역 가운데서도 북동쪽 지역으로 중상층 이상의 북경 사람들이나 외국인들의 밀집 거주지임)은 더럽지도 않았고, 오히려 깨끗한 도시였다. 또한 외국의 최신 문화와 물건이 제일 먼저 업데이트되는 아주 트렌디한 도시였다. 북경에서도 도심지역에 사는 사람들의 집은 흔히 상상하는 오래된 회색 콘크리트 건물더미 같다거나 무너져 내릴 듯한 판자촌과는 거리가 멀었고 대부분이 깨끗한 아파트였다. 아파트의 디자인도 독일이나 이탈리아의 유명한 건축 디자이너들이 하고, 프랑스 건축 회사가 시공하고 지었으며, 아파트의 슈퍼마켓에는 세계 각국에서 바로 어제 온 듯한 좋은 제품들이 넘쳐 났었다. 2000년대 초반인데도 불구하고 아파트의 내부에는 최고급 클럽하우스가 있었고, 수영장의 물도 1급 식수로 되어 있었다. Evian, Panna, Perrier를 생수로 배달해서 먹고, 아파트 주변에는 주민들을 위한 회원전용 고급스파들이 즐비하게 생기고 있었다. 중국 생활을 잘 모르는 사람들이 갖는 편견을 이해하지 못하는 것은 아니지만 덮어놓고 지저분하고 생활 수준이 낮은 나라라는 생각은 잘못된 것이다.

북경의 모습이 더욱 발전하게 된 계기는 2008년 베이징 올림픽이다. 올림픽이 결정된 건 2004년경이었기에 북경은 2006년이 되면서부터 본격적인 변화를 하기 시작했다. 북경이라는 도시는 그 당시에 빈부격차가 심했는데, 예를 들어 신식 슈퍼마켓과 구식시장, 고급아파트와 전통가옥이 공존하는 식이었다. 우리가 사는 3환이나 4환의 도심 지역을 조금만 벗어나면 곳곳이 지저분하고 허름한 모습이 많았다. 아파트 창문에 길게 쇠봉을 연결해서 너저분하게 빨래를 걸고, 위생 상태가 엉망인 누추한 옛 가옥들이 그대로 노출되어 있었다. 상의를 입지 않은 아저씨들이 자전거를 타고 다니면서 거리에 침을 뱉는 모습을 쉽게 볼 수 있었고, 대로에서 아이들에게 대소변을 보게 하는 사람들도 있었다. 그런데 올림픽 개최를 준비하면서 도시정화의 일환으로 모든 것들을 정리하기 시작했다. 누추한 가옥들을 가리기 위해 높은 장벽을 쌓고, 장벽에 그림을 그려서 내부가 보이지 않게 도시 전체를 바꾸었다. 또한 웃통을 벗고 북경 시내에 진입하면 공안이 때리거나 집 밖으로의 출입을 엄격하게 통제했다. 그리고 자전거를 타고 출퇴근하는 북경 사람들이 무법자들처럼 난상으로 일반도로까지 점령하지 않도록 자전거 전용도로도 많이 만들었다. 이런 노력의 일환으로 2008년 베이징 올림픽이 열리는 시점이 되자 북경은 유례 없이 깨끗한 도시의 모습으로 탈바꿈하였다.

올림픽 개최를 계기로 북경은 많은 변화가 있었지만 나는 세 가지가 제일 인상깊은 변화였다고 생각한다. 하나는 북경시내 전통시장들이 사라지고 모두 현대식으로 바뀐 것이다. 올림픽 기간에는 외국인들의 관광이 예정되어 있기에 전통적인 시장들을 모두 철거하고, 시장터에 고층 쇼핑몰을 신축하면서 길거리 상인들을 쫓아내거나 이주시켰다. 우리 가족은 북경에 살 때 재래시장에 가서 구경하는 것이 생활의 가장 큰 즐거움 중 하나였다. 가장 유명한 북경의 옷시장인 '씨우수이지에(秀水街: Silkmarket)'는 원래 실크나 옷감을 팔던 재래시장이었다. 길거리에 상인들이 나와서 옷감 외에도 가방, 장난감, 가짜상품 등을 놓고 팔았었는데 올림픽을 앞두고 높은 신식건물로 바뀌면서 모든 상인들이 거리에서 사라졌다. 싼리툰(三里屯)의 '야시우(雅秀: Yashow clothing market)'도 원래는 길거리시장이었는데, 베이징 올림픽을 앞두고 높은 현대식 건물로 신축을 했다. 그래서인지 주변 지역도 미국과 유럽의 고급 브랜드, 트렌디한 식당, 고급 호텔들이 순식간에 들어서게 되면서 점점 화려해졌다. 이런 시장들이 변화를 해야만 했던 이유는 시장들 대부분이 올림픽 주경기장인 '니아오차오(鸟巢: Birdnest)'로 이어지는 북경의 메인도로 위에 있어서 전 세계의 여론이 집중될 수 있었기 때문이었다. 재래시장이 사라지면서 도시는 더욱 깔끔해 졌지만 많은 사람들이 예전 시장의 모습이 더 좋았다는 말을 했었다. 우리 가족도 정이 넘치던 상인들과 활기찬 분위기의 재래시장의 모습을 이야기하면서 행복한 추억을 떠올리곤 한다.

또 하나의 인상 깊은 변화는 '북경 택시'였다. 우리는 외국인이라서 이동을 위한 교통수단으로 무조건 택시를 이용했었다. 북경의 택시는 연식을 알 수 없는 프랑스의 국민차인 '빨강색 씨트로앵(Citroen)'이었다. 족히 10년 이상 된 오래되고 낡은 택시였다. 택시의 내부는 상상을 초월하게 지저분했고, 몇십 년 동안 빨지를 않은 시트로 앉을 수조차 없이 비위생적이었다. 엄마는 어린 나를 항상 깨끗한 천으로 꽁꽁 싸매서 택시를 탔다. 그리고 택시를 탔던 날은 집에 들어서자마자 입었던 모든 옷을 벗어서 한데 모아 두었다가 뜨거운 물에 삶아서 입었다고 한다. 엄마는 택시를 탈 때마다 오늘은 세탁을 얼마나 많이 하게 될지 먼저 걱정하고, 집에 손님이 오면 택시에 앉았던 옷으로 식탁의자나 소파에 앉는 것도 싫었다고 한다. 나중에 미국에 와서 제일 좋은 점이 택시를 타지 않아도 되고, 깨끗한 옷을 마음껏 입을 수 있는 것이었다고 할 정도였다. 그래도 '북경 택시' 하면 떠오르는 특징적인 장면들도 있다. 택시에 타자마자 "환잉광린, 베이징 추주치츠어꽁스(欢迎光临. 北京出租汽车公司: Welcome to Beijing Taxi!)"라는 안내멘트가 나오고 나면, 드르륵 드르륵 소리가 나면서 미터기가 켜지고 영수증의 일부가 나온다. 그때는 '흑차(헤이츠어: 黑车)'라고 해서 불법영업 택시들이 있었고, 왕징 한인타운에 사는 많은 한인들이 이용하던 시절이었다. 오히려 흑차들은 개인소유의 차들이라서 깨끗하고 저렴했지만 장기밀매용 인신매매의 위험이 크다는 루머도 있었다. 문제는 택시비가 기사의 기분에 좌지우지되던 시절이고, 탑승자의 행색이 택시비를 결정하기 때문에 엄마랑 나랑은 흑차를 이용하지는 않았다. 북경시 택시조합의 택시들은 생각했던 것과는 다르게 부르는 게 값이 아닌 미터로 정확히 택시비를 계산했었다. 나는 택시를 탈 때마다 영수증이 나오는 동안 안내멘트를 따라 했고, 택시 기사 아저씨는 그런 내가 웃긴지 항상 웃으셨다. 북경은 여름에 텍사스만큼 더운데도 택시 운전기사들은 뜨거운 차를 마셨고 택시 안에는 항상 그들이 마시는 찻잎이 담긴 찻병이 꽂혀 있었다. 그래서 택시기사들에게 "이 더운 여름에 왜 뜨거운 차를 마시냐?"고 물어보면 더운 여름에 뜨거운 차를 마셔야 더 시원하고 건강이 상하지 않는다고 했다. 아직도 이해하기 힘든 의아한 일이다. 택시기사들은 우리 모자가 외국인이라는 것을 알고 목적지에 도착하면 내려서 짐도 들어주고, 유모차도 펴 주고, 잘 살펴가는지 한참을 지켜봐 주기도 했었다. 그렇게 오래된 택시들도 올림픽을 앞두고 한국의 현대차로 전부 바뀌면서 그 모습을 감췄다. 더 이상 더러운 택시들은 거리 어디에

2008년 3월 9일, 황사가 자욱하게 도시를 감싼 봄날 집 테라스에서

서도 찾아볼 수 없었고, 초록색 몸체에 노란색 띠를 두른 멋진 한국산 택시들이 북경 시내를 점령하게 되었다.

택시만큼이나 올림픽을 계기로 제일 인상 깊고 중요한 변화로 기억되는 것은 '북경 시내의 공기정화'다. 올림픽 전에는 대기오염 수준이 너무 높아서 매일같이 정부에서 공기오염도를 발표했는데 황사와 중금속 오염도가 매일 최악(hazardous)이었다. 당연히 파란 하늘을 본다는 것은 상상할 수도 없었다. 하지만 올림픽을 앞두고 환경정책을 강화해서 공기도 맑아지고 매일 파란 하늘을 볼 수 있었다. 예를 들어, 북경 외곽 지역에 있는 순이(顺义)는 미국 국제학교, 영국 국제학교, 고급 빌라들이 즐비한 곳이었는데 대부분의 주택과 학교들이 겨울에는 화석연료를 땠다. 게다가 순이 주변에는 대규모 공장 지역들이 있어서 겨울내 때는 화석연료 때문에 겨울, 봄, 심지어 초여름까지도 하늘이 잿빛이었다. 그래서 북경시는 올림픽 2년 전부터 북경 근교에서 사용하는 모든 화석연료의 사용을 금지했다. 거기다가 매일 밤마다 인공강우를 두세 차례 해서 도시의 먼지를 강제로 가라앉혔다. 신기하게도 인공강우를 한 다음 날은 맑고 파란 하늘을 볼 수 있었다. 그 당시에 많은 사람들이 "북경 하늘이 이렇게 파랗고 맑을 수도 있구나!" 하면서 감탄을 했었다. 하지만 그런 영광스런 변화는 오래 가지 않았다. 환환, 잉잉, 광광, 린린이라는 색색의 인형이 전 세계인을 반기던 베이징 올림픽은 벌써 오래전 일이 되었다. 올림픽이 끝나자 중국은 원점으로 돌아가서 환경관리를 하지 않았다. 그래서인지 올림픽 이전보다 대기오염은 더 악화되었다. 2014년에 우리 가족은 미국에 살다가 잠시 상해에 와서 살았었다. 그때는 공기오염이 심하다 못해 사람의 생명을 위협하는 정도였었다. 집 밖의 테라스에 앉아도 앞에 있는 사람의 얼굴을 볼 수가 없을 정도였고, 매일 외출 금지령이 내릴 정도로 도시 전체에 짙은 스모그가 끼어 있었다. 중국의 환경오염은 현재 주변 국가들에게 악영향을 미치고 있는 중이다. 내가 경험한 바로는 중국이 환경정책을 강화하고 공기 정화에 총력을 기울이는 것이 불가능하지는 않지만, 문제는 언제 가능할지 기약이 없다는 것이다. 다시금 중국에게 올림픽이나 월드컵을 개최하는 기회를 줘야 할지도 모르겠다.

2009년 3월 14일, 황사가 심한 봄날 집에서 <꽃보다 남자> 구준표 따라하기

#14

고궁(故宮)과 미국의 스타벅스, 그리고 한국의 Czen

'북경'은 역사가 오래된 나라의 '수도'이기 때문에 고대 황제의 유물들과 수천 년 된 건축물들이 위용을 자랑하며 잘 보존되어 있다. 동시에 공산당의 신축 건물들과 최신식의 서양 문화가 섞여 있는 도시다. 나도 북경에 살 때는 고궁에 소풍을 가고, 중국 전통 요리와 차를 마시고 중국 고대의 역사를 배우지만, 국제학교를 다니고 외국의 스낵을 즐겨 먹는 조화로운 생활을 했다. 미국의 고등학생인 내가 매일 거르지 않고 하굣길에 들르는 스토어가 있다. 바로 학교 앞에 있는 걸어서 5분 거리의 스타벅스다. 금요일마다 친구들과 스타벅스에 몰려가서 밀린 수다를 떤다. 미국에서는 흔하디흔한 코너스토어 같은 커피가게지만 북경에서는 이야기가 달랐다. 내가 학교 앞 스타벅스에서 프라푸치노를 손에 들고 걷다 보면 자금성에 생겼던 스타벅스가 생각난다. 쉽게 말해 옛날에 천하를 다스리던 중국의 황제가 머물던 중국의 궁전에 미국의 스타벅스가 자리를 잡은 것이다. 북경 역사의 자부심인 고궁의 자금성(故宮: Forbidden City)은 수백 년을 이어 온 중국의 상징이다. 1420년에 세워진 중국 황제의 집안에 650년이 지난 후에는 미국에서 건너온 커피가게를 들여놓아야겠다는 상상을 할 수 있었을까? 2000년에 비로소 미국 자본주의의 상징인 스타벅스가 자금성에 진출하였다.

스타벅스의 도전에 힘입어 2005년에는 한국의 CJ 그룹이 Czen이라는 식당을 세계 최초로 자금성에 문을 열었다. 그때 많은 언론들이 스타벅스와 함께 CJ 그룹의 자금성 진출을 축하했었다. 자금성에 레스토랑 문을 열기까지 많은 정치적인 힘이 필요했고 오랜 시간이 걸렸다. 그 기획을 하고 준비를 해서 성공을 하게 만든 북경 최초의 개척자 중 한 명이 CJ의 전략기획실장이던 우리 아빠다. 스타벅스는 2007년 북경의 유물보호를 위한 정부의 지침에 의해 문을 닫았고 뒤이어 Czen도 문을 닫았다. 일종의 공산국가 내 자본주의의 도전이자 실패이기도 하지만 한편으로는 작은 성공이라고 볼 수 있다. 모두의 회의론에도 불구하고 중국 정부에 대한 끈질긴 설득으로 성과를 이룰 수 있었고, 도전을 해 봤다는 자체에 큰 의미가 있다고 생각한다. 내가 살았던 시절의 중국이 21세기 이후에는 가장 유연했던 시절이 아니었나 싶기도 하다.

#15

록펠러 재단, 세계를 이끄는 젊은 리더 100인, 싱가포르 초청

개척자가 되는 일은 언제나 쉽지 않은 일이다. 아빠는 한중수교 기념으로 한국 최초로 1호 국비장학생으로 선발되어 북경에서 법학박사학위를 받았다. 정부장학생 선발 조건이 공부를 끝낸 이후에는 모교에서에서 강의를 하는 조건이었기에 사회에 첫발을 내딛는 시점에는 대학교에서 강의를 하셨다. 대형 신문사 기자도 하고, 국정원의 연구원으로도 일을 하고, 컨설팅회사인 KPMG에서도 일을 했었다. 하지만 내가 태어날 무렵이 되자 학계에 남기보다는 활동적인 사업가가 되고 싶은 마음이 들어서 삼성의 자회사인 CJ에 입사하게 됐다. 아빠는 CJ에 입사한 직후에는 북경 전략기획실장으로 발령이 나고, 열심히 일한 덕분에 2007년에 미국 록펠러 재단에서 선정한 아시아를 이끄는 젊은 100인에 선정되었다. 아빠의 수상 소식을 듣고 엄마와 나는 아빠를 따라 싱가포르에 갔었다. 싱가포르의 한 호텔에서 열린 시상식에는 젊고 소위 잘나가는 사람들이 많이 참석했다고 한다. 하지만 너무 어렸던 나는 오차드 스트릿에서 토이저러스(ToysRus)를 가고 달걀스시(Tamago Sushi)를 먹은 기억만이 남아 있을 뿐이다.

아빠는 시상식을 마치고 '아시아 소사이어티(Asia Society)'라는 곳에 소속이 되어 좋은 커리어를 만들면서 승승장구할 수 있었다. 싱가포르에서의 수상은 나중에 미국에 올 때 EB-5라는 전문가 이민으로 영주권을 두 달 만에 받을 수 있게 되는 데 결정적인 역할을 했다. EB-5는 미국의 국익에 도움이 되는 전문가들에게 쿼터가 할당되는 전문가용 이민비자이다. 그 덕분에 우리 가족은 빨리 미국 생활에 정착할 수 있었다. 아시아를 이끄는 젊은 100인에 선출되어 미국에 정착하게 된 나도 아빠처럼 미국을 이끄는 영리더 100명이 된다면 좋겠다는 생각을 해 본다.

2008년 아시아를 이끄는 젊은 100인에 선정된 아빠와 함께 싱가포르에서

#16

미식의 나라, 중국의 먹거리

우리 가족은 뉴욕에 처음 도착했을 때나 뉴저지에 살 때도 중국 음식점을 자주 찾았고, 처음에 텍사스 플레이노에 와서도 차이나타운에 있는 음식점부터 찾았었다. 대부분의 사람들은 향신료가 강하고 기름진 중국 음식을 먹기 힘들어하는데, 나는 아기 때부터 중국 음식을 아주 잘 먹었다고 한다. 중국 음식 중 제일 좋아하는 요리는 '북경오리'와 '딤섬'이다. 북경에는 전취덕(全聚德)이라는 150년 된 북경오리 요리 식당이 있다. 북경에 제일 먼저 생긴 '베이징 카오야(北京烤鸭: 북경오리 구이)' 식당이기도 한데, 내가 영국 학교에 다닐 때는 북경 문화 체험의 일환으로 전취덕에 자주 갔었다. 어린아이들이었지만 오리고기를 얇은 밀가루피에 싸서 호이신소스와 맛있게 먹었던 기억이 남아 있다. 그렇게 북경오리의 맛을 일찍 알게 된 나는 미국에서도 페킹덕(북경오리) 음식점이 있으면 무조건 가 본다. 페킹덕을 좋아하는 나를 위해 엄마는 할랄(Halal) 오리를 사서 오븐에 구워서 북경오리 요리를 집에서 직접 해 주시기도 한다.

북경오리만큼 좋아한 음식은 '딤섬'이다. 딤섬은 종류가 얼마나 많은지 셀 수조차 없을 정도였다. 가장 기억에 남는 딤섬집은 딘타이펑(鼎泰豐)

과 타오주공관(陶朱公馆)이다. 딘타이펑은 미국 LA에도 생긴 유명 음식점이 되었지만 내가 북경에 살 때만 해도 정통 대만식 딤섬을 맛볼 수 있는 유일한 식당이었다. 아빠는 양안관계(중국과 대만의 관계: Cross-Strait Relations)는 안 좋지만 음식 문화는 그대로 받아들이는 중국의 배포가 묻어나는 식당이라는 말을 하셨었다. 아빠가 다니셨던 CJ는 딤섬에 상당한 관심을 갖고 딘타이펑 오너와 많은 미팅을 가졌었다. 나는 그 덕에 거의 매주 딘타이펑에 가서 지점의 사장님과 직원들이 직접 챙겨 주는 야채만두(素菜蒸饺), 샤오롱빠오(小笼包), 찹쌀떡(豆沙包), 달걀볶음밥(鸡蛋炒饭), 홍소우육면(红沙牛肉面) 등을 먹고, 디저트로 팔보반(八宝饭)을 선물로 얻어 오는 행운을 누릴 수 있었다. 딘타이펑 주인은 가을이 되면 상해의 털게(팡씨에: 螃蟹, Hairy Crab)를 산 채로 고급스런 상자에 넣어서 집까지 배달해 주었는데 아주 귀한 선물이었다. 털게는 몸통의 2/3가 주황색 게알로 덮여 있고 살이 통통하게 오른 민물게다. 찜을 해서 미추(쌀식초: 米醋)에 찍어서 먹으면 고소하고 담백한 맛이 일품이었다. 미국에 살면서도 생강편에 부은 쌀식초에 '샤오롱빠오(소룡포: 小笼包)'를 담가 먹고 싶고, 상하이의 털게를 맛보고 싶은 마음이 간절하다. 그리고 타오주공관은 특이한 딤섬이 많은 식당이어서 어린 내가 먹을 수 있는 딤섬이 많았다. 지금은 잘 안 먹지만 그때는 두리안딤섬을 가장 좋아했었다. 맨해튼 여행을 가면 차이나타운에 가서 반드시 징퐁(金风: jing fong)에 들르는 이유가 중국의 딤섬이 그리워서다. 하지만 아무리 뉴욕 최고의 딤섬집도 중국 본토의 딤섬맛을 재현하기는 어려운 것 같다.

미식의 나라 중국에 살면 특이한 음식을 먹은 이야기들을 자주 나누곤 한다. 나는 어려서 특이한 음식을 먹은 적은 별로 없는데 듣기로는 중국 사람들은 원숭이 골, 곰 발바닥, 생닭발, 취두부, 삭힌 오리알 등등 바다의 잠수함만 빼고는 전부 먹는다고 한다. 이 중에서 내가 먹어 본 것은 삭힌 오리알이다. 오리가 알을 낳으면 말 오줌에 담가서 오랫동안 숙성을 시킨다. 그러면 알 자체가 검은색으로 변하는데, 톡 쏘면서 고소한 맛이 나고 생두부에 얹어서 먹으면 맛있다. 북경의 식당들 중에서는 규모가 자금성급이면서 최고급 식당인 곳도 있었다. 랍스터를 종이처럼 얇게 포를 떠서 회로 먹는 운용금액(云龙金格)이라는 최고급 식당도 기억에 남고, 내가 살던 리두(丽都) 지역의 홀리데인 호텔에 있던 사천 식당인 위샹런지아(渝乡人家)와 태국음식점인 프릭스타이(Phrik Thai)는 대적할 만한 식당을 아직 못 찾았을 정도로 맛있었다. 6년간 북경에 살았고, 그 이후 1년간 상하이에 살면서 많은 음식들을 접했는데 아무래도 어려서부터 자주 먹어서인지 중국 북방 스타일의 요리-향신료가 많인 들어가고 매운 요리-들은 나에게 중국에 살던 시절을 그립게 만들어 준다.

#17

북한 친구, 탈북자, 북한식당

처음 영국 학교에 다닐 때는 한국인 친구들이 거의 없었다. 그래서 조금 외로운 학교생활을 하고 있었는데, 1학년(Year 1)이 되면서 마침내 여러 명의 한국인 친구들이 학교에 입학했다. 그중에서도 인상 깊은 친구들이 두 명이 있었다. 한 명은 엄마 대학 동창의 딸인 민정이었고, 다른 한 명은 북한 외교부에서 온 제시(Jesse)였다. 민정이 아빠는 엄마의 친구였고 외교관으로 한국 대사관에 근무했었다. 민정이 아빠가 다른 나라에 출장을 가면 엄마는 나와 민정이를 데리고 저녁도 먹고 잠도 함께 잤다. 그렇게 민정이와는 친하게 지내면서 매일 어울려 놀았지만 제시랑은 놀아본 적이 없었다. 어느 날 민정이가 제시의 생일에 초대를 받았는데 신기한 경험을 했다고 한다. 이유는 제시의 집에 가니까 김일성 사진이 벽에 걸려 있었고, 부모님의 옷에 김일성 배지가 달려 있었다는 것이다. 사실 나는 아가일 때부터 북한 식당인 '모란각'이나 '유경식당'에 단골로 다녔기에 북한 아이가 이상하지 않았는데, 민정이에게는 조금 충격이었던 것 같다. 우리 부모님 세대는 북한 사람들을 절대 만나서도 안 되고, 언급해서도 안 되는 교육을 받고 자랐기 때문에 아무리 외국이지만 북한 가정에 초대를 받아서 놀러 간다는 것은 상상조차 할 수 없는 일이었다. 제시의 부모도 한국의 기업에서 온 다른 한국 아이들은 초대할 수 없었고, 민정이는 한국 대사관 직원의 아이라서 북한 정부의 허가 아래 초대할 수 있었다는 말을 했다고 한다.

나의 북한 경험은 이것뿐만이 아니다. 북경이 점점 개방되면서 탈북자들이 많아졌다. 그들은 중국 연변 지역에 많이 살지만 생계를 위해 북경 같은 대도시로 이동해 오고, 도시의 빈민이 되어 인력사무소를 전전했다. 그리고 가정집의 보모나 가사도우미로 생계를 유지하는 경우가 많았다. 2008년 베이징 올림픽이 끝나고 한국과 중국의 비자협정이 체결되면서 조선족에게 한국 내 거주비자 쿼터를 많이 열어 주었다. 간단한 시험을 거치면 환경도 좋고 돈벌이가 중국보다 훨씬 좋은 한국으로 쉽게 갈 수 있었다. 그래서 많은 조선족들이 한국으로 갔다. 우리 집에서 4년간 나를 키워 주던 조선족 보모도 그때 우리 곁을 떠나서 한국으로 갔다. 이런 상황으로 갑자기 북경 시내에서 '아이'를 구하기가 어려워지자 탈북자 출신의 아줌마들로 추정되는 많은 사람들이 가정일을 돕겠다며 면접을 다녔었다. 대부분 신분증이 없었고, 숙식을 수십 명이 모인 곳에서 함께한다고 했다. 그래서 가사도우미를 구할 때는 연변 출신인지 탈북자인지 잘 알아보고 구해야 한다고 했다. 그리고 집단 생활을 하기 때문에 머리에 이가 있거나 속옷을 제때 갈아입지 않아서 성병이 있는 아줌마들도 많았다. 가사도우미를 구하면 대부분 집에 오자마자 옷을 갈아입게 하고 목욕을 시켰었다. 그리고 때로는 성병검사를 위해 피검사를 하러 병원에 데리고 가기도 했었다. 우리 집에 와서 한 달 정도 머물다가 집에 있던 모든 귀중품을 가지고 사라진 사람도 나중에 알고 보니 탈북자였었다. 엄마께서는 상황이 안 좋아 목숨을 걸고 북한을 탈출한 사람들이기에 어떻게든 돕고 싶고 알아도 모르는 척을 해 주고 싶었다고 한다. 나중에 다시 상해에 갔을 때인 2015년은 너무 비싸진 중국의 물가 때문에 '아이'를 집에 청할 수도 없었고, 탈북자들도 직업소개소에서 사라졌었다.

북경에 살 때 나에게는 조선족 보모들만큼이나 나를 예뻐해 주고 사랑해 주는 사람들이 있었다. 그 사람들은 바로 북한 식당의 여종업원들이었다. 북한에서는 출신이 좋아야 식당 종업원으로 선발될 수 있다. 또한 외화벌이 수단으로 북경과 같은 대도시에 나와 있기 때문에 공연 실력이 뛰어난 평양예술원 출신들이 대부분이었다. 북한 식당의 종업원들은 고운 계량 한복을 입고서 손님들 앞에서 노래를 불렀고, 심지어 짧은 계량 한복 위에 베이스기타를 메고서 열정적인 연주를 했던 모습이 아직도 기억에 생생하다. 내가 북한 식당에 자주 간 이유는 북한 식당에 가면 남한의 음식과는 달리 담백하고 양념이 덜된 음식이 많아서 아기인 내가 먹기 좋았기 때문이다. 북한은 전통을 지키는 방식을 고수하고, 외래어 대신 순우리말을 만들어 쓰는 경우가 많았다. 그래서 음식 이름도 생소하고, 맛이나 모양도 한국 음식과는 많이 달랐다. 북한 음식은 서양 음식과 서양 문화를 많이 흡수한 한국의 음식 문화에 비해 조미료도 넣지 않고 담백하게 굽거나 쪄서 만드는 요리가 많았다. 가장 대표적인 요리는 도루묵구이, 감자떡, 소라전골, 북한김치, 평양냉면이었다. 북한이 추운 지역이라 도루묵이라는 생선이 흔한지 알이 꽉 찬 생선을 소금에만 구워 줘도 맛있었고, 장군님(김일성)의 냉면이라 불리는 평양냉면도 특색 있었다.

나는 북한 식당에 가면 밥을 다 먹고 난 후에 꼭 해야 되는 일이 있었다. 바로 식당 종업원 누나들과 놀아 주는 일이었다. 공연을 하는 몇몇 누나들이 귀엽고 잘생겼다면서 나를 안고 본인들이 묶는 숙소로 데리고 갔다가 한 시간 후에 다시 식당 로비로 데리고 나오곤 했다. 북한 식당들은 식당 뒤편에 종업원들의 숙소가 붙어 있다. 아마도 관광객을 대상으로 공연을 많이 해야 되고, 탈북을 못 하게 감시하려는 목적이 있었던 듯하다. 종업원들이 나를 어디론가 데리고 들어가면 엄마는 아무 말도 못 하고 혹시 북한에 데리고 가는 건 아닌지 너무 불안해서 그 근처를 떠나지 못하고 서성거렸다고 한다. 하지만 내 기억에는 나를 데리고 들어간 종업원들이 "남한 아이들은 정말 곱구나." 하면서 사탕도 주고, 머리도 빗겨 주고, 노래도 불러 주고, 많이 안아 주었다. 그들은 2~3년의 외화벌이 임무가 끝나면 북한으로 반드시 돌아가야 했다. 나를 예뻐해 주던 북한 식당 직원들은 아주 오래전에 북한으로 돌아갔겠지만 모두 평온하게 잘 살고 있기를 바란다.

#18

토마스 기차의 나라, 영국에 가다

어린 시절의 영혼의 단짝은 누구나 있기 마련이다. 나는 유독 토마스 기차를 좋아했다. 토마스는 나와 많은 것이 닮았다고 생각했다. 눈이 크고, 동그랗고, 호기심이 많고, 다른 사람들 이야기를 듣고 도와주는 것을 좋아한다는 점이 그렇다. 토마스 기차가 증기를 뿜어낼 때면 누구보다 힘이 세 보였기에 나에게는 매력을 충분히 어필했었다. 그래서 나의 어릴 때 꿈이 증기기관차(증기기관사가 아니라 기차)가 되는 것이기도 했다. 어릴 때 전 세계의 토마스 기차를 전부 모아서 집에 철로를 깔고 매일 기차놀이를 했다. 때로는 〈Thomas & friends〉라는 티비쇼를 수십 번 보면서 똑같이 세팅하고 따라 했었다. 거의 4~5년간 매일 토마스만 바라보면서 내가 곧 토마스 기차가 될 수 있을 거라고 굳게 믿었다. 어느 날은 흥미진진한 일이 많이 일어나는 작은 소도어섬(Sodor Island)에 가서 살고 싶다는 생각도 했었다. 장난감 토마스 기차에 물을 넣으면 '퓨퓨' 소리를 내고 증기가 뿜어져 나오면서 기차가 움직이기 시작하는데, 그때마다 상상 속에서 나는 이미 영국 소도어섬에 가 있었다. 그러던 어느 날 드디어 멀리 있는 상상의 나라였던 영국 런던에 갈 일이 생겼다.

엄마는 외교학을 전공하고 Johnson & Johnson에서 인사과(Human Resources) 직원으로 일했는데, 내가 태어나면서 회사는 그만두었다. 북경에 살게 된 이후 1~2년은 나를 키우느라 일을 하지 않았고, 내가 세 살이 되면서 나의 정서에 도움이 돼라는 목적으로 꽃꽂이(floristry, flower arrangement) 공부를 시작했다. 처음에는 몇 달만 해 보려고 시작했지만 나중에는 교수자격증을 받을 정도로 전문적인 공부를 하셨다. 북경에 들어와 있는 일본 꽃학교에서 4년 동안 꽃꽂이를 배우는 과정에서 호텔 등에서 수많은 전시도 하고 나중에는 학생들도 가르쳤다. 그리고 영국의 왕실 꽃학교인 쥬디스 블랙락(Judith Blacklock)에 가서도 공부를 했다. 그때 나는 엄마를 따라서 영국에 갔었다. 영국 학교를 다니면서 영국 악센트를 사용하고 영국의 문화에 익숙하지만 영국에 가 본 적은 없어서 영국 여행이 너무 설레었다. 북경에서 영국으로 갈 때는 두바이를 경유해서 갔다. 두바이를 경유한 이유는 내가 북경의 한 온천에서 이마가 찢어졌던 날 우리 가족을 돕고 함께했던 한상국 아저씨가 아부다비 한국 대사관에서 근무하고 있었고, 우리 가족에게 두바이 구경을 시켜 준다고 했기 때문이다. 그때 당시 외교관들만 들어갈 수 있는 사설 해변이 부즈루 알 아랍(Burj al Arab) 앞에 있었는데, 아저씨 덕분에 들어가서 구경하고, 수영도 하고, 식사도 함께하면서 즐거운 시간을 보냈다. 며칠간 두바이에 머무르고 우리 가족은 영국 런던으로 향했다. 처음에 런던에 도착해서는 긴 비행 끝에 체력이 고갈되어 에어비앤비(Airbnb)에서 오랫동안 잠만 잤다. 시차적응이 된 이후에는 20일간 영국에 머무르면서 많은 것을 보고 경험했다.

우리가 머무른 곳은 런던의 나이츠브리지(Knights Bridge)에 있는 썰시스(Cercy's, 30 pavilion road)라는 곳이었다. 썰시스는 런던 시내 오래된 건물의 하나로 중세 시대의 수동식 엘리베이터, 좁은 호텔 복도, 작은 방들이 있다. 오래되고 허름한 겉모습과는 다르게 호텔의 내부에는 화려한 연회장(banquet room)도 있었고, 아침을 먹을 수 있는 옥탑의 테라스도 있었다. 숙소는 해로즈(Harrods) 백화점 바로 앞이라 여름 쇼핑을 위해 런던으로 넘어온 중동 산유국의 부자들이 카페에 앉아 잉글리쉬티를 마시는 모습을 쉽게 볼 수 있었다. 티타니움으로 만든 람보르기니도 서 있고, 검정색 부르카를 두른 멋있는 중동 여자들이 영국의 백화점에서 명품 쇼핑을 했다. 가끔 산책을 하다 보면 새로 지은 비싼 아파트 앞에 중동 사람들의 차가 많이 세워져 있었다. 나는 교통수단에 관심이 많아서인지 영국에 왜 중동 번호판을 달고 있는 차들이 있는지 궁금했었다. 나중에 알고 보니 중동에서 배에 고급세단을 싣고 런던으로 와서 여름 아파트에서 시간을 보내는 사람들의 차였다. 우리 가족이 머물던 숙소 앞에는 볼거리가 많아서 심심할 틈이 없었다.

엄마는 매일 아침이 되면 학교에 가서 하루 종일 공부를 했다. 그러면 나와 아빠는 런던의 자연사 박물관이나 브라이튼 해변에 놀러 가서 하루를 보냈다. 2주 후에 엄마가 학교를 수료하고, 우리 가족은 런던 근교로 여행을 할 수 있는 기회도 있었다. 사진으로 대신하는 기억이지만 윔블던, 캠브리지대학교, 옥스퍼드대학교, 윈저궁, 이튼스쿨 등으로 기차를 타고 놀러 갔다. 영국에 머물던 시기는 마이클 잭슨이 죽어서 피카딜리 서커스(piccadilly circus)의 도로 위에 추모의 꽃다발이 계속 쌓이고 있었다. 어린 나의 눈에도 유명한 팝 아티스트의 죽음은 많은 사람들이 애도하는 슬픈 장면으로 남아 있다. 그리고 런던의 마지막 날을 알차게 보내기 위해서 아이러니하게도 미국의 브로드웨이에서 온 〈라이언킹〉 공연을 봤었다. 지금 생각해 보면 그때는 영국에 머물렀지만 결국은 미국으로 와야 하는 운명이었나 싶기도 하다. 영국 여행은 끝이 났지만 영국에서 사 온 토마스 기차, 토마스 여행가방, 토마스 기차 모양의 수납장과 같은 나만의 토마스 컬렉션을 가지고 오랫동안 영국을 잊지 않을 수 있었다. 지금도 토마스와 친구들은 소중한 기억과 함께 장식장 안에 고스란히 간직하고 있다.

2009년 영국에서-1

2009년 영국에서-2

#19

황사, 건조증, 눈 다래끼, 미국으로 이주를 결심

봄이 되면 중국의 기상뉴스는 다른 나라들과는 조금 다른 내용을 전달한다. 일명 황사 수치인데, 수치가 아주 높은 날은 외출 금지를 권고할 정도다. 또한 황사 기간에 비가 오면 중금속이 섞여 있는 비라서 절대 그냥 맞으면 안 된다. 처음에 북경에 갔던 2004년은 그렇게 심한 황사는 없었고, 그 이후에는 북경이 세계 언론을 의식하고 2008년 베이징 올림픽 기간까지 북경 최대의 공기 정화를 했었기 때문에 높고 푸른 하늘을 매일 볼 수 있었다. 문제는 올림픽이 끝난 후였다. 북경을 둘러싼 공장들의 가동은 가속화되었고 인공강우를 열심히 하지도 않았다. 황사가 심한 날은 집 안 바닥 전체에 누런 모래가 쌓이고 걸을 때마다 발바닥에 이물질이 느껴질 정도였다. 가사도우미 아줌마가 아침에 바닥을 닦아 주고 퇴근하면 저녁잠을 자기 전에 엄마가 다시 한번 닦아야 했다. 공기청정기를 켜면 고장이 날듯 하루 종일 돌아가고, 3~4개월에 한 번씩 바꿔도 되는 필터를 한 달에 한 번 바꾸는 것도 부족했다. 친구들은 천식을 달고 살고 감기 비슷한 증상이 생기면 낫지를 않았다. 게다가 황사가 생기면 해도 뜨지 않고 도시가 회색빛으로 물들면서 낮에도 한밤중처럼 어둡고 건조해서 숨을 쉴 수 없을 정도로 답답했었다.

나는 친구들처럼 호흡기 문제는 없었지만 북경의 건조함 때문에 눈물샘이 말랐었다. 눈물샘이 마르고 막히면서 눈 다래끼가 생겼는데 의료 시설이 열악해서 마땅히 안과를 갈 수가 없었다. 눈 다래끼가 눈 전체를 뒤덮을 듯이 커져서 미국 병원에 가서 칼로 염증 부위 몇 군데를 베어 내고 고름을 짜 주었다. 그런데 건조한 기후가 계속되니까 눈 다래끼의 염증은 좋아지지 않고 생기고 또 생기고 했었다. 그래서 결국 북경의 제일 큰 병원 안과에 가서 진료를 받았으나 차도는 없었고 다래끼를 수술하는 방법밖에 없다고 했다. 결국 한국을 갈 수 있는 날을 기다리는 방법 외에는 없었다. 그 후로도 거의 1년 넘게 눈 다래끼를 달은 채 살았다. 결국 한국에서 전신 마취를 하고 눈 다래끼 수술을 했고, 지금도 눈 밑의 작은 상처로 남아 있다.

그때 북경에 살던 친구들은 되도록이면 주재 기간을 빨리 끝내고 한국으로 돌아가기를 바랐었다. 하지만 우리 가족은 아빠의 회사 일이 점점 많아져서 북경을 떠날 수 없는 상황이었다. 나는 황사가 심해지니까 호흡기에 좋은 운동을 한다고 4살부터 수영을 시작했었다. 그럼에도 불구하고 나의 건강 상태가 좋아지지도 않았고, 마르고 왜소한 체격이 개선되지도 않았다. 북경은 환경 문제뿐 아니라 어린아이들이 성장하는 데 필요한 먹거리를 구하기도 쉽지 않았었다. 아이들이 먹기에 적합한 양질의 고기와 깨끗한 채소를 사기 위해서는 항상 외국인 슈퍼마켓이나 호텔 슈퍼마켓에 가야만 했다. 특히, 어린이들이 믿고 마실 만큼 잘 소독된 우유가 거의 없었다. 한마디로 길거리 슈퍼에서 쉽게 우유나 과자를 사 먹을 수 있는 환경이 아니었다. 오래 먹을 수 있게 보존제가 들어간 우유나 요거트가 아이들의 간식이었는데 소젖 비린내가 강해서 마시기 힘들었다. 2008년에는 원더밀크라는 우유 회사가 생기면서 파스퇴르 공법으로 만든 맑고 맛있는 우유를 먹을 수는 있었지만 성장기 어린이들에게 근본적인 도움이 되지는 못했다. 결국 내가 5세가 되면서 부모님은 북경에서 학교를

2010년 10월 6일, 뉴욕에 처음 온 날 자유의 여신상 앞에서

계속 다니게 되면 건강한 청소년기를 보내기는 힘들 것이라는 판단을 하고 북경을 떠날 수 있는 방법을 찾기 시작했다.

아빠는 그 당시에 "화초도 햇빛을 보고 물도 잘 줘야 크는데, 사람도 햇빛이 잘 들고 공기가 좋은 곳에서 살아야 키도 크고 건강해진다."는 말을 자주 하셨고, 이직을 고려하게 되었다. 2004년에 한국을 떠나 5년이 되는 시점인 2009년이 되면서 생각이 바뀌게 된 것이다. 마침 '한화그룹'에서 태양광 에너지 사업을 중국에서 펼치면서 전문가를 필요로 한다는 이야기를 듣고 아빠는 회사를 옮기게 되었다. 회사를 옮기면서 가족은 미국에 머무르고, 본인은 중국에서 일을 하면서 미국과 중국을 오가는 조건을 제시했었다. 그때 당시 그런 조건을 받아 주고 한화로의 이직을 권한 사람은 다름 아닌 한화 김동관 차장(그 당시)이다. 아빠와는 원래 아시아소사이어티(Asia Society: 아시아를 이끄는 젊은 100인에 선정된 사람들의 모임)의 사람들을 통해 친분이 있었다. 김동관 차장은 우리 가족이 뉴욕에 살 수 있도록 도와주었고 덕분에 영주권도 빨리 받을 수 있었다. 그분은 어린 시절에 나와 밥도 같이 먹고, 본인의 개인적인 이야기도 나누고, 나중에 하버드에 가게 되면 추천서를 써 준다고 했었다. 부모님 말씀에 의하면 김동관 차장은 주변 사람들도 잘 챙기고, 독서를 좋아하고, 부모님과 동생들 생각도 많이 하고, 소탈한 면도 있는 멋있는 재벌 3세로 기억한다고 하셨다. 우리 가족이 미국에 와서 새로운 기회를 보고 좋은 환경에 살게 된 기틀을 마련해 주었기에 항상 감사하게 생각한다.

#20

영국 앤드류 왕자와의 만남, 영국 학교와의 이별

뉴욕 이주가 결정되자 뉴욕의 한화 사장이 미국에 미리 와 보기를 권유했고, 우리 가족은 그 기회를 빌려 2009년 10월에 처음으로 미국 뉴욕에 일주일간 가게 되었다. 그때 아빠는 뉴욕 지사의 회사 직원들과 처음 만나 인사하고, 정식으로 출근하게 되는 날까지 회사가 여러 가지를 준비해 준다는 설명을 듣게 되었다. 아빠의 회사는 뉴저지 중부 크랜버리(Cranbury)에 있었다. 뉴저지 북부에서 회사에 가려면 고속도로를 한 시간 이상 달려야 했다. 그때는 며칠만 방문하면 되니까 힘들지는 않았는데 나중에 다시 뉴저지에 오게 되면 회사 근처에 집을 구해야 할 것 같다는 생각을 했다. 우리 가족은 처음에 뉴저지의 시카커스(Secaucus)의 한 호텔에 묶으면서 맨해튼에 나가서 구경도 하고 밥도 사 먹었었다. 처음 며칠은 뉴욕에 와 있다는 사실을 믿을 수 없었다. 뉴욕에서 마주하는 모든 것들이 신기했다. 자유의 여신상 앞에 서서 사진을 찍으면서 드디어 뉴욕에 왔다는 것을 실감을 할 수 있었다. 뉴욕에서 살게 됐다는 부푼 꿈을 안고 미국에서의 삶을 다짐하며 북경 생활을 정리하기 위해 다시 북경으로 돌아갔다. 미국의 첫 방문 이후 4개월이 지난 2010년 2월에 우리 가족은 미국 뉴저지로 이주했다.

북경에 돌아와서 가장 먼저 학교 전학을 위한 준비를 했다. 뉴저지에 오면 사립을 다닐 생각이 없었기에 공립학교에 다니기 위해 필요한 서류가 많았다. 재학증명서와 성적증명서를 준비하고 영국 학교 교장이 미국 학교에 보내는 편지도 준비했다. 그때는 겨울이었기에 1학기만 마친 상태라서 Year 2(2 학년)의 학기 중간이었다. 학년을 마치지는 못했지만 학교생활에 많은 기여를 했던 학생으로 스타시티즌(Star Citizen)상을 받았다. 담임 선생님(Homeroom teacher)이었던 킹(Ms. King)은 교실 문 앞에 내 사진과 상장 내용을 크게 써서 붙여 주었다. 그리고 나와의 이별을 아쉬워하면서 눈물을 흘렸다. 4년간의 영국 학교생활은 한 해의 마지막 어셈블리를 끝으로 잘 마무리했다. 어셈블리 특유의 노래도 있었는데 교복을 입고 그 노래를 다같이 불렀다. 그 날은 영국의 앤드류 왕자가 학교에 방문을 했었고, 영국 학교 학생 모두 영국의 국기를 흔들고 환영을 했었다. 앤드류 왕자는 나에게 "미래에 좋은 인재가 되기를 바란다."라는 말을 남겼다. 그 상황과 모습이 가끔씩 상기되면 힘이 나곤 한다.

내가 북경을 떠나던 해에 영국 학교는 British School of Beijing에서 Nord Anglia로 이름을 바꾸었다. 기존의 학교는 영국 정부의 보조로 학교가 운영되었지만, 새로운 이름의 학교는 사학재단이 학교 운영을 맡는다고 했다. 그때 나와 함께 학교에 다녔던 한국인 선후배들이 British School of Beijing의 마지막 학생들이었던 셈이다. 영국 대사관 직원으로 파견되어 북경에 온 지니, 힐튼체인의 대표로 독일에서 북경으로 온 안젤라, 외교부 서기관으로 북경에 온 민정, 삼성이나 SK Telecom 같은 전자통신회사의 첫 북경주재원 가족으로 온 유경, 은지, 준서, 승준이, 수진 누나, 재현이 형, 유진 누나와 함께했던 학교생활은 소중한 추억으로 남았다. 모두는 서로와 헤어지는 시간을 아쉬워했다. 지금 그들은 스페인, 영국, 독일, 두바이, 한국, 중국, 미국 등 전 세계로 흩어져서 살고 있다. 아마도 모두가 국제적인 배경을 가지고 중요한 일을 하는 멋진 젊은이들로 성장했을 것이다.

British School of Beijing에서-1

British School of Beijing에서-2

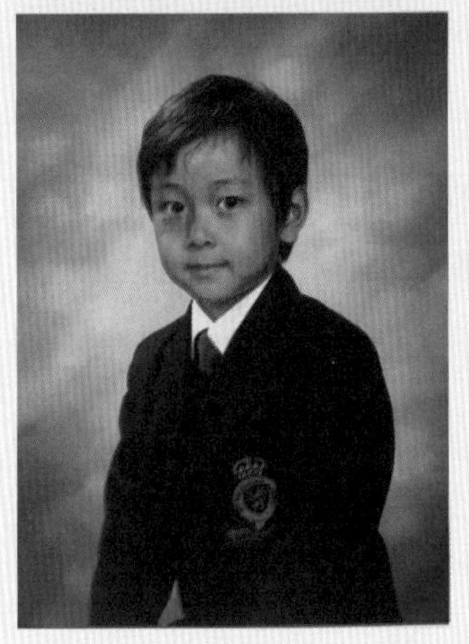

British School of Beijing에서-3

#21

북경에서의 마지막 날, 춘절

북경의 가장 중요한 명절이 춘절이다. 소위 차이니즈 뉴이어(Chinese New Year, Lunar New Year)라고 불리는 명절이고, 민족의 대이동이 일어난다. 집에서 일을 봐주던 '아이'들도 고향에 가기 위해 기차표를 미리 사고, 춘절에 고향에 가면 한 달 이상이 지나서야 우리 집으로 다시 돌아왔다. 다시 올 때는 고향의 특산 먹거리를 선물로 가지고 왔다. 북경에 사는 6년간 춘절이 다가오면 반복적으로 느꼈던 감정이 있다. '아이'들이 우리 집으로 다시 돌아오지 않고 다른 집의 일자리를 구하게 될까 봐 걱정이 되면서도 한편으로는 아빠가 일주일을 일하지 않고 집에 있을 수 있는 흔치 않은 기회여서 설레기도 했다. 우리 가족은 한국의 구정이 중국의 춘절과 같은 날이기 때문에 북경에서도 한국식으로 명절을 보냈었다. 명절 전날은 떡국, 전, 삼색나물 같은 한국 음식을 하고, 주위의 친구 가족들이나 유학생을 집으로 초대해서 저녁 식사를 함께했다. 식사를 하고 나면 윷놀이도 하고 한국 방송도 보면서 한국 명절 분위기를 한껏 냈다. 명절 당일 아침에는 한복을 입고 회사 직원들의 집이나 신부님을 찾아 가서 세배인사를 하고 세뱃돈이나 선물을 받기도 했었다.

중국 사람들은 춘절이 되면 새해맞이 불꽃놀이를 한다. 춘절이 다가오기 한 달 전부터 북경 시내의 상점은 일제히 폭죽을 팔기 시작한다. 폭죽은 크기도 크고, 화려한 것들이 많았다. 위험하기 때문에 우리 가족은 직접 사 본 적은 없었지만 굳이 사지 않아도 직접 불꽃놀이를 해 보는 것 이상의 경험을 할 수 있었다. 춘절의 불꽃놀이는 미국의 독립기념일(Independence Day, July 4)에 하는 불꽃놀이와 비슷한 분위기를 상상하면 된다. 하지만 중국의 폭죽은 마치 핵폭탄이 터지는 것같이 강렬하다. 10억의 중국 인구 전체가 하늘 높이 쏘아 올린 폭죽이 동시에 터지면서 하늘이 온통 붉은 빛으로 물든다. 새해가 된 기분을 느끼는 순간은 짧고, 몇 시간 동안 계속되는 불꽃놀이에 귀가 멍해지고 정신이 혼미해진다. 혹시 실제 폭탄을 폭파시킨 것은 아닌지 귀를 막고 실눈을 뜬 채 길거리를 조심스레 내다보기도 했다. 미국 독립기념일의 불꽃놀이는 30분 정도만 하면 더 이상 보고 싶어도 못 보지만 중국 춘절의 불꽃놀이는 제발 그만하면 좋겠다고 생각하는 순간까지 지속된다. 내가 북경에서 경험한 마지막 춘절의 불꽃놀이는 기가 막혔다. 그날 이후로 북경 시내에서 불꽃놀이가 금지되었다는 것만 봐도 얼마나 심했는지 알 수 있다. 우리가 살던 집은 아파트 제일 꼭대기 층이었기에 폭죽의 최종 정착지가 우리 집 베란다였다. 한마디로 베란다에서 폭죽이 터지는 진귀한 경험을 한 셈이다. 폭죽놀이는 밤새 계속되었다. 눈앞에서 터지는 폭죽을 바라보면서 베란다에 불이 나는 것은 아닌지 마음을 졸이면서 새해를 맞았다. 우리 가족의 북경 생활은 춘절의 과한 불꽃놀이와 함께 끝이 났다. 하지만 아빠는 북경에 계속 주재하면서 미국에 필요한 경우만 왔다 갔다 하는 것이라서 북경과의 완전한 이별은 아니었다. 2010년 2월 춘절이 끝나자마자 북경에서 아빠가 홀로 지낼 집을 구해서 이사를 하고, 동시에 뉴욕으로 국제이삿짐을 보냈다.

#22

미국 뉴욕에 내리다, 뉴저지 프린스턴

북경을 떠나서 한국에 들러서 일주일 정도 머무르면서 가족들과 인사를 나누고 건강검진을 한 후에 우리 세 가족은 뉴욕으로 향했다. 뉴욕 존에프케네디공항(New York J.F.K Airport)에 내리니까 한겨울이어서인지 생각보다 많이 춥고 눈도 내리고 있었다. 14시간이 넘는 비행 끝에 뉴욕공항에 내리고 짐을 찾고 수속을 끝내고 보니 저녁 9시가 넘었다. 그래서 저녁을 먹고 호텔로 가야할 것 같아 내가 가장 좋아하는 메뉴인 순두부찌개를 먹고 가기로 했다. 뉴저지의 팰리세이즈팍(Palisades Park)의 한인타운에 있는 순두부 식당에 도착해서 테이블에 앉자마자 나는 코피를 쏟았다. 6살 소년이 견디며 오기는 너무 긴 비행 시간이었는지 코피를 펑펑 쏟는 바람에 좋아하는 순두부찌개도 먹지 못한 채 밤 10시에 프린스턴으로 향했다. 함박눈이 내리는 가운데 1시간 반 정도 고속도로를 운전해서 프린스턴에 도착했고, 회사에서 마련해 준 호텔로 가서 잠이 들었다.

밤늦게 오느라고 호텔의 모습이나 동네의 모습을 전혀 알아차리지 못했지만 눈을 뜨고 보니 온 세상은 눈으로 하얗게 뒤덮여 있었다. 그동안 내가 살아왔던 곳과는 완전히 다른 모습이 눈앞에 펼쳐져 있었다. 공기가 폐 속까지 깊숙이 들어가서 정화를 받는 느낌이었고, 겨울이지만 햇살도 맑았다. 북경의 공기나 하늘과는 너무 다른 곳이었다. 우리 가족은 미국에 살기 위해 필요한 여러 가지를 준비하면서 뉴저지 프린스턴(Princeton)에 3개월을 살았다. 우리 가족의 첫 거주지였던 셈인데 프린스턴대학교 앞이라서 식당이나 슈퍼마켓이 잘되어 있었다. 무엇보다 엄마의 고등학교 절친이 살고 있는 이스트 브런스윅(East Brunswick)이 가까워서 친구가 김치찌개를 끓이거나 김치를 해서 호텔로 가져다 줘서 한국 음식도 즐길 수 있었다. 아빠가 오전에 회사로 출근을 하면, 엄마랑 나는 호텔방에서 공부도 하고, 그림도 그리고, 근처 몰에 걸어가서 쇼핑도 하고, 영화도 봤었다. 사실 평범한 일상의 이야기 같지만 미국에 와서 제일 힘들었던 시기였다.

나는 침대 하나가 전부인 좁은 호텔에 갇혀서 제대로 된 외출을 하지 못하고 있다 보니 너무 답답했다. 엄마는 겨울이라서 옷들도 두꺼운데 호텔 생활을 하다 보니 두꺼운 청바지와 스웨터를 손으로 빨아 입고, 좁은 공간에서 빨래를 말리고 가끔은 밥도 해 먹어야 해서 많이 힘드셨다고 한다. 우리가 북경에서 보낸 이삿짐은 미국까지 오려면 최소 3개월이 걸린다고 했다. 아무것도 없으니 매일 무언가를 사야지 생활이 되었다. 스푼, 포크, 디쉬워셔액, 디쉬드라잉랙, 키친타올… 호텔방은 점점 짐들로 가득 찼다. 학교를 다니지 못한 지도 3개월이 되고 있어서 책을 읽어야 하기에 아침을 먹으면 엄마랑 그날 읽을 책을 반즈앤노블(Barnes and Noble)에 가서 구매하고 몇 번씩 읽고 또 읽었다. 그림도 그리고, 매일 수학 공부도 했다. 하지만 그런 생활도 두 달 정도 지나니까 집도 있었으면 좋겠고, 토마스 기차도 그립고, 장난감도 가지고 놀고 싶었다.

어느 나라에 새로 와서 처음부터 시작을 한다는 것은 상상보다 힘들다. 은행계좌, 운전면허, 신용카드, 거주지, 자동차 등등 우리 가족은 가진 것보다는 가지지 못한 것이 더욱 많았다. 사실 아무것도 없는 것이나 다름이 없었다. 미국에 오자마자 엄마는 뉴저지주의 정식 운전면허를 따기 위한 시험공부를 했다. 운전시험을 통과하고 뉴저지 캠든(Camden)의 운전면허증교부처(DMV)에 방문한 것이 우리 가족의 첫 미국 관공서 방문이었다. DMV에서 뉴저지주의 정식운전면허증을 받고 핸드폰을 개통하고 은행계좌를 열었다. 제일 중요한 것은 집 계약이었는데, 미국에서는 집을 계약하려면 신분증, 은행잔고증명, 신용카드내역, 전기세 납입영수증같이 개인의 신용을 증명할 자료가 필요하다. 하지만 미국에 처음 오면 아무것도 없기 때문에 주재원 가족들의 경우는 회사가 보증을 해 줘서 신용카드도 만들고 집도 구한다. 우리 가족도 생활에 필요한 기본적인 것들을 해결하고서 집을 구하러 북부 뉴저지로 올라갔다.

처음에는 뉴저지의 남부인 Princeton Township, Plainsboro, Montgomery에 집을 구하려고 여러 집을 보았는데 나랑 엄마랑 둘이 주로 지내기에는 너무 한적하고 외로울 것 같았다. 그래서 사람들도 많고 번화한 뉴저지의 북부로 가기로 결심했다. Tenafly, Demarest, Ridgewood 등에 있는 집들을 수십 채 보았지만 눈이 많이 내려서 집의 입구가 봉쇄되어 들어갈 수 없는 집들도 많았고, 교통이 불편할 것 같아서 결국은 Old Tappan에 집을 계약하게 되었다. Old Tappan은 뉴저지의 북쪽 끝에 있는 작은 타운이다. 북부 뉴저지에서도 유태인들이 많이 살고 있는 전통적인 부자 동네로 유명한 곳이다. 또한, 타운하우스가 많아서 주재원 가족들이 많이 거주하

2011년 7월 1일, 뉴저지 프린스턴대학교에서

고 있다. 맨해튼도 가깝고 한인타운이 있는 포트리까지 20분 걸리는 위치에 있어서 엄마와 내가 지내기는 좋을 것 같았다. 집을 계약하고 바로 학교 전학 수속도 마쳤다. 미국은 거주지 주소가 있어야 공립학교에 다닐 수 있게 된다. 뉴저지에 1월에 와서 3월에 학교를 다니기 시작했으니까 2개월은 학교를 다니지 못한 셈이다. 2학기가 두 달밖에 남지 않았지만 학년을 건너뛰는 것은 바람직하지 않은 것 같아서 1학년 2학기의 마지막 두 달은 학교를 다녔다. 이사 갈 집을 계약한 후에 아빠는 다시 북경으로 돌아갔다. 아빠는 뉴욕 지사 임원이기도 하지만 주로 북경에서 일을 했다. 미국의 한적한 타운에 새로 정착한 '엄마와 나'는 단둘이서 기약 없는 미국 생활을 시작했다. 나는 모든 것이 신기하고 행복한 기억이 많은데 엄마는 두렵고 걱정되는 것들이 많아서 잠을 못 이룬 날들도 많았다고 한다.

#23

이삿짐 도착, 한국에서 오신 외할아버지, 천국에 보내는 편지

뉴저지에 벚꽃이 한참 피는 5월에 이삿짐이 아틀란타항에 도착했다는 소식을 들었다. 엄마와 여섯 살인 내가 단둘이 이삿짐을 풀기는 힘들다는 판단이 들었고 아빠는 북경에서 일하는 중이라서 한국에서 외할아버지가 도와주러 오셨다. 외할아버지는 한 달 동안 미국에서 우리와 함께 계시면서 이삿짐 정리를 도와주셨다. 처음에 이삿짐이 도착한 날 앞마당에는 컨테이너에서 내린 300개가 넘는 이삿짐 상자가 산더미처럼 쌓여 있었다. 미국은 한국식의 포장이사 개념이 없기 때문에 모든 상자를 직접 풀고 정리해야 했다. 가구를 제외하고 필요한 물건만 상자에서 꺼내서 정리를 한다 해도 쉽지 않았다. 외할아버지는 미처 풀지 못한 상자들을 지하창고에 옮겨서 쌓고, 보기 좋게 정리정돈까지 해 주셨다. 그래도 혹시나 나중에 필요한 물건이 있어서 상자를 열게 될까 봐 상자 겉면에 상자의 내용물을 전부 적어 주셨다. 청년들도 지기 힘든 무거운 이삿짐 상자를 지고 이리저리 옮기면서 외할아버지가 고생을 많이 하셨다. 이삿짐을 풀고 난 후에는 집 안 곳곳에 수리가 필요한 곳도 꼼꼼히 살펴서 수리해 주시고, 나에게 자전거 타는 법도 가르쳐 주셨다. 외할아버지는 미국에서도 앞으로 이사를 많이 다니게 되면 물건이 뭐가 있는지 알아야 한다고 우리 집의 물건 리스트를 일일이 손으로 적어서 백 장에 달하는 리스트를 만들어 주셨다. 지금도 그때의 기록을 가지고 있어서 볼 때마다 엄마의 눈시울을 적시게 만든다. 그리고 물을 사 먹어야 하는데 엄마 혼자 들기에는 물이 많이 무거우니까 코스트코에서 물을 미리 사다 놓으시고 한국

2011년 3월 6일, 맨해튼에서 외할아버지와 함께

으로 가셨다. 그 덕분에 6개월간 무거운 물을 사서 나르지 않아도 생수를 마실 수 있었다. 외할아버지의 희생과 도움이 없었다면 미국에 잘 정착하는 것이 불가능했을 것이다.

뉴저지 집의 이삿짐이 어느 정도 정리가 된 후에는 외할아버지와 함께 맨해튼이나 뉴욕의 브롱스주에 놀러 갔었다. 아직도 기억나는 것은 맨해튼에 뉴욕시 소방박물관(New York City Fire Museum)을 찾아갔을 때의 일이다. 워낙 소방차를 좋아해서 일부러 구경을 하러 갔는데 일요일이라서 때마침 문을 닫았었다. 내가 소방서 안을 보지 못하니까 외할아버지께서 나를 목마를 태우고 한참 동안 소방서를 들여다보게 해 주셨다. 맨해튼은 교통편이 좋은 편이 아니라 관광을 하려면 걷는 거리가 많아서 힘들다. 그런 내가 힘들까 봐 할아버지는 나를 업어서 데리고 다니셨다. 외할아버지의 따뜻한 등에 기대어 얼굴을 길게 빼고 뉴욕 시내 구경을 하면 세상을 다 가진 것처럼 행복했었다. 나는 외할아버지와 나눈 추억이 많다. 외할아버지는 원래 아기들을 좋아하신 데다가 내가 첫 손자라서 각별하게 예뻐하셨다. "우리 현준이는 너무 예쁘게 생겨서 길에 다니면 누가 주워 갈 것 같아 불안해."라는 말씀을 자주 하셨다. 엄마랑 단둘이 한국에 놀러 가면 내가 제일 좋아하는 순두부찌개를 노란 양은냄비에 직접 끓여 주셨었다. 그리고 아빠랑 엄마가 키우다가 북경으로 가게 되면서 못 키우게 된 '별'이라는 반려견이 있었는데, 우리 가족의 외국 생활 15년 동안 할아버지께서 정성을 다해 키워 주셨다. 나는 외할아버지 손을 잡고 산책하는 것을 제일 좋아했다. 별이도 내가 한국에 오면 매일 본 듯이 반가워했다. 외국에 사는 동안 공항에 마중을 나오시고 나중에 바래다주시는 것도 모두 외할아버지의 몫이었다. 외할아버지는 이삿짐 정리를 끝내고 미국

2011년 3월 6일, 맨해튼에 있는 뉴욕시 소방박물관에서 외할아버지와 함께

을 떠나시면서 집에서 굴러다니던 큰 미국 지도에 스티로폼으로 틀을 입히고 액자처럼 만들어서 나에게 선물로 주셨다. 그리고 "현준아, 할아버지가 만든 미국 지도인데, 할아버지가 한국에 돌아가도 엄마랑 행복하게 지내라. 미국 어디에 있어도 항상 용기를 갖고 살고, 꼭 훌륭한 사람이 되거라."고 말씀해 주셨다.

외할아버지는 내가 St. Mark's에 입학했다는 소식을 듣고 기뻐하시면서 축하 메시지를 전하고 싶다면서 할머니를 미국으로 보내 주셨었다. 그런데 그날 바로 위암 말기 판정을 받고 투병을 하시다가 16개월 후에 돌아가셨다. 미국에서 처음 생활을 시작했을 때 가장 많은 도움을 주시고 잘 정착할 수 있게 도와주셨던 외할아버지께 천국으로 편지를 보내 본다.

"사랑하는 외할아버지. 미국에 정착을 한다는 사실을 알고 마음이 좋지만은 않으셨을 것 같아요. 미국에서 가장 좋은 사립학교에 입학했다는 사실을 들으시고 용돈을 할머니 편으로 보내 주시던 날 너무 많이 아프셨다는 것을 알았어요. 할아버지가 뉴저지에서 떠나시던 날 만들어 주신 미국 지도는 미국에 사는 동안 영원히 간직할게요. 할아버지 말씀처럼 미국 지도의 어딘가에 살든지 큰사람으로 성장하고 멋진 청년이 되어 좋은 일 많이 하겠습니다. 늘 마음 깊이 저를 사랑하고 진심으로 아껴 주셔서 감사드립니다. 돌아가실 때 옆에서 손을 못 잡아 드려 죄송해요. 천국에서 평안하세요. 사랑하는 별이에게도 꼭 안부를 전해 주세요. 현준이 너무 잘생겼다고 해 주신 유언 감사드립니다. 할아버지 말씀대로 항상 행복하겠습니다. 다음에는 저희 학교 입학식과 졸업식에 오셨으면 좋겠어요. 그럼 선물로 바이올린 연주를 들려 드릴게요. 보고 싶어요."

#24

T. Baldwin Demarest School, 2010년 여름, 필라델피아

이삿짐을 풀고 할아버지도 한국으로 가셔서 오롯이 엄마와 나 단둘이 뉴저지에 남게 되었다. 아빠는 겨울이 되면 다시 뉴저지에 올 수 있다고 했다. 그사이 나의 전학도 완료되어 짧지만 1학년 2학기의 두 달은 학교를 다닐 수 있었다. T. Baldwin Demarest School에 입학하기 위해서 교장 선생님의 면담이 있었고, 영국 학교의 전학서류를 제출했다. 나는 그때 아주 강한 영국식 악센트를 썼었고, 학교 선생님들은 내가 하는 표현이나 발음이 너무 영국식이라고 귀엽다고 하시고 자주 웃으셨었다. 학교에서는 친하게 지내는 한국계 친구들이 생겼다. 그리고 집으로 오면 같은 학교에 다니는 이웃집 친구인 올리비아와 거의 대부분의 시간을 함께 보냈다. 짧은 1학년 생활이 끝나고 여름방학을 하게 되었다. 이사와 이주가 있었던 해라 여름은 미국에서 엄마와 단둘이서 보내기로 했다.

긴 여름이 시작되었고, 별다른 일 없이 타운의 퍼블릭 풀에서 친구들과 노는 것이 나의 일과 중 하나였다. 사실 수영을 오래해서 수영팀에 조인을 해야 하는데 뉴저지에 처음 와서 내가 할 수 있는 액티비티를 알아보는 데는 시간이 많이 걸렸다. 가끔은 엄마 친구가 아이들을 데리고 와서 우리가

2011년 4월 13일,
뉴저지 T. Baldwin Demarest Elementary School 전학서류를 제출하고 난 후

사는 타운하우스의 퍼블릭 풀에서 함께 놀았다. 엄마 친구는 미국에 처음 왔을 때 필라델피아에서 오래 살다가 뉴저지 이스트 브런스윅에 정착했다. 뉴저지에 와서도 아이들을 위해 필라델피아 동물원의 연간회원권을 끊고 자주 놀러 다니는 중이었는데 어느 날 나에게도 함께 가자는 제안을 했다. 동물원에 가면 염소 밥도 주고, 염소털도 빗으로 긁어 주고, 새들도 구경하면서 여러 가지 재미있는 경험을 할 수 있었다. 때로는 엄마 친구의

아이들과 필라델피아에 있는 퍼블릭 수영장에서 수영도 하면서 즐거운 시간을 보냈다. 뉴저지에 아는 이웃이 아무도 없으니까 여름방학 내내 필라델피아에서 시간을 보낸 격이었다. 올드테판에서 필라델피아까지 가려면 고속도로로 왕복 4시간을 달려야 했다. 그런데도 외로운 시절이어서 그랬는지 멀리까지라도 가서 친구들을 만나 노는 날만을 손꼽아 기다렸었다. 뉴저지에서의 첫 여름방학은 그렇게 끝나고 2학년이 되었다.

2021년 12월 31일, 10년이 지난 어느 날
뉴저지 T. Baldwin Demarest Elementary School에서

#25

눈, 눈, 또 눈, 천재지변

해외에 살면서 엄마나 나처럼 많은 기상이변과 천재지변을 겪기 쉽지는 않을 것이다. 북경에 살 때는 백 년 만에 찾아온 폭염을 경험했고, 뉴저지에서는 역대급 태풍이었던 샌디와 사상 최악의 블리자드(눈폭풍: blizzard)도 경험했다. 달라스에 와서는 텍사스 110년 기상관측 역사상 처음으로 겨울 한파가 와서 영하 38도까지 기온이 떨어지고 유래 없는 최악의 폭설을 겪었다. 북경에 살 때만 해도 눈이 오는 경우가 별로 없어서 눈이 내리는 날에는 동네 친구들과 함께 눈 속을 뛰어다니면서 신나 했었다. 그마저도 북경에 사는 6년간 눈은 세네 번밖에는 내리지 않았다. 하지만 뉴저지에서 초가을부터 내리는 눈은 친구들과 즐겁게 놀면서 감상할 수 있는 눈이 아니었다. 뉴저지에는 눈이 온다고 표현하지 않고 '블리자드'가 온다는 말을 자주 했다. 내가 아는 상식으로는 보통 천둥과 번개가 치면서 비가 내리지만, 블리자드는 천둥과 번개가 치면서 눈이 내린다. 결정이 작고 예쁜 눈이 사뿐히 내리는 것과는 거리가 멀고, 어린이 주먹만 한 눈송이가 하늘에서 쉴새 없이 쏟아진다. 눈이 내리기 시작하면 하루 종일 멈추지 않고 내리거나 혹은 며칠간 내리기도 한다. 블리자드가 내리기 시작하면 이른 새벽 5시 즈음에 학교 보로(한국의 동사무소격: borough)에서 비상연락이 온다. 학교가 문을 닫는다는 내용인데 학교만 안 가는 것이 아니라 동네에서 바깥으로 나가는 모든 고속도로가 통제가 되고 통행이 금지된다. 그래서 일기예보를 잘 듣고 미리 많은 준비를 해 놓아야 한다. 하지만 일기예보가 항상 맞는 것은 아니다. 2012년에는 10월 초가을에 갑자기 블리자드가 왔다. 한겨울에나 내릴 법한 폭설이 가을에 내리니까 낙엽을 떨구지 못한 푸른 나무 가지들이 그 무게를 견디지

2012년 11월 8일, 늦가을 폭설이 내린 날 집 마당에서

못하고 꺾이면서 무한정 쏟아져 내렸다. 그때 엄마와 나는 집 근처의 우드클리프 레이크(Woodcliff Lake)라는 동네에 있는 널싱홈에서 발런티어를 하기 위해 길을 나섰었다. 노인분들께 피아노 연주를 하고 집으로 돌아가는 길이었는데 도로 위로 일제히 쏟아져 내리는 집채만 한 나뭇가지들이 우리 차를 덮치면서 백미러가 부러졌다. 갑자기 떨어지는 나뭇가지를 피하려고 차를 급하게 비틀다가 차가 미끄러지면서 도로 위에서 팽이처럼 빙글빙글 돌기도 했다. 우리 앞에 가던 차는 차 위로 큰 나무토막이 떨어지면서 차를 덮쳐서 차가 반파됐다. 나는 차 밖에서 일어나는 무서운 광경을 보면서 손을 눈에 대고 가리면서 공포영화를 보듯이 앉아 있었다. 위험을 무릅쓰고 집에 왔지만 그야말로 영화에서나 보면 참혹한 장면이 눈앞에 펼쳐져 있었다.

그날 이후로 북부 뉴저지 전체 가정의 전기가 끊겨서 추위에 떨면서 잠을 자고, 칠흑같이 어두워지는 저녁이면 공포에 떨었었다. 그때 나는 엄마와 단둘이었지만, 가족이 있는 사람들은 뉴저지를 떠나서 아틀랜타나 버지니아로 내려 가거나 아예 메인(Maine)주로 올라갔다. 전기뿐만 아니라 가스를 넣지 못하는 차들이 동네 전체를 뒤덮을 정도로 가스스테이션 근처에도 줄을 섰다. 결국 모든 차들이 주유를 못 하니까 짝수 번호와 홀수 번호를 나눠서 기름을 넣게 하고, 그마저도 며칠 후에는 불가능해졌다. 온기가 없는 집들은 〈겨울왕국〉에서 보는 모습처럼 집 전체가 얼어갔다. 난생처음 겪는 일이어서 버티기 힘들었지만 두 엄마 덕분에 감동을 받는 일도 있었다. 어느 날 친구 엄마가 가스라인만 살아 있으면 벽난로를 켤 수 있다면서 집집마다 다니면서 벽난로를 켜 주기 시작했다. 뉴저지는 오래된 집들이 많아서 평균 50년 이상 된 집들이 대부분이었다. 그러다 보니 벽난로를 켜는 방식도 집집마다 달라서 어떤 집은 벽난로가 되고, 어떤 집은 안 되었다. 비교적 신식 벽난로를 가진 집들의 경우는 벽난로 앞면의 유리나 가림을 제거하고 벽난로로 연결되는 가스라인을 열고 파일럿(pilot) 버튼을 수차례 누르면서 외부점화장치를 이용해서 강제로 불을 붙일 수 있었다. '탁탁탁탁탁…' 파일럿 버튼을 누르는 순간 점화장치에 스파크가 튀기는 소리가 나면 심장이 두근거렸던 기억이 생생하다. 친구 엄마는 우리는 아빠가 멀리 있기에 더욱 신경이 쓰였다면서 제일 먼저 우리 집에 와서 벽난로를 켜 주었다. 아주 따뜻하지는 않지만 밤이 늦으면 벽난로의 작은 불씨도 큰 도움이 되었다. 그리고 갑자기 한파가 오면서 우리 모자는 추위를 달래며 대충 끼니를 때우는 중이었는데, 우리와 각별하게 지내던 친구 엄마가 메인주에 다녀오면서 랍스터를 사다 줬다. 온 세상이 전기도 없이 칠흑같이 어두운데도 작은 랍스터 두 마리와 따뜻한 수프를 가지고 일부러 집에 찾아왔었다. 혹한에 랍스터를 먹었다는 사실보다는 어려울 때 가장 먼저 생각해 주는 이웃 친구가 있다는 사실이 감동이었다. 그래서 눈폭풍으로 난리통을 겪는 와중에도 작은 위안이 되었다.

예상치 않은 상황은 생각보다 길어졌다. 결국 식료품을 제대로 사 놓지 못한 가정들도 많은 상태로 모두가 눈 속에 조용히 고립되었다. 난생처음으로 식량을 전달해 주는 재난용 헬리콥터도 보았다. 큰 해먹(hammock)에 식료품과 생필품을 담은 헬리콥터가 올드 타판 노던 밸리 고등학교(Northern Valley High School) 앞의 도로 위에 등장했다. 모두가 지켜보는 가운데 헬리콥터가 내려준 생필품과 식료품으로 며칠을 버틸 수 있었다. 전기가 복구되기를 바라면서 매일 혹시나 하는 마음으로 매스터베

2013년 2월 10일, 폭설이 내린 날 집 마당에서

드룸의 전기 스위치를 켜고 잠이 들었다. 우리가 살던 타운하우스는 주로 어린아이들이 거주하는 경우가 많았고, 결국 대부분의 부모들은 인내심의 한계가 오면서 폭발했다. 거의 매일 매 시간마다 오렌지 락클랜드(Orange & Rockland) 전기회사에 전화해서 복구를 하라고 성화를 부리고, 앞으로 복구를 제대로 안 하면 단체로 전기세를 안 내고 소송을 건다고 협박을 하기도 했었다. 엄마도 전기회사에 전화를 해서 화를 냈었다고 한다. 하지만 전기는 들어올 리가 없었다. 초가을의 폭설이 변전소를 덮치면서 굉음을 내고 변전소가 터진 것이 단전의 원인이었고, 복구하는 데 거의 20일 정도가 걸렸다. 전기는 어느 날 새벽 3시 모두가 잠든 시간에 다시 들어왔다. 그날 엄마는 여느 때같이 전기 없이 춥게 잠이 들었는데 새벽 3시에 뭔가가 이상해서 눈을 떠 보니 안방에 불이 들어온 것 같아서 이건 꿈이라고 생각하면서 눈을 여러 차례 비비고도 멍하니 한참을 쳐다봤다고 한다. 결국 전기는 복구가 되었지만, 가스는 한동안 부족했다. 한 달 이상을 뉴욕주까지 올라가서 여러 주유소를 전전하다가 그나마 한산한 주유소를 찾아서 겨우 가스를 넣어야 했다. 가을 한파는 여러 후유증을 남기고 지나갔지만 바로 겨울 한파가 밀려왔다. 무자비한 자연재해 앞에서 인간은 한낱 무기력한 존재일 뿐이라는 사실을 알게 되었다.

#26

미국의 기념일들, 핼러윈과 추수감사절

미국 생활을 하다 보면 정해진 패턴으로 일 년이 지나간다는 것을 알게 된다. 미국은 주로 계절이 바뀔 때마다 특색이 있는 기념일들을 보내게 되는데, 봄에는 부활절(Easter)과 세인트 패트릭스 데이(St. Patrick's Day), 여름에는 메모리얼 데이(Memorial Day)와 독립기념일(Independence Day), 가을에는 핼러윈(Halloween)과 추수감사절(Thanksgiving), 겨울에는 성탄절(Christmas)과 뉴이어(New Year) 등이 대표적이다. 욤키퍼(Yom Kippur)나 로쉬 하샤나(Rosh Hashanah)와 같은 이름의 생소한 기념일들도 있었지만 나에게 인상 깊게 남은 기념일은 '핼러윈'과 '추수감사절'이다. 신기하게도 뉴저지에 살았던 4년간 핼러윈 데이만 되면 갑자기 날씨가 흐려지고 으슬으슬 추워졌었다. 매년 핼러윈이 좀 더 음산(spooky)할 수 있도록 날씨까지 완벽했던 것이다. 게다가 뉴저지에서 처음에 살던 타운하우스는 비교적 어린아이들이 많이 사는 곳이어서 핼러윈데이는 최고 인기 있는 기념일이었다. 핼러윈데이가 되면 동네에 인심이 좋은 할아버지와 할머니들이 동네 꼬마 아이들을 자신들의 손자손녀같이 잘 챙겨 주셨다. 나는 어릴 때부터 사탕과 아이스크림을 좋아하지 않았기 때문에 핼러윈데이가 달달한 간식을 얻을 수 있는 날이라는 사실에는 관심이 없었다. 그래서 잭오랜턴(Jack-o'-Lantern) 모양의 바구니를 들고 아이들과 어울려 이 집 저 집을 다니면서 '트리코 트릿(Trick or Treat)'을 외치는 자체를 즐겼었다. 1~2시간만 타운을 돌아도 바구니 가득 사탕, 초콜릿 혹은 아이스크림(데일리퀸: DQ) 상품권을 얻을 수 있었다. 미국에 왔던 첫해는 스위트(핼러윈에 얻는 달달한 캔디나 초콜릿들: Sweets)를 얻으러 다니기만 했는데, 그다음 해 핼러윈부터는 우리도 집을 나서기 전에 Trick or Treat를 하러 다니는 꼬마들을 위한 사탕 바구니를 현관 앞에 놓아 두었다. 핼러윈이 끝나면 나중에 어떤 사탕과 선물을 얻었는지 친구들과 비교하면서 부러워하고 나누어 먹기도 하면서 즐거워했던 기억이 있다. 학교에서는 퍼레이드도 했었는데 핼러윈 코스튬을 입고 학교 주차장에서 행진을 하면 동네 엄마들이 나와서 손을 흔들어 주고 박수를 쳐 주었다. 나도 영국에서 샀던 프랑켄슈타인 가면, 큰 호

2013년 11월 1일, 핼러윈데이에 학교에서

2013년 11월 1일, 핼러윈데이에 동네 친구들과

박 모자, 닭, 미키마우스 그리고 토이 스토리 우디 의상 등 헤아릴 수 없이 많은 핼러윈 의상들을 입었었다. 하지만 뉴저지에서는 우리 학년을 마지막으로 모든 핼러윈 관련 액티비티는 금지되었다. 금지의 이유는 종교적인 문제로 이의를 제기하는 학부모들이 많았고, 폭력적이고 끔찍한 코스튬이 아이들의 정서에 좋지 않다는 교육구의 의견 때문이었다. 그리고 랜덤으로 Trick or Treat에서 받은 초콜릿에 술이나 마약이 들었던 경우 등이 발생했기 때문에 아이들의 안전을 생각하여 더 이상 핼러윈 행사를 할 수 없었다. 되돌아보면 그때가 마지막 핼러윈을 보낸 격이 되었다. 하지만 가을이 되면 엄마와 함께 핼러윈 스토어에 가서 신기한 물건도 구경하고 어떤 것을 입어야 관심이 집중될지 고민을 했던 소중한 기억도 있다. 아직도 내 옷장에는 그때 입었던 옷들과 잭오랜턴이 추억과 함께 고스란히 남아 있다.

핼러윈만큼이나 기억에 남는 중요한 기념일은 추수감사절(땡스기빙데이: Thanksgiving Day)이다. 비슷한 개념으로는 한국의 '추석'과 중국의 '중추절(中秋节)'이 있다. 어느 나라나 일 년간 수확한 햇곡식이나 과일을 가족들과 나누어 먹는 날이라는 개념은 비슷하다. 하지만 미국의 추수감사절만큼은 추석이나 춘절보다도 성대하고 크게 차려서 먹는다. 처음에 미국에 왔던 해는 추수감사절에 친척누나와 함께 엄마 친구 집에 갔었다. 추수감사절에는 아빠가 상해에서 일하는 시기라서 우리와 함께 하지는 못했다. 엄마 친구는 미국에 산 지 7년 정도 되던 터라 우리가 처음 접하는 추수감사절 음식을 준비해 주었고, 덕분에 맛있게 먹었다. 그날 이후로 엄마도 추수감사절 음식을 준비하는 방법을 배우고 매년 추수감사절마다 맛있고 풍성한 식탁을 차려 주신다. 뉴저지에서의 마지막 추수감사절은 나의 가장 절친이었던 케일리(Kaylee)의 집에 초대받아서 갔었다. 우리 모두는 칠면조, 콘브레드, 그레이비, 샐러드, 포도, 캐서롤, 햄 등 추수감사절용 파티 음식(feast)을 가족처럼 함께 준비했다. 인상적인 것은 음식 준비가 끝나고 식탁에 모두 둘러앉으니까 케일리 아빠가 서로에게 감사했던 것을 말하면서 '감사함'을 나누자고 했던 것이다. 나는 금요일마다 케일리와 릴리랑 놀 수 있어서 감사했고, 케일리 가족이 우리 가족을 좋아해 주고 저녁 식사에 초대해 줘서 감사했다고 말하고 밥을 먹었다. 한국에서는 쑥스러워서 밥상 앞에서 얼굴을 마주하고 '고마움'을 직접 표현하는 경우가 드문데, 가족 간에 고마움을 나누는 자연스러움이 너무 인상적이었다. feast를 먹은 후에는 온 가족이 함께 크리스마스 트리를 꺼내서 장식을 하고 크리스마스를 기다리게 된다. 미국에서의 일년은 이렇게 계절마다 있는 기념일을 가족과 함께 즐기면서 지나간다.

2021년 11월 25일, 추수감사절에

#27

뉴저지 버겐카운티 학군

내가 처음에 뉴욕에 도착해서 잠시 머무른 곳은 뉴저지 프린스턴이었다. 그때는 몰랐지만 지금 생각해 보니 'HYP(미국에서는 최상위 탑 아이비스쿨인 하버드(H)-예일(Y)-프린스턴(P)을 HYP라고 함)' 중 하나인 프린스턴대학교(Princeton University)가 있는 동네였다. 미국에 도착한 후에 첫 집을 구할 때 리얼터들이 제일 많이 언급하는 것이 '학군(school district)'이었다. 중국에 살 때는 없었던 개념이라서 조금 신기했다. 미국은 학교별로 등급도 메기고(1~10등급), 인종 구성, 해당 지역 부모 소득 평균 등을 대중에게 공개하게 되어 있다. 국제학교를 다니다가 미국으로 와서 아무래도 학교 시스템이 비슷한 사립을 가는 것이 좋겠다는 생각으로 프린스턴 지역의 사립학교 투어를 다녔다. 그중에 기억에 남는 한 학교가 있는데 산속에 있는 작은 사립이었다. 학교에 들어가니까 학교가 끝나는 시간이어서 많은 아이들이 학교 밖으로 걸어 나오고 있었다. 내가 차를 타고 학교 진입로를 따라 천천히 들어가는데 학교 아이들이 우리 차를 둘러싸기 시작했고, 내가 동양인이라서 신기했는지 차 안을 들여다보고 손가락질을 하면서 수군대기 시작했다. 나는 갑자기 많은 아이들이 한

꺼번에 몰려와서 차안을 들여다보고 수군대니까 어리둥절하고 창피했다. 엄마에게 학교 밖으로 나가자고 했고, 낯선 환경이 힘들었던 나는 이 학교가 마음에 들지 않았다. 사실 엄마도 백인 아이들이 너무 많은 숲속의 조용한 학교라서 혹시라도 학교에 다니면서 심한 인종차별을 받을까 봐 마음에 들지 않으셨다고 한다. 프린스턴은 너무 조용한 동네였고, 다운타운의 화려함이나 복잡함과는 거리가 먼 학문의 도시였다. 엄마와 나 단둘이 지내기는 너무 심심하고 무료할 것 같았다. 그래서 맨해튼과 마주 보고 있고, 좀 더 도시적인 북부 뉴저지로 올라가서 생활하기로 했다.

우리 가족은 주재원이 많이 살고 있는 북부 뉴저지의 대표적인 부촌인 Old Tappan에 집을 구하고 4년간의 뉴저지 생활을 보내게 되었다. 북부 뉴저지 버겐카운티(뉴저지의 북부에는 버겐카운티가 있는데 미 전국에서 가장 좋은 학군 중 하나로 알려져 있음)는 학군도 좋고, 교육열도 강했다. 굳이 사립을 가지 않아도 공립의 아카데믹 수준이 미국에서 최고로 높았고, 그런 이유에서인지 누구도 초등학교부터 사립학교를 추천하지 않았다. 대부분 공립초등학교를 다니다가 공부를 잘하면 버겐아카데미(Bergen Academy: 뉴저지 버겐카운티의 명문 특목고)를 가거나 소수의 아이들은 보스턴이나 맨해튼의 사립고등학교로 진학했다. 학구열이 강하고 타이거맘들이 많아서 친구들은 악기, 운동. 수학 선행, 리딩과 라이팅 과외를 대부분 받았다. 나도 뉴저지에 살면서 공부, 운동, 악기, 수학 공부, 리딩과 라이팅 공부에 대한 기초를 다지기 시작했다. 공부에 대한 기준도 높아서 뉴저지 주 전체의 학력평가 테스트인 NJASK에서 거의 만점을 받는 아이들이 학교에 70% 이상이었다. 중부 뉴저지에 사는 친구네는 만점 비슷한 아이들이 전교에 한두 명 있을까 말까 하는 상황과 비교하면 전교생 거의 대부분이 만점자였다는 의미다. 한마디로 뭐든지 잘하지 않으면 살아남기 쉽지 않은 환경이었다.

Old Tappan은 특이하게도 주재원 아빠를 따라 미국에 잠시 머물러 온 아이들이 많아서 여러 가지 문제들도 있었다. 나는 ESL 학생(English as a Second Language: 영어가 제 2 외국어인 경우) 이 아닌 영어권 학생임에도 불구하고 한국어가 완벽해서인지, 한국에서 온 아이들과 선생님 간의 통역과 수업도우미를 해야 했다. 선생님이 수업 시간에 하는 말이 있으면 그대로 한국어로 번역해서 친구에게 알려 주고, 친구가 하고 싶은 말이나 과제가 있으면 영어로 번역해서 선생님에게 전달했다. 하루 종일 붙어 다니면서 도와주니까 조금 힘들었다. 하지만 선생님이 부탁하신 거라 열심히 해 보려고 했는데, 단기로 미국에 머무르는 아이들이어서인지 대부분은 미국에 마음을 붙이지 못하였다. 도움을 고마워하지도 않았고, 수업 시간에 집중하지 않고 장난을 했고, 수업 내용을 못 알아들으니까 나에게 짜증도 많이 냈다. 그 친구들의 엄마는 내게 와서 조금 더 신경 써서 도와주면 좋겠다고 하거나 도움이 필요 없다는 말까지도 했었다. 주재원 아이들은 미국 학교에 다니지만 귀국에 대비해서 한국 수학을 선행하고, 한국 교과목 전체를 자기 학년에 맞춰 과외를 받기도 했다. 학교에 가면 미국에 잠시 머물 예정이어서인지 한국어만 쓰는 아이들도 있었고, 한국어 욕을 미국 아이들에게 가르쳐 주기도 했다. 한국 친구들은 적응을 일부러 안 하려는 것은 아니었겠지만 물을 흐리는 경우가 많았다. 그래서 선생님들의 시선도 좋지 않았고, 현지 교포 가정들은 주재원 가정의 아이들을 싫어했었다. 게다가 미국에 살지만 한국식의 경쟁에 익숙해서인지 남의 일에 관심을 가지고 과도하게 비교하고 말을 만드는 경우가 많았다. 지금 생각해 보니 현지 교포 학생들과 한국에서 온 주재원 학생들이 섞여서 학교생활을 하면서 서로에게 쉽지 않은 상황이었던 것이다.

나는 한국에서 온 주재원 학생이 아니었기 때문에 버겐카운티의 다른 교포 아이들처럼 교육열의 한가운데에 살면서 공부를 열심히 할 수밖에 없었다. 제일 신경 써서 했던 공부는 '영어'와 '수학'이었다. 영어에 대한 기초가 중요하다는 생각에 동네 아이들은 주변 학교 현직 영어 교사들에게 라이팅 개인지도를 받았고, 리딩을 하기 위해 리딩타운(Reading Town)이라는 전문학원을 다녔다. 렉사일(Lexile)이라는 독해능력평가를 하면 학년에 비해 3년 이상 선행이 되어 있는 수준이 되어야 학원에서도 받아 줬다. 나도 동네에서 가장 유명한 백인 현직 교사에게 4년간 라이팅 지도를 받았고, 동양 학생이 글을 쓸 때 흔히 하는 실수에 대한 교정을 받았다. 지금까지도 글을 쓸 때 그때 배운 대로 방식으로 문장을 시작하는 습관을 갖게 되었고, 글을 잘 쓰는 데 도움이 됐던 것은 사실인 것 같다.

수학 공부는 별도의 과외 없이 어릴 때부터 엄마와 함께했다. 엄마는 기초가 중요하다는 생각에 수학 관련 서적도 많이 읽어 주시고, 도형을 공부할 때는 만들기 위주의 수업을 통해 체험을 하는 수학 공부를 하도록 도와주셨다. 그리고 기탄수학을 필두로 1030, 왕수학, RPM 개념원리 등과 같은 한국의 수학 문제집을 학년별로 4권 이상을 사서 난이도별로 풀어 보고, 싱가포르 수학과 미국 수학 교재를 동시에 여러 권을 풀어 보는 방식으로 초등학교와 중학교 수학을 공부했다. 수학은 대체로 3년 이상 선행을 했고, 한국 학년으로 중학교 2학년을 기준으로 한국 고등학교 수학 전 과정을 끝냈다. 한국 학생들에게 유리하다고 알려진 수학 과목이지만 난이도가 높아질수록 미국 수학도 쉽게 생각할 수만은 없었다. 그래서 대부분의 학생들은 한국처럼 미국에서도 수학 선행을 했다.

교육에 열성을 다하는 뉴저지의 학교에서는 초등학교부터 공부를 잘하는 아이들 위주로 영재반(Gifted Class)이 따로 운영되었다. 나도 몇몇 친구들처럼 영재반에 들어가서 공부를 했고, 발명품대회를 나갔다. 나중에는 발명품 중 하나가 최우수상을 받고 발명회사에 채택이 되어 방송이 되기도 했다. 학교 밖에서는 수학경시에 나가기 시작했고, 수영연맹선수로 활동하고, 펜싱을 시작했고, 피아노와 바이올린을 배웠다. 중국에 살 때와는 다르게 뉴저지에서 4년은 나에게 많은 경험의 씨앗을 뿌려 줬다. 나는 상해에 가게 되면서 교육열에 휩싸이는 상황에서 벗어났지만 미국에 다시 왔을 때 뉴저지에서 뿌렸던 씨앗 덕분에 헤매지 않고 모든 활동을 다시 싹틔울 수 있었다. 그 당시 뉴저지에서 같은 초등학교를 다녔던 친구들은 2022년 봄에 대학에 진학을 했다. 타이거맘들 아래서 뭐든지 열심히 했던 북부 뉴저지 버겐카운티의 친구들은 뉴욕과 뉴저지의 특목고, 줄리어드 예비학교와 사립고등학교 등을 졸업하고 대부분 예일, 컬럼비아, 유펜 같은 아이비스쿨에 진학하였다.

#28

피아노, 카네기홀 독주, 바이올린 인생의 시작

나는 어릴 때부터 음악을 듣고 노래를 부르는 것을 좋아했다. 목소리가 맑고 고음이 잘 올라가서 어린 시절에 노래를 부르면 CD의 앞뒤가 전부 플레이될 때까지 멈추지 않고 노래를 불렀다. 노래가 좋았고, 지금도 노래를 부르면 행복하다. 북경에 살 때는 지금 같은 변성기가 아니었기에 노래를 부를 때 목소리가 맑고 고와서 어른들이 자꾸 노래를 불러보라고 시켰었다. 그래서 나의 심볼은 '노래와 춤'이었다. 그때 제일 많이 부르고 다닌 노래가 〈Animal Farm〉이다. 끼가 다분해서 많은 사람들 앞에 서서 노래를 부르는 데 주저함이 없고 무대 체질이라서 무대에 올라가는 것을 즐겼다. 노래를 부르면 율동은 자연스럽게 덤으로 따라 다녔다. 음악에 대한 관심이 많아서 노래만 부르는 것이 아니라 악기 연주에도 관심이 많았다. 처음에는 음률이 살아 있는 악기인 피아노를 배우기 시작했다. 피아노를 치면 내가 좋아하는 노래를 직접 연주해 볼 수 있어서 좋았다.

피아노를 배운 지 4년 정도 되던 어느 날 선생님이 컴피티션을 준비해보자고 했다. 그 컴피티션에서 1등을 하면 '카네기홀'에서 수상기념 연주회를 할 수 있는 기회를 준다고 했다. 촌놈인 내가 뉴욕의 '카네기홀'이라니…. 듣기만 해도 가고 싶었다. 그래서 한 곡을 정해서 일 년 내내 연습했다. 매일 두세 시간 연습은 기본이었고, 컴피티션 기간이 다가오자 매일 레슨을 하면서 다섯 시간도 넘게 연습을 했다. 처음에는 좋았는데 연습이 많아지는 데다가 일 년 동안 같은 곡만 계속 치니까 질리고 지쳤다. 악보가 크리틱으로 가득 채워지고 세밀한 부분까지도 신경 써서 고치고 또 고치면서 연습을 반복했다. 그나마도 피아노 선생님의 학생들 몇 명이 함께 준비를 했기 때문에 서로를 위로하면서 버틸 수 있었다. 예선과 결선이 봄과 가을에 열렸고 나는 컴피티션에 우승하여 결국 카네기홀에 설 수 있는 기회를 얻었다. 카네기홀의 첫 느낌은 따듯하고 부드러운 분위기의 공연장이었다. 내가 어린 시절에 피아노를 치게 된 이래로 가장 많은 관중

2014년 1월 30일, 카네기홀에서

들 앞에서 연주를 하는 영광스러운 순간도 경험했다. 청중들은 연주자들의 연주가 끝나면 무한한 박수를 보내 줬다. 연습과 대회 참가는 길고 힘든 시간이었지만, 막상 연주를 마치고 박수를 받으며 무대인사를 끝내고 나니까 감동적이고 뿌듯했다. 그때 카네기홀에서 어린 피아니스트와 바이올리니스트들을 많이 보았다. 이미 줄리아드 예비학교(Julliard Precollege)에서 공부하고 있는 아이들이었는데, 그 아이들이 얼마나 많은 시간을 피땀 흘리며 노력하는지 아니까 대단하다는 생각이 들었다. 나는 뉴저지를 떠나면서 피아노는 그만두었다. 이유는 악기를 들고 나라 간 이동을 할 수 없었기 때문이었다. 아쉽게 그만두었지만 대학에 입학하기 전에 여유 시간이 많아지면 피아노를 다시 배울 생각이다.

피아노만큼 오래하고 좋아하는 악기는 바이올린이다. 내가 2살 무렵에 장난감 바이올린을 가지고 노는 것을 좋아해서 매일 악기 연주를 흉내 내니까 부모님이 악기상에 가서 초소형 바이올린을 사 주셨다. 가지고 놀더라도 플라스틱 가짜 모형 바이올린이 아닌 진짜 바이올린을 가지고 놀라는 의도로 사 주신 것이었다. 작년 여름에 꺼내 보니 어른 손바닥만 한 바이올린인데 연주를 해 보니 소리도 제법이었다. 그 당시에 바이올린은 그냥 장난감이라서 줄을 뜯거나 활을 아무렇게나 긁어 보면서 노는 게 다였다. 5살이 되면서 정식으로 배우고 싶었기 때문에 바이올린 레슨을 시작하게 됐다. 북경에서는 기초적인 것을 배우고, 뉴저지에 살게 되면서부터는 전문적으로 배웠다. 뉴저지에서의 바이올린 선생님은 뉴욕과 보스턴에서 공부한 열정적인 바이올리니스트였다. 강한 소리를 좋아하고 남자 소리를 내는 바이올린을 좋아하셨다. 나는 섬세하고 부드러운 것을 좋아하는데 선생님과의 상반된 경향으로 조화를 배울 수 있었다. 하지만 나라

2017년 5월 21일, 바이올린 리사이틀에서

간 이동이 많아서 바이올린 레슨을 중간에 쉬게 되는 경우도 있었고, 뉴욕이라는 음악 도시를 떠나면서 선생님을 찾기가 어려워서 선생님을 몇 달에 한 번씩 바꾸고 적응하는 데 오랜 시간이 걸리기도 했다. 바이올린은 선생님마다 활주법도 다르고, 교재를 분석하는 방식도 다르고 심지어는 자세도 다시 고쳐야 하는 경우도 있어서 배우기가 여간 까다로운 악기가 아니다. 그럼에도 불구하고 학창생활 12년간 바이올린이 힘들어서 그만두고 싶다는 생각을 해 본적 없이 지금도 열심히 연주하고 있다.

달라스에 와서는 중학교 내내 달라스 시향으로 알려진 GDYO(Great Dallas Youth Orchestra)의 유스단원으로 활동했고, 올-리전(All Region: 북텍사스 지역 사립중학교 연합 오케스트라)에서 2위 안에 드는 바이올리니스트로 활동하면서 중학교를 졸업했다. 고등학교에 와서는 3년 연속 All State(주 내에서 악기 잘하는 고등학생을 선발하여 일 년에 한 번 모여 큰 연주회를 연다. 선발된 학생들에게는 연말에 백악관에 초대되어 연주할 수 있는 기회를 얻기 위한 오디션에 참가할 수 있다)에 선발되어 활동했다. 전공을 하지 않는 고등학생이 할 수 있는 최대치의 활동이다. 올스테이트는 큰 스테이트일수록 인구가 많아서 선발되기가 어려운데, 대표적으로 선발되기 쉽지 않은 주가 캘리포니아주와 텍사스주다. 뉴욕에서 달라스를 와서 가장 놀란 것이 오케스트라 수준이 생각보다 많이 높다는 것이었다. 뉴욕 맨해튼의 오디션들이 최고라고 생각했는데, 텍사스주 올스테이트 오디션 곡이 뉴욕주보다 어렵다는 아이러니가 있었다. 뉴욕에서 음대를 다닌 지금의 바이올린 선생님도 텍사스주의 오디션 곡은 어렵고 가르치기 까다롭다는 말을 자주 한다. 나는 많은 나라 간 이동으로 중간중간 악기를 쉬면서 해야 했지만 나름의 최선을 다했고 올스테이트로 선발되는 것이 목표였기에 지금의 상황에 만족한다. 앞으로 대학에 가서도 오케스트라 단원으로 활동을 꾸준히 이어 나갈 생각이고, 뉴욕 맨해튼이나 보스턴 시내에서 전자바이올린을 연주하면서 버스킹도 하고 사람들과 즐거운 시간을 함께 보낼 계획이다.

2019년 11월 21일, St. Mark's School of Texas 고등학교 오케스트라단원

2023년 1월 28일, TPSMEA All State(2023)에서

#29

태어나서 처음 접하고 10년간 꾸준히 한 '수영'

나는 1학년부터 8학년까지 수영 선수로 활동을 했었다. 그 덕분에 체력과 정신력이 강한 편이다. 그렇다고 운동신경이 남달라서 운동을 눈에 띄게 잘하지는 않는다. 나는 어릴 때 저체중아로 작게 태어나는 바람에 다리가 너무 가늘어서 걷는 힘이 약했다. 그래서 하체의 힘을 키우기 위해 축구를 시작했었다. 하지만 축구에는 소질이 없었고, 공도 잘 차지 못했다. 운동을 해야 건강하게 자랄 것 같은 생각에 엄마는 나에게 수영을 배우게 했다. 4살부터 수영 레슨을 받기 시작해서 중학교까지 지속했으니까 10년 넘게 수영을 배운 것이다. 어릴 때 수영을 시작해서인지 수영은 자신이 있는 종목이다. 특히 초등학교 시절에는 미국수영연맹 소속 선수로 활동을 했기 때문에 거의 매일 수영 훈련을 했었다. 오후 7시나 8시에 시작되는 수영 훈련은 밤 10시에 끝났다. 그때 나는 50m의 선수용 풀에서 고등학교 수영팀과 같이 훈련을 했었다. 수영장 왕복 20번은 기본적으로 하고 스타팅과 다이빙 연습을 수도 없이 했다. 수영을 하는 순간은 힘들다기보다는 스트로크 기법을 배우고 새로운 기록에 도전하는 것이 좋았다. 한겨울 한파에 블리자드가 와도 위험을 무릅쓰고 훈련을 하기 위해 수영장은 꼭 갔고, 주내 대표 수영 선수로 추천이 되어 대학에 가서 수영 테스트를 받기도 했다.

미국에서는 수영맘(swimming mom)들의 이미지가 있다. 수영맘은 엄마가 수영을 한다는 의미가 아니고, 수영을 주요 액티비티로 하는 아이들을 키우는 엄마들을 말한다. 수영맘들은 부지런하고, 멘탈이 강하고, 체력도 좋고, 운전도 잘하고 그리고 극성이다. 수영맘이 극성이라는 이유는 승패가 초 단위에서 결정되는 운동이라 화이팅이 필요해서인지 목에 스톱워치를 걸고 물속에서 수영을 하는 아이에게 늘 소리를 지르고 있거나 연습을 혹독하게 시키기 때문인 것 같다. 그래서 동네에서 선수급으로 수영하는 아이의 엄마라고 하면 좋지 않은 시선들이 있다. 일례로 뉴저지에는 유명한 한인 수영 코치가 있었다. 그 코치의 아들이 수영리크룻으로 하버드에 진학하게 되면서 수영 코치는 수영맘들에게 영웅 대접을 받았다. 그 뒤로 그 코치 밑에서 수영을 배운 한인 학생들이 미국 국가대표 상비군으로 선발되고, 하버드에 입학하게 되는 경우가 종종 생겼다. 코치의 명성이 급속도로 입소문을 타기 시작하면서 수영을 배우려면 대기자 명단에 들어가야 할 정도였었다. 나중에 아이들을 하버드에 보낼 생각이라는 열혈엄마들이 대거 몰려가서 그 코치에게 수영을 배우고, 수영 근육을 키운다고 웨이트 트레이닝을 했다. 수영복도 초경량 수영복으로 속도에 영향을 미치지 않는 특정 브랜드를 제작해서 입히는 등 그야말로 초극성을 떨었다. 그 바람에 내 주변 친구들도 모두 그 수영 코치에게 가서 수영을 배웠다. 하지만 엄마는 이렇게까지 광적인 수영맘이 되는 것을 원하지는 않았다.

나도 수영클럽에서 미국수영연맹 소속 선수로 활동했지만 엄마는 나를 국가대표급 선수로 키울 생각은 없었다. 나는 요란한 코치에게 가기보다는 조용한 수영클럽에 다니면서 기량에 맞는 연습을 했다. 수영장을 습관처럼 다니면서 초등학생인 내가 고등학교 수영 선수들과 훈련을 하다 보니까 수영 기량이 많이 늘었다. 어느 날 코치가 뉴저지주 주니어 대표 수영 선수 선발전을 위한 자격 검증을 해 보자고 제안했다. 주니어 대표팀의 백인 코치를 찾아가 보라는 수영 코치의 권유로 백인 코치가 소속된 대학에 가서 체격과 체력 검증을 받았다. 주니어팀 코치는 내가 수영하는 모습을 보더니 내 등근육이 이미 수영을 하기 적당하게 잡혀 있고, 스트로크를 하는 모습이 훈련을 잘 받아 온 학생이라는 평가를 했다. 자격 검증 후에 백인 코치는 나에게 직접 수영을 가르쳐 보겠다고 했다. 그런데 훈련의 내용이 상상을 초월했다. 고작 4학년인 내가 아침에 6시에 일어나서 2시간 gym 운동을 하고 학교를 가고, 학교가 끝나는 오후 4시부터 2시

2012년 5월 12일, 미국수영연맹 소속 주니어 수영 선수로 출전한 수영 대회에서

간 동안 수영장 훈련을 매일 해야 했다. 그리고 주말에 무조건 원정경기에 참여하는 것도 훈련의 과정에 속했다. 그때 어느 한국계 아이가 뉴욕주 주니어 대표로 훈련을 하고 있었다. 그 학생은 주니어 대표 선수 발탁을 위한 훈련을 시작한 지 3개월 되었다고 했다. 내가 참관하던 날에 그 학생은 고열이 나는데도 불구하고 수영 훈련을 빠지면 안 된다고 해서 다리에 모래주머니를 차고 수영 훈련을 하고 있었다. 그 장면을 본 이후 수영을 계속 진지하게 하는 것이 고민이 되었다. 수영 대회에 나가서 메달도 따고 기량도 늘어 가는 중이었지만 동시에 내 몸에 많은 이상들이 나타나고 있었다. 독한 수영장 물 때문에 끊임없이 올라오는 얼굴 트러블과 기미, 클로린(소독용 락스)에 녹아내리는 머리카락, 빨간 발진이 올라오는 피부병이 온몸 곳곳에 번져서 나를 괴롭히는 중이었다. 뉴저지에서 수영을 한다는 애들은 이렇게 지독하게 훈련을 받으면서 운동하고, 학교 성적도 최상으로 유지해야 한다. 그러면 나중에 하버드에 입학할 수도 있을 것이다. 하지만 엄마와 나는 '이렇게까지 수영을 할 이유가 있을까?'라는 회의감이 들었다. 고민을 하던 중에 우리 가족은 뉴저지를 떠나서 상해로 가게 됐다. 상해로 가게 되면서 주니어 대표팀에 선발되는 기회를 자연스럽게 잃어버린 것이 오히려 다행이라는 생각이 들었었다.

뉴저지를 떠난 이후에도 수영이 필수 과목으로 지정된 상해 미국 학교에서도 수영을 했고, St. Mark's에 와서도 중학교 수영팀에서 꾸준히 수영을 했다. 꾸준히 해 온 수영 덕분에 St. Mark's에 입학해서는 특수 운동 종목인 수구(Water Polo: 워터폴로)와 조정(Rowing, Regata)도 경험할 수 있었다. St. Mark's의 수구는 미국 내 전국 랭킹을 자랑하는 대표적인 스포츠였고 교과 필수 과목의 하나였다. 그리고 중학교 수영팀 소속 선수들은 무조건 수구 훈련을 해야 했다. 하지만 대부분의 동양 학생들은 체력이 부족하여 물속에서 백인 학생들에게 등을 대주는 받침대 역할을 한다. 그러면 백인 학생들이 동양 학생들의 등을 밟고 올라서서 공을 던져 공격을 한다. 그래서인지 고등학교 가는 시점에 대부분의 동양 학생들은 수구를 그만둔다. 나도 영락없이 물밑에 잠겨 백인 아이들이 내 등을 밟고 올라서서 공을 토스하는 데 도움을 주는 역할을 했었다. 코마개를 끼우고 숨을 참으면서 물밑에서 끊임없이 다리를 저어서 물 위로 몸이 떠오르지 않게 해야 하기에 체력 소모가 컸다. 때로는 나에게도 공격권은 오지만 백인 아이들끼리 서로 공을 주고받으면서 나에게 공을 패스하지 않는 경우가 허다했다. 물론 백인 수구 코치들이 동양 학생들에게 좋은 포지션을 주지도 않았다. 나는 학교 대표 수구 선수를 할 생각이 애초부터 없었기에 중학교에서 2년간 수구를 배운 것에서 만족하고 미련없이 수구 선수의 길을 포기했다.

수구와 함께 St. Mark's에 들어오기 전부터 꼭 하고 싶었던 운동이 '조정'이었다. St. Mark's는 남자 학교라서 조정팀이 전국 1등을 하는 경우가 많았고 팀워크도 강했다. 조정팀은 고등학교부터 들어갈 수 있는데, 조정팀에 들어가기 위해서는 중학교 마지막 학년인 8학년의 1년 동안 조정팀 코치에게 훈련을 받고 테스트에 통과해야 한다. 나는 수영 테스트를 통해 조정팀 훈련에 참여할 수 있었다. 8학년이 끝날 무렵에는 웨이트 트레이닝과 로잉머신을 이용한 훈련을 시작했다. 나는 그렇게 해서 고등학교에 올라갈 때 기본적인 체력테스트와 분당 로잉 횟수 테스트를 통해 크루팀에 선발이 되었다. 크루팀에 들어가면 처음에는 하체 근력 강화 훈련과 로잉머신 훈련을 한다. 어느 정도 훈련이 되고 나면 학교 근처에 있는 강으로 배를 싣고 간다. 강가에 도착하면 무거운 배를 머리 위로 올려 들거나 진흙 위에서 배를 끌어다가 물에 띄우고 로잉을 시작한다. 크루는 생각보다 훈련도 고되고, 엄청한 체력을 요구했다. 나는 2인용 배를 탔었지만 백인 학생들의 체력에 밀려 전국 대회에 출전하는 레가타(Regata)팀에 선발되지 못하고 로잉팀에서 나오게 되었다. 로잉은 대학에 가도 할 수 있는 기회가 많기에 다시 체력을 키워서 시도해 보고 싶다. 수영은 아직도 제일 좋아하는 운동이지만 이제는 수영을 할 기회가 거의 없다. 수영을 일찍 배우고 오랫동안 했기에 저체중아였던 내가 어깨도 많이 넓어지고 건강한 체형을 갖게 되었다. 또한 수영을 잘했기 때문에 수구나 조정 같은 수영 관련 종목에 대한 경험도 할 수 있었다고 생각한다. 수영, 수구, 조정 훈련 등을 통해 길러진 강한 체력과 정신력이 나의 고등학교생활에서 나를 굳건하게 지탱해 준 힘이 되어 준 것은 명확한 사실이다.

#30

미국의 시즌별 운동, 미국펜싱연맹 소속 선수 생활

미국에서 학교를 다니면 학기별로 신청해야 하는 필수 운동 과목이 있다. 보통은 가을 스포츠, 겨울 스포츠, 봄 스포츠로 나누고 종목도 다양하다. 가을에는 많은 학생들이 축구를 선택한다. 나도 초등학교 시절 내내 가을이 되면 타운축구를 했었다. 나는 북경에 살 때부터 계속 축구를 했는데도 불구하고 축구를 잘하는 편은 아니었다. 축구에 소질은 없었지만 마음껏 달릴 수 있는 운동이었기 때문에 축구가 좋았다. 솔직히 말하면 초등학교 때는 남녀혼성 축구도 했었는데, 나보다 공을 훨씬 잘 차는 여학생들도 많았다. 축구를 하게 되면 평일에는 연습을 하고, 매주 토요일마다 경기를 한다. Old Tappan 초등학교 축구팀은 주변 타운들과 토너먼트를 하면 결승에 진출하는 비교적 강한 팀이었다. 나도 친구들과 트래블링을 다니면서 토너먼트에 참가하고, 넓은 필드에서 공을 따라다니면서 마음껏 뛰어놀았다. 안타까운 것은 뉴저지는 계절이 금방 추워지면서 땅이 얼기 시작하기 때문에 축구를 할 수 있는 시간이 비교적 짧았다. 축구 시즌이 끝날 때가 되면 날씨가 많이 추워져서 부모님들은 담요를 두르고 발을 동동 구르면서 경기를 지켜봤었다. 나는 초등학교 시절에 수영 선수였기 때문에 축구팀에서 집중적으로 훈련받거나 개인코칭을 받지는 않았다. 축구는 매년 가을 시즌에만 했기 때문에 기나긴 겨울이 오면 이듬해 봄이 될 때까지 6개월 동안 할 만한 운동이 없었다.

2학년 겨울에 운동 공백기가 생기자 내가 정말 좋아하는 취미였던 노래를 배워 보고 싶어서 크레스킬(Cresskill)에 있는 아트센터(performing art center)에 갔었다. 노래를 배우려고 교실 안을 들여다 보니까 뉴욕의 브로드웨이 뮤지컬 오디션을 준비하는 학생들이 마이크를 잡고 노래 연습을 하고 있었다. 학생들의 나이는 내 또래로 보이는데 마치 전문 뮤지컬 배

2012년 9월 29일, 크레스킬 퍼포밍 아트센터 펜싱 코치 그리고 뮤지컬 배우와 함께

우처럼 보였다. 그때 상담을 해 주던 노래 선생님은 자신을 소개하고 엄마에게 노래교실의 스케줄을 건네줬다. 그러면서 "남학생이 노래 교실에 와서 너무 좋다."는 말을 했다. 문제는 남학생이 나 혼자였다는 사실이었다. 고음을 높게 부르는 많은 여학생들과 브로드웨이 뮤지컬 곡들을 함께 연습한다는 것이 쑥스럽고 망설여졌다. 선뜻 노래교실에 등록해 보겠다는 말을 못 한 채 아트센터에서 나오려는 순간에 눈길을 사로잡는 장면을 보게 됐다.

바로 노래교실 옆방에서 멋진 남자 두 명이 펜싱을 하고 있었다. TV에서 중계하는 올림픽 경기의 하이라이트 장면만을 봤었지 실제로 펜싱을 보는 것은 처음이었다. 엄마와 나는 그 둘의 모습을 한참 동안 바라보았다. 한 명은 나이가 많은 할아버지였고, 다른 한 명은 젊은 청년이었다. 할아버지로 보이는 사람은 전 미국 국가대표 펜싱 선수이자 올림픽 금메달리스트인 펜싱 코치였다. 그리고 젊은 남자는 브로드웨이 뮤지컬 배우이자 TV 드라마에 나오는 배우였다. 내가 지켜보던 순간은 배우가 출연하는 영화의 한 장면을 위해 펜싱 연습을 하던 퍼포밍 장면이었다. 그 둘이 펜싱을 하는 모습은 내 마음을 단번에 사로잡았다. 그 자리에서 노래를 배우는 대신 펜싱을 배우는 결정을 하게 됐고, 그날 이후로 뉴저지를 떠날 때까지 펜싱을 배웠다. 막상 펜싱을 시작하니까 내가 본 멋진 장면과는 거리가 멀었다. 오른손을 올리고 앞으로 뒤로 게처럼 걷는 연습만 3개월을 했다. 그 뒤로는 긴 칼날을 동그랗게 구부려서 가슴을 찌르는 훈련만 3개월을 했다. 지루하게 같은 것을 반복했지만 다음 수업에는 뭔가 새로운 것을 할 것이라는 기대로 1년 6개월을 버텼다. 펜싱을 시작한 지 8개월이 지나서 포일(foil)을 잡고 처음으로 펜싱스트립에서 엉망진창인 펜싱 대결을 해 보긴 했었다. 하지만 상해로 가게 되면서 펜싱은 그만두게 됐다.

나는 언젠가 다시 펜싱을 하고 싶은 마음이 간절했다. 그래서 상해에 갔다가 1년 후에 달라스에 와서 St. Mark's에 입학하면서 다시 펜싱을 시작했다. 처음에는 학교 과목으로 무조건 가을 스포츠 종목을 골라야 해서 어릴 때 해 봐서 익숙한 펜싱을 선택하고 중학교 펜싱팀에 들어갔다. 그때 학교 코치가 고등학교 토너먼트가 열리는데 서포터즈를 할 생각이 있으면 신청하라고 했다. 나는 고등학교에 가면 운동팀 캡틴이 하고 싶었기에 서포터즈를 자청하고 코치의 눈에 들고자 의도적으로 토요일 토너먼트마다 서포터즈로 학교에 갔다. 아침 7시까지 오라고 하면 6시까지 미리 학교에 가서 어두컴컴한 라커룸에 들어가서 토너먼트에 쓰이는 물건들을 가지고 나와서 대회 세팅을 도왔다. 테이프를 이용하여 체육관 바닥에 펜싱 스트랩을 그리고, 경기용 케이블과 전광판 등을 설치하고, 학교 소유의 펜싱 장비들을 체크하고, 세탁된 펜싱 유니폼을 챙겨서 고등학교 선배들에게 전해 주었다. 엄마도 동양 학생이 백인 학교에서 스포츠 캡틴을 한다는 것이 쉽지 않다는 것을 알고 있었기에 나의 노력을 응원해 주셨었고, 엄마 스스로도 펜싱 토너먼트 시작 전에 학교에 와서 궂은일들을 도맡아 하셨다. 그러던 어느 날 엄마가 토너먼트 중에 선수들이 먹는 음식들을 다이닝룸에 혼자 세팅하는데 펜싱 코치가 들어와서 앉았다고 한다. 코치와 단둘이 대화를 할 수 있는 절호의 기회라는 생각에 자연스럽게 대화를 이어 가다가 "우리 애가 어떻게 해야 고등학교에 가서 발시티 캡틴(Varsity Captain: 전문적인 수준의 운동을 하는 운동팀의 캡틴)이 될 수 있느냐?"고 단도직입적으로 물어보셨다고 한다. 코치는 본인이 있는 펜싱 클럽에 다니면서 고등학교를 졸업하는 날까지 펜싱을 포기하지 않으면 반드시 캡틴을 시켜 주겠다는 약속을 했다고 한다. 코치는 그렇지 않아도 내가 중학생치고는 키도 크고, 체격이 좋아서 눈여겨봐 왔다고 했다. 나는 곧바로 학교 펜싱 코치가 근무하는 펜싱 클럽(Fencing Institute of Texas: FIT)에 등록을 했다. 원래 학교 펜싱팀에서는 학생들에게 포일(foil) 종목만 가르친다. 내가 펜싱 클럽에 등록하자 코치는 나에게 종목 변경을 권하면서 "에페는 칼이 길고 무거워서 체격이 좋고 키가 큰 학생들에게 유리한 종목이다. 브랜든은 펜싱을 본격적으로 시작한 시기가 살짝 늦은 감이 있어서 포일 종목이 불리하다. 경쟁이 약한 에페 종목을 하면 비교적 유리한 성적을 거둘 수 있을 것이다."고 말했다. 나는 종목을 바꾸고 일주일에 세 번 이상 개인지도를 받으면서 주니어 펜싱 대회에 나갈 수 있는 실력을 쌓기 위해 열심히 연습하기 시작했다. 코치의 말대로 에페 종목은 경쟁이 비교적 약해서 처음 참가한 RJCC(Regional Junior Cadet Circle)부터 좋은 성적을 거둘 수 있었다. 나도 에페 종목이 나에게 잘 맞는다고 생각한다. 그렇게 7학년부터 본격적으로 시작한 펜싱을 6년간 쉬지 않고 졸업을 앞둔 지금까지 하고 있다.

결국 나는 코치의 말처럼 St. Mark's 중학교 팀 캡틴을 거쳐, 12학년이 되면서 발시티 캡틴이 되어 중학교 펜싱팀을 가르치고, St. Mark's 고등학교 펜싱팀을 이끌고 있다. 또한 9학년 때부터 미국펜싱연맹(USFA) 소속의 에페(epee) 선수가 되어 국가 1군, 2군, 3군 상비군 대회에 출전하는 실력을 갖게 되었다. 지난 6년간 학교와 클럽에서 펜싱을 하면서 힘든 순간도 많았다. 코치의 잔소리와 구박도 견뎌야 했고, 코치를 대신해서 중학교와 고등학교 펜싱부 학생들을 관리하면서 고생도 많이 했다. 토너먼트

2020년 3월 1일, St. Mark's 펜싱 코치 Hoss와 함께 토너먼트에서

에 나가서 너무 많은 경기를 하다 보면 다리에 쥐가 나면서 풀리지 않고 온몸으로 번지기도 했다. 그러면 차디찬 펜싱장 바닥에 누워서 온갖 마사지 기계로 전신을 풀고서야 겨우 두 발로 바닥에 설 수 있기도 했다. 팬데믹 때도 토너먼트는 계속됐었다. N95마스크를 쓰고, 무거운 펜싱 마스크를 쓰고, 두꺼운 펜싱 옷을 입고 땀을 비 오듯이 흘리며 숨도 겨우 쉬면서 4시간 이상 경기를 하고 탈진을 하기도 했다. 가슴과 허벅지는 칼에 찔려서 검은 피멍과 찢기고 눌린 상처가 떠나는 날이 없었다. 엄마도 무거운

펜싱 백을 지고 나를 따라서 토너먼트를 다니느라 많은 고생을 하셨다. 코치의 비위도 맞추고, 1년간의 토너먼트 일정을 미리 스케줄링하는 것도 엄마의 몫이었다. 엄마는 내가 운동을 끝내고 집에 와서 벗어 놓은 땀에 절은 펜싱 팬츠, 베스트, 펜싱 자켓, 펜싱복 안에 입은 운동복을 땀내가 베일까 봐 뜨거운 물로 손빨래를 해 주셨다. 덕분에 하얗고 깨끗한 펜싱복을 입고 운동을 할 수 있었다.

나는 많은 종목들 중 펜싱을 했기 때문에 동양인으로 드물게 백인 남자 학교에서 스포츠 캡틴을 할 수 있었던 것도 사실이다. 내년에 학교를 졸업할 때가 되면 운동 캡틴들을 위한 연회(Athletic Banquet)에도 초대될 것이고, 학교 명예의 전당에 있는 나무 현판에 이름을 각인하게 될 것이다. 쉽지 않은 길을 걸어왔지만 작은 성취를 이루었다고 생각한다. 중학교 시절부터 나를 이끌어 준 코치 호스(Hossam Mahmoud, Hoss)와 5년간 펜싱 클럽도 함께 다니고 토너먼트에 나가면 매번 장비를 체크해 주고 경기를 지켜봐 주고 응원해 준 선배인 프릿츠(Fritz Hesse, 2021 발시티 캡틴)에게 고맙다. 그리고 힘든 운동 뒷바라지를 해 준 부모님께도 정말 감사하다.

2020년 1월 12일, St. Mark's 선배 Fritz와 함께 토너먼트에서

2021년 10월 17일, Dallas ROC(Div 1) Men's Epee 토너먼트중

#31

가든스테이트, 뉴저지의 첫 친구, 달고나 만들기

뉴저지는 '가든스테이트(Garden State)'라는 닉네임을 가지고 있다. 집 주변은 대부분 숲으로 둘러싸여 있고, 비가 많이 내린다. 겨울에 오는 눈만큼 겨울이 아닌 계절에는 비가 자주 오고 기온이 적당해서 초록이 가득한 천연 가든이 생길 수 있는 곳이다. 그래서인지 주변 곳곳에 레크레이션 파크(Recreation Park)가 정말 많다. 여름에도 많이 덥지 않고, 봄과 가을이 선명하다. 또한 아름다운 녹지가 많아서 아이들이 뛰어놀 공간이 도처에 널려 있다. 학교가 끝나면 마음에 맞는 친구들과 함께 파크로 가서 잔디밭을 뛰면서 축구를 하고, 그네를 타고, 자전거를 타고, 호숫가를 거닐었다. 놀고 난 후에는 함께 모여서 핫도그를 만들어 먹거나 피자를 배달해서 먹는다. 뉴저지 친구들은 평소에 아무리 과외나 여러 가지 활동으로 바쁘다고 해도 금요일 저녁은 아무런 계획을 잡지 않고 모여서 해가 질 때까지 놀았다. 내가 처음에 뉴저지에 살던 타운하우스 바로 옆집에는 올리비아(Olivia)가 살고 있었다. 부모님이 맨해튼에서 일하는 산부인과 의사라 온콜(on call)이 많아서 집에 있는 경우가 드물었다. 나처럼 외로운 올리비아는 나에게 좋은 친구가 되어 주었다. 나무에 매달려

2011년 4월 26일, 앞집 친구 올리비아와 집 앞마당에서

놀고, 자전거를 타고, 드라이브웨이에 낙서를 하고, 마당에서 물놀이를 함께했다. 주말에는 올리비아 부모님이 집으로 초대해서 영화도 함께 보고, 맛있는 저녁도 함께 먹었다. 거의 2년 동안 앞집과 뒷집에 살면서 친하게 지내다가 올리바아 가족은 집을 지으면서 데마레스트로 이사를 갔다. 그렇게 헤어졌지만 나의 뉴저지 첫 친구로 기억이 많이 난다.

뜬금없지만 작년에 넷프릭스 최대 유명 티비쇼가 바로 〈오징어게임〉이었다. 거기에 보면 달고나를 만들면서 어른들이 게임을 하는 장면이 나온다. 드라마 속의 달고나는 돈을 얻기 위한 게임의 수단이다. 하지만 나에게 달고나는 뉴저지의 친구들과 우정을 나누는 소중한 간식이었다. 어느 날 친구 엄마가 달고나를 만들어 먹자는 제안을 했다. 차에 자전거 6대를 싣고 뉴욕주 펄리버(Pearl River) 근처에 있는 톨맨파크(Tallman Mountain State Park)로 향했다. 우리들이 사는 올드타판은 뉴저지의 끝자락이라서 앞마당은 뉴저지주이고 뒷마당은 뉴욕주인 곳이었다. 그래서 뉴욕주에 있는 공원이나 강변으로 거의 매주 놀러 갔었다. 뉴욕주에 있는 톨맨파크공원은 2017년에 사라진 타판 지 브릿지(Tappan Zee Bridge)가 보이는 펄리버(Pearl River) 근처에 있었다. 그날도 뉴저지에서 멀지 않은 공원에 가서 자전거를 타고 코네티컷주로 이어지는 Tappan Zee Bridge를 바라보며 강변에 서서 아이스크림을 사 먹고 난 후에 바로 달고나를 만들기 시작했다.

친구 엄마는 집에서 가지고 온 국자에 설탕을 넣고 불에 녹이기 시작했다. 설탕이 갈색으로 변하면서 타듯이 녹으면 베이킹소다를 넣고 재빨리 저어 준다. 그러면 설탕의 양이 두 배로 부풀어 오르면서 연한 브라운색이 된다. 편평한 플레이트에 설탕을 깔고 거의 두배가 된 설탕물을 부어 준다. 그리고 설탕이 식어서 딱딱해 지기 전에 밥그릇 바닥으로 납작하게 누르고 쿠키커터로 모양을 내면 달고나가 완성된다. 달고나는 단맛, 탄 맛, 그리고 쓴맛 등이 동시에 느껴지고 흡사 시나몬 과자의 맛도 났다. 맛있는 간식은 아닌데 만드는 과정이 신기하고 재미있어서 과학실험을 하는 느낌이었다. 이런 광경을 처음 보는 미국 친구들은 신기해하고 브라우니 브리틀(Brownie Brittle: 브라우니를 만들 때 반죽이 얇게 눌러 붙어서 탄 부분이 맛있어서 과자로 만들어 팔기도 함)이라면서 좋아해 주었다. 다음에 또 만들어 먹자고 다짐을 하면서 별모양이나 곰돌이 모양의 달고나를 하나씩 들고는 아쉽게 공원을 떠났다. 하지만 달고나를 만들고 나면 국자가 타기 때문에 버려야 해서 엄마들이 자주 만들어 주지는 않았고 어쩌다 한 번씩 먹었기 때문에 더욱 맛있었던 기억이 있다. 나에게 달고나는 뉴욕을 기억나게 하는 추억의 과자이자 친구들과 나눈 우정의 징표이다. 얼마 전에 컬리지 투어를 가면서 커네티컷을 지나가는데 문득 '달고나'를 먹었던 뉴욕의 조용한 파크가 생각이 났다. 인적이 거의 없는 뉴욕주의 작은 공원에서 먹던 달고나는 우정의 간식이자 우리들만의 소중한 이야깃거리로 오랫동안 남아 있을 것 같다.

2013년 5월 18일, 뉴욕의 한 파크에서 케일리 그리고 릴리와 함께

#32

거리의 무법자, 사슴과 터키 선생님

미국에 처음 와서 프린스턴에 살게 되었을 때 회사 직원들에게 귀에 못이 박히게 들은 말은 '운전할 때 노루가 나타났다고 놀라서 브레이크를 밟지 않게 조심해라.' '노루를 치게 되면 놀라지 말고 경찰에 연락하라.' '노루를 치면 차가 크게 파손되어 폐차를 하게 되는 경우도 있는데, 회사에서 어느 정도까지는 보상을 해 준다.'는 것이었다. 실제로 뉴저지의 도로를 달리다 보면 죽은 노루의 시체를 종종 보게 된다. 어느 여름에 캐나다를 가기 위해 뉴욕주의 북쪽으로 올라가는 고속도로를 타게 됐는데 너무 많은 노루 시체들이 길가에 있어서 놀랐던 기억이 있다. 노루는 가족을 데리고 다니고, 사람들이 사는 곳에도 자주 나타나서 풀을 먹거나 물을 마신다. 노루 때문에 가장 놀랐던 때는 비교적 붐비는 다운타운의 길 한복판에 노루 가족들이 떼로 나타나서 그 긴 다리로 높이 점프를 하면서 자동차 도로 위를 허들을 넘듯이 달려들었을 때다. 흡사 동물원 사파리에 온 듯한 광경을 보는 듯한데, 갑자기 나타난 노루 떼들이 달리는 차 앞으로 갑자기 뛰어들면 차들은 급정거를 하면서 뒤엉키게 된다. 노루들은 차가 오거나 말거나 상관없이 전속력으로 길을 건넌다. 위험천만한 상황이

2013년 5월 12일, 집 앞마당에 매일 나타나던 노루 가족들

라 사고로 이어지기도 한다. 우리 가족도 노루를 도로 위에서 만난 적도 많았고 집 앞마당은 늘 노루가 놀러 왔었다. 그 때문에 텍사스에는 없는 '노루 표지판'(노루가 그려져 있는 노란 사인으로 노루 상습 출몰 지역이니 운전을 조심하라는 의미)이 뉴저지에 많이 있었던 것 같다. 한국이라면 동물원에 가서야 볼 수 있는 노루 떼가 우리 집 앞마당에 상주하는 격이다. 다른 주들은 곰이 상주하는 경우도 있다고 하는데 그나마 곰이 아니어서 다행이었다.

노루만큼 놀라운 생명체(creature)가 터키(칠면조)다. 올드테판은 야생 터키가 길거리를 배회하는 경우가 많았다. 한번은 이른 아침에 학교에 가고 있는데 평소에는 막히는 일이 없는 학교 앞의 도로가 꽉 막혀서 차들이 움직이지를 않았다. 무슨 일인지 보니까 떼로 나타난 터키들이 학교에 가고 있는 자동차들을 점령하면서 자동차로 돌진하고 타이어를 부리로 쪼고 있었다. 수십 마리가 나타나서 동시에 공격을 하니까 속수무책이었다. 경찰이 나타났지만 할 수 있는 일은 터키들을 향해 우산을 폈다 접었다 하는 것뿐이었다. 놀란 터키들이 산으로 다시 올라가기를 기다리는 일은 생각보다 오래 걸렸다. 이렇게 터키 떼가 출몰하는 날은 단체 지각을 하는 날이었다. 게다가 터키가 날개를 펴면 어린이들의 키보다 크게 느껴지는 경우도 있어서 상당히 위협적이었다. 야생 터키가 많아서인지 추수감사절이 다가오면 터키 사냥 허가권을 사고 터키 사냥을 한다. 우리가 아는 집들도 사냥을 하기 위해 총을 들고 특별히 사냥이 허락된 산속의 터키 군락지에 들어가서 터키를 잡아 오는 경우도 있었다. 대부분 몇 마리를 잡기는 하는데 손질하기도 쉽지 않고 양도 많아서 경험이 있는 사람들만 참여한다. 칠면조는 추수감사절을 빛내는 존재지만 나의 기억에는 학교 가는 길을 막아서고 날개를 펴서 퍼드덕거려 경찰들을 화나게 하는 존재로 남아 있다. 하지만 농담으로 친구들과 나눈 대화가 재미있었다. "야! 학교 오는 길에 네가 경찰차 바퀴를 입으로 쪼았어 봐라. 그럼 바로 경찰이 너한테 총을 쐈을 거야. 칠면조니까 인내심을 가지고 우산 따위나 피면서 봐준거지." 그렇다. 만약에 내가 도로를 점거하고 경찰차 바퀴를 입으로 쪼고 있었다면 경찰이 보고만 있지는 않았을 것이다.

#33

매주 맨해튼의 볼거리를 찾아서

처음에 뉴욕을 오게 되는 많은 사람들이 갖는 뉴욕에 대한 환상이 우리 가족에게도 있었다. 우리 가족은 뉴욕에 와서 살게 됐지만 한동안은 관광객 모드를 계속 유지했다. 자유의 여신상, 34번가와 타임스퀘어, 센트럴파크, 엠파이어 스테이트 빌딩과 같은 뉴욕의 랜드마크에 가 보았다. 뉴욕 관광책자를 사서 그곳에 등장하는 모든 곳을 다녔다. 그런데 얼마 지나지 않아 맨해튼이 싫어졌다. 뉴욕경찰(NYPD) 사이렌이 하루 종일 도심의 어디선가 울리고, 오래된 건물들을 보수하는 공사표지판과 철기둥들이 통행로를 막고 있고, 서브웨이는 더럽고 냄새나고, 맨해튼의 택시(Yellow Cab: 옐로우캡)들은 공포운전을 하고, 뉴요커들은 앞만 보고 걸어서 신호등 따위는 쉽게 무시하는 경우가 다반사였다. 모든 것들이 빠르고 복잡하고 시끄러웠다. 처음부터 그랬던 것은 아니고 맨해튼을 자주 나가서 속속들이 구경을 하니까 뉴저지와 비교가 됐고, 어린 내게는 맨해튼이라는 곳에 대한 거부감이 슬슬 자라났었다. 하지만 거부감이 있기 전까지는 자주 맨해튼을 갔었고 다양한 경험을 했다.

엄마는 뉴저지에 살았던 4년간 기회가 좋다면서 주말마다 나를 데리고

2012년 6월 17일, 뉴욕 맨해튼 컬럼비아대학교에서

맨해튼을 나가셨다. 맨해튼에 나가는 횟수가 늘면서 처음과는 다르게 관광지가 아닌 맨해튼의 숨겨진 장소들을 속속들이 들여다보게 되었다. 맨해튼에 가려면 포트리(Fort Lee)에서 버스를 타도 되고, 에지워터(Edgewater)에서 페리를 타도 되고, 위호켄(Weehawken)이나 호보켄(Hoboken)에서 맨해튼행 도심기차를 타도 된다. 하지만 엄마랑 내가 맨해튼을 나가려면 뉴저지의 웨스트우드(Westwood) 역의 공영주차장(municipal parking)에 차를 세우고 NJ Transit을 타는 방법이 제일 좋았다. NJ transit을 타고, 펜스테이션(Penn station)에서 내려서 맨해튼을 들

어가는 해저터널을 통과하는 트레인 라인으로 갈아타면 맨해튼 42번가에 도착했다. 맨해튼 42번가에 도착했다고 해서 관광객 버전의 필수 코스인 '마담투소'나 타임스퀘어의 '허쉬스토어'를 찾아가지는 않았다. 대신에 The Cloisters, Soho 지역, 24번가의 The High Line과 Chelsea Market, UN 본부, Intrepid 등등 수많은 장소를 찾아 다녔었다. 또한 엄마 친구가 컬럼비아대학교에서 공부하는 중이라서 컬럼비아대학교를 자주 갔었다. 엄마 친구랑 컬럼비아 대학 교정에 앉아서 매그놀리아 컵케이크를 먹기도 하고, 학교 앞 태국 식당에서 팟타이를 먹기도 했다. 자주 방문했던 탓인지

2012년 4월 12일, 뉴욕 맨해튼 The High Line에서

컬럼비아대학교는 익숙하고 편안했다.

맨해튼을 자주 다니면서 숨겨진 명소를 찾아다닌 것도 좋았지만 수많은 공연을 보러 다닌 것도 좋았다. 맨해튼에서는 발레 공연, 브로드웨이 뮤지컬, 링컨센터의 공연들을 쉽게 볼 수 있었다. 엄마가 독서만큼 신경 써서 나에게 해 주신 부분이 음악회를 가는 것이었다. 무료음악회, 지역 봉사음악회, 전문음악회 등 가리지 않고 자주 데리고 다니셨다. 지금도 공부를 하면서 팝음악보다는 클래식을 즐겨 듣는 이유도 어린 시절에 클래식 음악을 많이 듣고 경험했기 때문이다. 또한 이동을 많이 하면서 유년 시절을 보내서 뉴욕에 계속 있었던 친구들처럼 바이올린을 지속적으로 배우지는 못했지만 학창 시절 내내 즐겁게 바이올린을 할 수 있었던 것도 뉴욕에서 경험한 문화생활이 기반이 되었던 것 같다. 막상 뉴욕 가까이에 살 때는 거부감도 생겨서 다시는 오고 싶지 않았지만 시간이 많이 지난 지금은 뉴욕이 많이 그립고 뉴욕 생활을 꼭 다시 해 보고 싶다.

2014년 2월 2일, 뉴욕 맨해튼 The Cloisters에서

2014년 6월 8일, 뉴욕 브루클린에서

#34

마지막 동부 여행, 초등학교 졸업식

뉴저지에 살면서 4년이 되던 시점에 우리 가족은 상해에서 근무하게 되었다는 소식을 접했고, 그곳에서 오래 머물러야 한다는 이야기를 들었다. 미국을 떠나는 날이 올 거라는 생각을 안 했었는데 생각보다는 빨리 미국을 떠나게 된 것이었다. 그래서 미국 동부 여행을 계획하고 실행에 옮겼다. 캐나다도 갔었고 보스턴이나 커넷티컷은 자주 갔었지만 버지니아나 사우스캐롤라이나까지 내려가 본 적은 없었다. 그래서 엄마와 나 그리고 외할머니 셋이서 매사추세츠주에서 시작하여 로드아일랜드, 델라웨어, 필라델피아, 워싱턴 D.C., 버지니아, 노스캐롤라이나, 사우스캐롤라이나까지 여행을 하면서 유명한 장소들을 둘러보고 미국 생활을 정리하게 되었다. 지금 기억에 남는 장면은 체사피크 브릿지와 셰넌도허를 간 것이다. 체사피크 베이[Chesapeake Bay(estuary)]에 있는 다리를 건너야 버지니아로 갈 수 있는데, 다리를 계속 운전을 해도 하늘을 닿을 듯한 다리 위의 길은 끝이 없었고 다리 옆에 펼쳐진 바다는 광대했다. 다리를 건너 도착한 쉐난도어 공원(Shenandoah National Park)의 붉은 석양을 보면서 존 덴버(John Denver)의 노래인 〈Take me home, country road〉을 무한 반복으로 들었던 기억이 난다. 존 덴버의 노래는 미국을 떠나 상해에 잠시 살 때부터 가장 좋아하는 노래가 되었고, 동시에 이유 없이 눈물이 나는 노래였다. 이 노래를 들으면 엄마와 동부에 함께 살았던 행복한 시절이 한 편의 영화처럼 한 장면 한 장면 떠오르고, 아름다운 기억을 더욱 빛나게 해 준다.

4년간의 뉴저지 생활을 마치게 된다는 사실을 알게 된 이후에는 준비할 것이 많았다. 우선 내가 상해에서 다닐 학교를 다시 알아봐야 했다. 아빠는 북경에서 상해로 미리 가서 집을 구하고 혼자 계시는 중이었고, 그쪽의 몇몇 국제학교 입학 담당(admission)을 만나서 스쿨투어를 하고 지원서를 받아 오셨다. 유치원에 들어갈 때와는 다르게 초등학교 5학년으로 가는 것은 입학 과정이 복잡했다. 상해에서 가장 좋은 국제학교이자 아시아에서도 가장 좋은 국제학교 중 하나인 상해 미국 학교(Shanghai American School)는 입학이 까다롭고 합격하기 어려운 학교로 알려져 있다. 그동안의 학교 성적과 레쥬메가 필요했고, 입학을 위해 사립학교 입학 자격시험인 SSAT(Secondary School Admission Test)에서의 고득점이 필요했다. 레쥬메에는 4년간의 내신(GPA), NJASK 점수(전교 1등), 미국수영연맹선수로 활동했던 것, 카네기홀 연주, 수학경시대회 입상 등이 들어 있었다. SSAT는 처음으로 알게 된 시험이라서 연습문제를 사서 엄마와 함께 풀어보았다. 그렇게 한 달을 공부하고 시험을 신청했는데 시험 장소가 뉴저지 프린스턴의 한 고등학교였다. 집에서 2시간 30분 이상 떨어진 곳이었는데, 시험 시간이 아침 8시라서 집에서 최소 오전 5시에는 출발을 해야 했다. 그런데 출발하기 전날 블리자드가 온다고 예보가 되어 있어서 엄마랑 둘이 프린스턴에 가서 하루 자고 시험을 보러 갈지 고민을 했었다. 하지만 그것도 여의치가 않아서 결국 나는 새벽 4시 30분에 일어나서 씻고, 엄마가 차에 이불을 펴 줘서 차 안에서 자면서 프린스턴에 내려갔다. 시험이 끝나고 엄마랑 다시 집으로 오니 밤이 늦었던 기억이 난다. 나중에 알고 보니 SSAT는 원래 학년 기준으로 3개 학년 위의 내용을 이해할 수 있는지 수학능력을 평가하는 시험이라고 했다. 그런 수준의 시험인데도 거의 만점을 받아야 좋은 사립에 입학할 수 있다. 그렇게 본 시험 점수와 지원서를 내고 상해 미국 학교의 입학 허가를 받았다.

학교가 결정이 되고, 나는 다시 태평양을 건너는 이사를 해야 했다. 이사를 하기 전에 초등학교 졸업을 기념하는 여러 가지 학교 행사에 참여했다. 졸업을 하기 직전에 인터네셔널 위크(International Week: 여러 국적의 학생들이 자신의 나라의 전통문화를 소개하고 음식도 나누어 먹는 연중 제일 큰 학교 행사)에서 다 같이 공연을 할 수 있는 기회가 있었는데, 한국 학생들이 모여서 사물놀이를 하고 많은 박수갈채를 받았다. 초등학

2014년 4월 2일, T. Baldwin Demarest Elementary School 졸업 공연 후 기념사진

교 재학 중 처음으로 있었던 한국 학생회의 특별 프로젝트 행사였고 오랜 연습과 함께 한국의 전통문화를 알리는 데 대성공을 했다. 화려한 의상과 신명 나는 국악의 리듬을 연주하는 사물놀이에 매료된 전교 학생들과 학부모들이 모두 넋을 잃고 '뷰티풀~'을 외쳤고, 한동안 학교 내에서 핫이슈가 되었다. 내가 초등학교를 졸업할 무렵에는 가수 싸이의 〈강남스타일〉이 전 세계적인 대유행을 했었고 때마침 맨해튼에서 공연도 했었던 때였다. 싸이의 공연을 가까이에서 지켜본 미국 친구들의 한국에 대한 관심이 하늘을 찔렀었다. 지금 생각해 봐도 그 당시는 한류에 대한 관심이 전 세계적으로 폭발했었고, 아이돌 그룹의 공연이 뉴욕에서 계속 있었기 때문에 한국의 가수들 사진이나 간식(칸초, 홈런볼, 사발면, 초코파이 등)을 학교에 가지고 가면 학교에서 최고의 인기를 끌었던 화려한 시절이었다. 졸업식을 앞두고 '사물놀이'와 〈강남스타일〉은 학교 내 한국 학생들이 으쓱할 수 있는 계기를 마련해 주었고, 전교생이 〈강남스타일〉로 대동단결

2014년 5월 23일, T. Baldwin Demarest Elementary School 한국계 친구들과

하여 어깨를 감싸 안고 거의 매일 말춤을 추면서 유례없는 대화합을 할 수 있었다.

4년간의 초등학교생활은 뜻깊은 행사들과 함께 마무리를 하고 티 볼드윈 데마레스트 엘리멘터리 스쿨(T. Baldwin Demarest Elementary School)의 졸업식에 참석했다. 나라 간 이동이 많았던 내가 1학년부터 4학년까지 다닌 첫 번째 학교이기에 감회가 남달랐다. 졸업식이 시작되고 교장 선생님과 악수를 하고 초등학교에서의 마지막 날을 보냈다. 뉴저지는 초등학교 4년, 중학교 4년, 고등학교 4년의 학제라서 5학년에 일찍 중학교를 간다. 나는 초등학교 앞에 있는 찰스 드 울프 미들 스쿨(Charles de Wolf Middle School)로 진학할 예정이었다. 하지만 아쉽게도 졸업식이 끝난 직후에 중학교 사무실에 들러서 제적신청을 하고 뉴저지를 떠나 새로운 학교로 출발할 준비를 했다. 나중에 상해에서 학교를 다닐 때 뉴저지의 중학교에서 이메일이 온 적이 있었다. 이메일 내용은 전교에 2~3명 정도를 뽑아서 학교가 끝난 후에 별도로 특수반을 하는데 내가 선택이 되었다는 것이었다. 내가 NJASK를 과목별로 만점을 받고 과학과 수학이 강해서 선발이 되었다고 했지만 아쉽게도 나는 이미 상해에서 학교를 다니고 있었기에 기분 좋은 소식으로만 간직하게 됐다. 그 이메일을 끝으로 뉴저지의 학교와는 완전한 이별을 했다.

2014년 동부 여행-1

U.S. NAVY LOG
A Living Tribute to all Men and Women
of America's Sea Service

THEY NEVER KNEW
AND A PEOPLE
THEY NEVER MET
1950 • KOREA • 1953

2014년 동부 여행-2

#35

두 번째 국제 이사,
상해 생활의 시작, 엄마의 공황장애

우리의 두 번째 국제 이사는 한국에서 오신 외할머니가 도와주셨다. 짐이 많은 편이라서 이삿짐을 정리하고 싸는 데 시간이 많이 걸렸다. 뉴저지에 살았던 집도 렌트를 내놔야 했고, 상해로 가지고 가지 못하는 짐의 일부를 판매도 해야 했다. 뉴저지 집의 렌트는 비교적 쉽게 나갔지만 이사의 과정이 너무 힘들어서 여러 가지 우여곡절을 겪었다. 결국 중국행 비행기를 타는 마지막 날 아침까지 힘들게 이삿짐을 정리해서 상해로 보내고, 바쁘게 JFK공항으로 향했다. 비행시간이 얼마 남지 않아서 불안했고, 공항에 가는 길이 기억에 남지 않을 정도로 정신이 없었다. 비행기를 놓칠 뻔해서 숨을 헐떡이며 공항의 이곳저곳을 뛰어다니면서 가까스로 비행기에 오르니 갑자기 '자유의 여신상'이 생각났다.

우리 가족이 처음으로 뉴욕에 왔을 때 자유의 여신상을 보면서 미국에 왔다는 것을 실감했었다. 뉴욕을 떠나기 전에 한 번 더 가 보고 싶었지만 너무 바빠서 갈 수 없었다. 다시는 자유의 여신상을 볼일이 없을 것 같아 슬픈 마음이었지만 아빠와 함께 상해에 살 수 있다는 생각으로 설레고 행복했다. 미국에서 한국을 경유해서 거의 20시간이 넘는 비행 끝에 상해

홍치아오공항(虹桥机场)에 도착했다. 아빠가 마중을 나와 있었고 우리는 상해의 새 보금자리가 된 집으로 향했다. 이삿짐은 4년 만에 또다시 3개월이 넘는 긴 항해를 거쳐서 집에 배달이 될 예정이었다. 집에 들어서니까 텅텅 빈 집에 침대와 식탁 하나가 있었다. 매일 이삿짐이 오기를 기다리면서 하루하루를 보냈다. 그때는 7월이라서 여름이었는데 상상 이상으로 더웠다. 상해의 날씨는 산뜻한 뉴저지의 날씨와는 많이 달랐다. 찜통에 들어온 듯이 매일 폭염주의보가 내렸고, 외출만 하면 끈적한 습기와 고온으로 금방 녹초가 됐다. 게다가 상해는 바다를 앞에 두고 있는 도시라서 집안의 가구들이 부식도 잘되고, 공기 중 염도가 높아서 피부도 버석거리고 갈증도 자주 났다.

상해는 북경과 많은 부분이 달랐다. 상해 사람들이 사용하는 언어는 중국어임에도 불구하고 북경 표준어와는 발음과 표현법이 달랐다. 예를 들어, 택시를 타면 북경은 우회전을 '요우과이(右拐)'라 말하는데 상하이는 '시아오과이(小拐)'라고 했다. 그리고 상해 도시의 모습은 북경보다 훨씬 서구화된 느낌이 들었다. 전 세계에서 가장 높은 건물인 ifc mall나 동방명주는 미래의 도시에 온 느낌을 주었다. 도심을 가로질러 흐르는 황포강은 상해를 두 개의 지역-구시가지인 푸서(浦西)와 신시가지인 푸동(浦东)-으로 나눈다. 상해의 심장을 관통하면서 흐르는 황포강의 동쪽과 서쪽의 구분이기도 하다. 푸서는 오래된 지역답게 역사와 전통을 가진 건물들이 많았다. 우리 가족은 푸동에 살았지만 볼거리와 먹거리가 많은 푸서 지역으로 매주 놀러 다녔다. 푸서에 가면 대한민국 상해임시정부 청사, 예원, 한인타운, 정안사, 티엔즈팡(田子坊) 등이 있어서 구경하기도 좋고, 잉글리쉬티, 고급 일식당, 상해 정통 요리 식당, 고든램지 식당 등 맛있는 음식점도 많아서 외식을 하기도 좋았다. 푸동 지역은 비교적 새로 개발한 지역이라서 높은 건물, 호텔, 새로 지은 아파트들이 많았다. 내가 두 살 때 푸동에 잠시 머물렀던 적이 있었는데, 그때만 해도 푸동 지역을 한참 개발하는 중이라서 동방명주와 초고층 하얏트호텔(金茂大夏: 진마오타워) 말고는 볼 것이 없었다. 하지만 10세가 되어 다시 찾은 상해 푸동은 완전 다른 도시가 되어 있었다.

지금 생각해 봐도 전 세계에서 가장 크고 화려한 도시로 상해는 손색이 없는 느낌이다. 그런데 이상하게 우리 가족은 상해라는 도시에 정을 붙

2014년 7월 25일, 상하이 동방명주 앞에서

이기가 힘들었다. 고급 음식점이 즐비하고, 세계에서 좋다는 물건은 전부 들어와 있었고, 학교 시설도 아시아 최고였고, 내가 좋아하는 초대형 애플샵도 집 앞에 가까이 있었다. 그런데 상해에 와서 매일 화려한 것을 보고, 맛있는 것을 먹어도 행복하지 않았다. 북경과 비교가 되면서 단점만 보이고, 미국이 점점 그리웠다. 원래 북경에서 처음으로 중국 생활을 시작한 사람들은 북경을 더 좋아한다고 한다. 지금 생각해 보니까 날씨, 음식, 화려함 등 모든 것이 우리 가족의 취향은 아니었던 것 같다. 반복되는 이사와 텅 빈집 그리고 힘겨운 기다림이 반복되면서 엄마는 공황장애가 왔고, 나중에 이삿짐이 왔음에도 상자조차 풀지 못하고 다이닝룸에 전부 쌓아둔 채로 몇 개월을 보내기도 했다. 그리고 그렇게 부지런하고 시간을 아껴서 사는 엄마가 몇 달 동안 하루 종일 잠만 잤다. 엄마는 자도 자도 계속 졸려서 일상생활이 불가능하다고 했다. 나 역시 왕복 2시간 30분이 넘는 학교를 다니느라 힘들었고 좋은 환경임에도 불구하고 편안한 느낌이 들지 않았다.

#36
상해 최고급 아파트 리비에라 가든(香江花园), 가족 스포츠 '볼링'

우리 가족은 상해에 살 때 최고급 아파트 중 하나라고 알려진 '샹지앙화위엔(香江花园: Riviera Garden)'에 살았었다. 30층이 넘는 고층의 아파트는 황포강을 바라보고 있었고, 집 안의 다이닝룸과 안방의 화장실 욕조에 앉으면 푸동강변의 마천루와 동방명주가 보였다. 다이닝룸에서 상해의 백만 불짜리 야경을 보면서 저녁 식사를 하면 루프탑 라운지에 있는 고급 레스토랑에 간 사람들이 부럽지 않을 정도였다. 우리는 고층에 살았는데 보안이 중요해서인지 집 밖을 나가지 않고도 탈 수 있는 개인 전용 엘리베이터도 있었고, 엘리베이터를 타고 내려가면 바로 클럽하우스로 연결됐다. 클럽하우스에는 프라이빗 볼링장과 테니스장이 있었고, 인공파도풀과 인공백사장을 겸비한 실내외 수영장이 있었다. 처음에 상해에 갔을 때는 더운 여름이어서 아파트단지 안에 있는 인공파도풀에서 거의 매일 수영을 했다. 거주민 전용 풀이어서 아이들이 많지는 않았지만 혼자 놀아도 재미있었다. 주재원 찬스 덕분에 상해 최고급 아파트에 살면서 화려한 여가생활을 할 수 있었던 것은 큰 행운이었다.

우리 가족에게 빼놓을 수 없는 스포츠는 '볼링'이다. 나는 처음에 상해에 갔을 때 또래 친구가 없었고, 새로운 환경에 살게 되니까 모든 것을 다 시 시작해야 했다. 우리 가족은 외로움을 잊기 위해 가족끼리 하는 운동이 있다. 기분이 울적하면 누가 먼저라고 할 것도 없이 볼링장으로 향한다. 나는 3세부터 볼링을 쳤다. 북경의 리두판디엔(丽都饭店: Holiday Inn Hotel)에 가면 볼링장이 있었는데, 아기가 들을 수 있는 볼링공은 없었지만 아기들이 볼링을 쉽게 칠 수 있도록 도와주는 가드레일이 있었다. 아빠가 가드레일 위에 볼링공을 올려 주면 나는 가드레일을 이리저리 끌면서 라인을 보고 볼링공을 굴려서 스트라이크를 치기도 했었다. 우리 가족에게 볼링은 단순히 가족만의 오락은 아니었다. 볼링공을 굴려서 핀스택

2014년 7월 17일, 상해 Riviera Garden(리비에라 가든)의 인공파도풀에서

2014년 12월 15일, 상해 리비에라 가든

을 모조리 치는 순간에는 기분이 좋아지고 외국에 살면서 느끼는 외로움을 잠시나마 잊고 정신적인 위안을 얻을 수 있었다. 상해에 살던 집은 아파트 주민을 위한 프라이빗 볼링장이 있었다. 예약만 하면 하루 종일 볼링을 무료로 칠 수 있었다. 우리 가족은 '때는 이때다'라는 생각으로 거의 매일 볼링을 쳤었다. 북경에서 함께 살다가 미국에 살면서 4년간 떨어지다시피 살았던 우리 가족은 '볼링'을 치면서 다시 뭉쳤다. 상해 리비에라 가든에 살면서 가장 좋았던 것은 '4년 만에 우리 가족이 함께 살게 되었다는 것'과 '예전처럼 볼링을 함께 치면서 일상을 보낼 수 있다는 것'이었다.

#37

상해 미국 학교 (Shanghai American School)

내가 상해에서 다녔던 상해 미국 학교(Shanghai American School)는 아시아에서 가장 좋은 국제학교 중 하나였다. 어려운 입학 과정을 거쳐서 입학한 학교가 아시아에서 가장 좋은 학교 가운데 하나라고 하니까 내심 학교생활에 대한 기대가 컸다. 학교는 바닷가에 인접해 있고, 학교 캠퍼스 전체에는 드넓은 잔디밭이 펼쳐져 있다. 학교 안에는 두 개의 18홀 골프코스가 있고, 공기청정장치가 완비된 대형돔이 여러 개 있다. 상해의 공기오염이 나날이 심각해지자 학교 내에 대형돔을 여러 개 짓고 그 안에 공기청정기를 설치해서 쾌적한 공기를 마시면서 운동도 하고 어셈블리(학생들 모임)도 했었다. 학교의 유일한 단점은 푸동의 외곽 지역에 있어서 통학 거리가 멀다는 점이었다. 통학 시간은 왕복 2시간이 넘게 걸렸지만 매일 마주하는 아름다운 캠퍼스 덕분인지 학교에 가는 일은 즐거웠다. 아침 등굣길에 엄마가 배웅을 해 주면 스쿨버스에 올라타서 자리를 잡고 bing 헤드셋을 머리 위에 걸고 바하 〈콘체르토〉를 들으면서 창문 밖을 구경했다. 서서히 해가 떠오르기 시작하면서 버스는 도시를 벗어나고 상해의 외곽 지역으로 들어선다. 그러고도 한참을 가야 학교에 도착한다.

2014년 8월 12일, Shanghai American School 입학식 날

60~70대가 넘는 스쿨버스가 상해 도심의 곳곳에 사는 아이들을 태우고 학교에 도착하면 비로소 학교가 시작되었다. 학교가 시작하는 날 전교생이 모이니까 SNS용 사진을 찍으라고 하신 교장 선생님도 특이하고, 모든 선생님들이 친절하고 개성이 넘쳤다. 미국의 학력평가인 맵시험(MAP, Measure of Academic Progress)도 보고, 수영팀도 있고, 오케스트라 활동도 했다. 학교생활은 미국의 학교생활과 비슷했는데, 상해 미국 학교는 조금 더 다양한 활동을 한다는 느낌이었다. 무엇보다 학교의 카페테리아 시설이 최고였다. 매일 점심 때마다 전 세계 각국의 음식이 제공되어 메

뉴 선택을 하는 고민을 해야 했고, 간식 코너도 따로 있어서 슬러시, 아이스크림, 주스, 쿠키, 케이크를 원하는 대로 먹을 수 있었다. 그리고 학교 학생의 대다수는 나처럼 미국에서 온 친구들이었다. 서로에게 공감대를 빠르게 형성하고 대화가 잘 통해서 쉽게 친구가 되었다. 학교가 조금씩 익숙해지고 좋아질 무렵에 아빠에게 중요한 일이 생겼다.

우리 가족은 이제 더 이상 주재원으로 해외에 떠돌듯이 살지 않기로 했다. 아빠는 대기업의 임원이었기에 상해에서의 생활은 부족함이 없이 화려하고 넉넉했다. 화려한 집, 전용운전기사, 최고의 국제학교 등 부족함

2014년 12월 18일, Shanghai American School에서

이 없었다. 하지만 아이러니하게도 아빠는 매일 잠을 세 시간도 못 자고 새벽 5시에 출근을 했다. 출근을 하면 상해 외곽으로 기차를 타고 출장을 가거나 비행기를 타고 중국 전역을 돌아다니는 강행군을 했다. 아빠가 주로 담당했던 태양광 사업은 도심이 아닌 평야의 나대지에 가서 사업을 구상해야 했기 때문에 며칠씩 오지에 가서 집에 못 오기도 했다. 아빠는 점점 스트레스와 과도한 업무로 눈이 안 보이고, 부정맥이 오고, 두통이 심해졌다. 그리고 회사 내부의 문제로 더 이상은 회사의 임원생활을 하기가 힘들겠다는 생각을 하게 됐다. 우리 가족은 상해에 간 지 1년 만에 미국의 달라스로 다시 이주를 하게 되었다.

#38

상해의 마지막 날, 슬립오버를 한 친구들, 기적 같은 인연

상해에서의 마지막 날은 1년간 나와 친하게 지냈던 친구들인 코너(Connor)와 프랄라드(Pralhad)와 함께 슬립오버를 했다. 내가 다시 미국으로 돌아간다는 소식을 들은 두 친구들의 엄마들이 너무 아쉬워하면서 같이 밤을 보냈으면 좋겠다는 제안을 먼저 해 왔다. 우리 집에 와서 피자를 먹고, 게임을 하고, 영화를 보고, 벙크베드(Bunk Bed: 이 층 침대)에서 같이 잠을 잤다. Connor는 백인 미국 친구였고, Pralhad는 인도 친구였다. 그 친구들은 아시아에 살게 된 것이 처음이라고 했다. 낯선 나라에 와서 국제학교를 다니는 것이 쉽지 않아서 학교생활이 힘들었고, 학교에서도 마음 맞는 동양인 친구들을 사귈 기회가 없었다고 했다. 그러던 어느 날 내가 미국에서 와서 너무 좋았고 친한 친구로 지내게 된 것이 행운이었다는 말을 했다. 내가 미국에 처음에 갔을 때 느낀 기분을 그 친구들도 느낀 것 같았다. 내가 그 둘에게 처음으로 말을 걸어 주고, 손을 내밀면서 친구하자고 해 줘서 재미있게 학교를 다닐 수 있었다면서 고마워했다. 우리는 그렇게 하룻밤을 함께 보내고 서로 부둥켜안고 몇 번이고 작별인사를 하면서 아쉬움을 가득 안은 채 헤어졌다.

하지만 몇 년 후에 그 두 친구들과 나에게 기적 같은 일이 일어났다. 내가 달라스에 온 지 4년이 지난 어느 날 St. Mark's의 입학설명회가 있었다. 우리 학교는 입학 전에 지원서를 제출하고, 에세이 시험을 보고, 면접을 하고, 하루는 학교에 가서 쉐도잉(shadowing: 학교에 와서 학교생활을 하는 모습을 선생님과 동료들이 지켜보고 점수를 메긴다)을 해야 한다. 나는 St. Mark's에 입학한 이후에 9학년이 되어서 쉐도잉 버디(shadowing buddy: 학교에 지원한 아이들의 학교생활을 지켜보고 점수를 메기는 학생)로 선출이 되었고, 우리 학교에 지원하는 아이들의 쉐도잉 버디를 했었다. 학교의 어드미션 기간인 어느 날 아침 일찍 학교에 가서 지원자 중 한 명을 하루 종일 쉐도잉을 했었다. 쉐도잉이 끝난 오후에 평가서를 학교에 제출하고 집으로 가려는데 뒤에서 누가 내 어깨를 두드렸다. 그 친구가 "너 혹시 브랜든이니?"라고 물었다. 교복을 입지 않았기에 우리 학교 학생이 아닌 것은 알았고, 내 버디도 아니었다. 하지만 순식간에 누군지 알아차린 순간 내 몸은 정지상태 그대로 입을 벌린 채 놀라움을 감출 수 없었다. 바로 상해에서 나와 마지막 밤을 함께했던 프랄라드(Pralhad)였다. 얼마 전에 미국으로 다시 오게 된 프랄라드가 St. Mark's에 지원하기 위해 하루 종일 학교에서 쉐도잉을 했던 것이었다. 말도 안 되는 기적 앞에서 우리 둘은 한참 동안 밀린 이야기를 나누었다. 상해를 떠난 이후에는 연락도 끊겼고, 심지어는 이미 기억 속에서 흐려진 친구였었다. 달라스에 온 지 얼마 안 된 그 친구는 다른 사립학교에 다니는 중이었다. 그 뒤로 1년 후에 한 번 더 우리 학교를 지원했었다. 그때마다 학교에서 만나서 연락처도 주고받고, 친구의 엄마와도 반가운 재회를 했었다. 아쉽게도 2년간의 시도에도 불구하고 우리 학교에 입학하지는 못했지만 또 다른 달라스의 명문 사립인 그린힐스쿨(Greenhill School)에 입학해서 학교생활을 하고 있다.

더욱이 놀라운 사실은 코너(Connor)도 내가 떠나고 일 년 후에 상해를 떠났는데 지금은 텍사스 휴스턴에 정착해서 살고 있다는 것이었다. 한때 상해에서 같은 학교를 다녔던 세 친구가 몇 년 후에 똑같이 미국 텍사스에 살고 있는 신기한 일이 벌어진 것이다. 기적은 이렇게 이루어지기도 한다는 것을 경험했다. 재미있는 건 올해 우리 학교를 졸업한 두 명의 선배가 나와 같은 해에 상해 미국 학교를 떠나 St. Mark's에 합격하여 들어와서 6년간 나와 함께 학교를 다녔다는 사실이다. 어떻게 중국에 살던 학생들이 미국의 특정 학교에서 만날 수 있었을까? 우리 학교가 명문 사립학교여서인지 아시아권의 국제학교 아이들에게 인기가 많은 것 같다. 한편으로는 St. Mark's는 국제적인 배경(해외 명문 국제학교)을 가진 아이들을 선호하고, 입학 허가를 준다는 생각을 하게 되었다.

2015년 2월 18일, 상하이에서 마지막을 함께한 친구들. 왼쪽부터 코너, 프랄라드 그리고 나

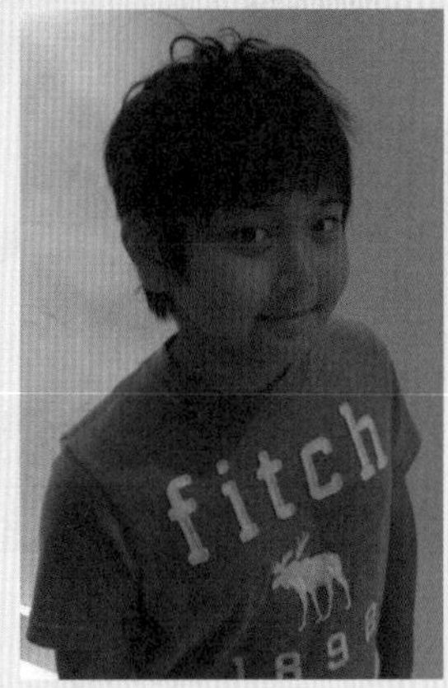

Shanghai American School에서-1

Shanghai American School에서-2

#39

세 번째 국제 이사, 달라스로 이주

중국 상해에서 겨우 풀어 놓은 이삿짐을 다시 싸서 가 본 적도 없는 달라스로 이삿짐을 부쳤다. 우리 가족이 미국의 달라스를 선택한 이유는 몇 가지가 있지만 가장 중요한 고려사항은 '교육'이었다. 부모님은 사업을 하기로 결정을 했기 때문에 미국의 어느 지역에 살든 사는 곳이 중요한 고려 대상은 아니었다. 그래서 '나의 교육'이 지역을 선택하는 우선순위가 되었다. 엄마는 내가 중학생이 될 거라서 더 이상 이동을 하지 않고, 미국의 어디가 되었든 한곳에서 중학교와 고등학교를 졸업하기 원하셨다. 그리고 미국에 다시 오면 꼭 사립학교를 보내야 한다는 생각을 하셔서 미리 사립학교들을 알아보셨다. 제일 관심이 있던 사립은 미국의 넘버원 보딩스쿨인 필립스 아카데미(Phillips Academy)였다. 보딩스쿨이라서 9학년부터 다닐 수 있는데, 나는 6학년이 될 예정이었기에 피더스쿨(feeder school: 명문 사립고등학교를 가기 위한 교량역할을 하는 명문 사립중학교)을 알아봐야 했다.

다시 미국으로 와야 했을 때 엄마는 동부로 갈 것인지 다른 지역으로 갈 것인지 고민이 되었다고 한다. 하지만 동부는 이미 경험을 했고, 한국 아이들이 많은 경쟁이 치열한 동네로 다시 가고 싶지는 않다는 생각을 했다. 그러던 중에 필립스 입학설명회를 한다는 광고를 보게 되었는데, 입학설명회 장소가 St. Mark's School of Texas였다. All-boys day private(전교생이 남학생인 사립학교) 학교인데 중학교 과정을 마치면 9학년에 올라갈 때 특별한 절차 없이 형제학교(brother school)인 필립스 아카데미로 전학을 할 수 있다는 것이었다. 모두 남학생으로만 된 사립이라는 사실이 조금 마음에 걸렸지만 피더스쿨의 조건으로는 완벽해 보였다. 그래서 일단 St. Mark's에서 중학교 과정을 마치고, 동부로 올라가서 고등학교 과정인 필립스 아카데미를 가려는 계획을 세웠다. 교육에 대한 계획이 서자 우리 가족은 주저 없이 달라스로 향했다.

상해에서 달라스에 온 것은 2015년 2월이었다. 절기상으로는 한겨울이었지만 춥지 않고 날씨가 너무 좋았다. 달라스에 오기 전에 뉴저지 집에 잠깐 들러서 필요한 가전도구들을 이것저것 챙겨서 달라스로 보내고 마지막으로 맨해튼에 놀러 갔었다. 브라이언트 파크(Bryant Park)에 가서 아빠와 엄마는 커피 한 잔을 나누어 마시고, 나는 뉴욕의 명물인 네이슨스 핫도그(Nathan's hot dog)를 사 먹었다. 당분간은 뉴욕에 올 일이 없을 거라는 생각이 들면서 아쉬움이 조금은 있었지만 또 다른 도시인 달라스 생활에 대한 호기심과 설렘이 커졌다. 다시는 이사를 하지 않아도 되는 안도감이 들고, 행복한 상상들을 할 수 있었다. 미국에 온 이후 5년 만에 세 가족이 함께할 수 있게 된 것, 한 번도 해 보지 못한 바비큐를 마당에서 해 먹을 수 있다는 것, 그리고 나의 처절한 외로움을 달래 줄 강아지를 드디어 키울 수 있다는 생각에 소소한 행복감마저 들었다.

#40

달라스 러브필드공항, 달라스에서의 임시거처

달라스로 오기 전에 맨해튼에서 며칠을 보내고 난 후에 뉴욕 라과디아공항(LaGuardia Airport)으로 향했다. 이제 당분간 뉴욕과는 이별이었다. 버진아메리카항공(Virgin America Flights)이라고 지금은 사라져 버린 항공사의 비행기를 타고 달라스 러브필드공항(Love Field Airport)에 도착했다. 특이하게도 뉴욕에서 달라스로 오는 동안 버진아메리카항공사 직원들이 정갈한 유니폼을 입고 비행기 안에서 춤을 췄었다. 덕분에 처음 달라스로 오는 내내 마음이 유쾌하고 즐거웠었다. 다음에 뉴욕에 갈 때 또 같은 비행기를 타야겠다는 다짐을 여러 번 할 정도였다. 검은색으로 인테리어를 한 비행기 내부도 신기했고 승무원들의 쇼도 재미있었다. 그런 생각을 엄마에게 말하고 있는 사이에 아빠는 차를 렌트해 오셨다. 렌트카를 타고 집을 구할 때까지 머물 햄튼인(Hampton Inn)에 짐을 풀었다.

달라스는 오후 시간이어서 인지 겨울인데도 온난했다. 그렇게 더운 곳이라고 하니 겨울에도 온난할 수 있다는 생각을 했다. 날씨뿐만 아니라 뉴저지와는 모든 것이 완전히 달랐다. 내가 살았던 뉴저지는 산속이었는데, 달라스는 서울의 모습과 비슷한 도시였다. 흔히들 생각하는 텍사스는 카우보이, 소마차, 그리고 선인장이 있는 사막을 연상하는데 아무리 열심히 보아도 웨스턴 부츠를 신은 카우보이는 없었고, 텍사스 자체가 초원이라서 사막과는 거리가 멀었다. 내 첫인상에 달라스는 산골에 있는 뉴저지와는 다르게 높은 건물들과 큰 쇼핑몰들이 즐비한 화려한 도시였다. 뉴저지의 길들은 산골인데다가 가로등이 없어서 해가 지면 상향등을 켜고 굽이굽이 어두운 길을 헤치고 집으로 가야 했는데, 달라스는 쭈욱 뻗은 4~5차선의 직선도로와 하늘과 맞닿을 듯한 고가도로가 펼쳐져 있었다. 도로 곳곳이 쓰레기 하나 없이 깨끗했고, 대부분의 도로는 잘 정비되어 있는 대신 비싼 통행료를 구간마다 내야 했고, 가로등들은 밤에도 낮처럼 환하게 길을 비추고 있었다. 우리 가족은 "역시 석유를 생산하는 부자 주라서 다르긴 하구나."라는 말을 많이 했다.

뉴저지에 이어서 다시 시작된 호텔 생활이었지만 미국 생활 자체가 익숙해서인지 미국에 와서 처음으로 살았던 뉴저지의 생활처럼 어색하거나 힘들지는 않았다. 밥을 해먹을 수 있는 호텔이어서 매 식사 때마다 한인마트에서 시장을 봐서 한국 음식을 해먹었다. 빨래도 손으로 하지 않고 세탁방을 이용해서 건조까지 해서 입으니 편했다. 처음에 미국에 왔을 때보다는 모든 것이 수월하게 지나갔다. 하지만 시간이 조금 지나자 뉴욕에서 온 교포들이 겪는다는 '뉴욕병'에 심하게 시달렸었다. 눈이 안 오는 겨울이 싫었고, 살이 찢어지게 춥지 않아 마음에 들지 않았고, 비가 안 오고 알레르기가 심하니까 힘들었고, 해가 너무 강해서 마음에 들지 않고, 맨해튼이 없어서 재미가 없었고, 한인이 많이 산다고는 하지만 워낙 지역이 넓어서 어느 곳에 가도 한국인은 찾아보기 힘들었고 외로웠다. 마음에 안 든다고 생각하니까 미국 생활은 익숙했지만 달라스는 곱게 보이지 않았다. 엄마한테 "엄마… 나는 눈 내리는 거 좋아하는데…. 나는 뉴저지가 좋았는데…."라는 말을 하곤 했었다. 달라스의 임시거처에는 3주 정도 머무르고 생각보다는 빨리 집을 계약해서 달라스의 첫 집에 무사히 안착할 수 있었다. 막상 생활이 되자 달라스에 대한 생각도 변하기 시작했다.

#41

한인타운에서 우연히 만난 소중한 인연

달라스에 아는 사람은 없지만 우리 가족보다 텍사스에 먼저 살았던 소중한 인연이 두 명이 있다. 한 명은 원준이 삼촌이다. 원준이 삼촌은 엄마의 친구이자 외할머니 절친의 아들이다. 외할머니 절친은 학교 선생님으로 일하는 바쁜 외할머니를 대신해서 엄마와 이모를 어릴 때 거의 키워 주다시피 한 가족 같은 분이다. 운동회에 오셔서 엄마를 업고 뛰어 주시기도 하시고, 요리사여서 맛있는 음식을 만들면 엄마와 이모에게 가져다주셨다고 한다. 그 분의 아들인 원준이 삼촌은 어릴 때부터 엄마와 좋은 친구 관계로 자랐다. 원준이 삼촌은 처음에 달라스의 근교인 얼빙(Irving)에서 석사학위를 하고, 생명공학 박사과정을 밟기 위해서 Texas A&M University이 있는 칼리지 스테이션(College Station)으로 거처를 옮겼다. 삼촌은 박사학위를 마치고 연구소에서 취직해서도 수년째 컬리지 스테이션에 살고 있는 중이었다. 우리 가족이 달라스에 살게 되었다니까 먼 길도 마다 않고 단번에 우리 가족을 만나러 왔다. 그때 가족과 함께 애완견(진주)를 데려와서 우리 집에서 이틀밤을 자고 가면서 나에게 선물도 사 주시고, 맛있는 음식도 나누어 먹었다. 엄마도 거의 20년 만에 만난 친구와 밤새도록 이야기를 나누고, 달라스에 먼저 살면서 겪은 생활 속의 이야기들을 들을 수 있는 소중한 기회를 얻었다. 작년에 원준이 삼촌은 다른 연구소로 이직하면서 미네소타로 이사를 갔지만 달라스의 첫 손님으로 우리 집에 놀러 와 주셔서 기억에 많이 남는다.

또 다른 한 명은 뉴저지에 살 때 우리 바로 옆집 친구였던 브라이언(Brian)이다. 매일 아침에 학교도 같이 가고, 같은 반에서 공부도 같이했다. 우리는 카라(Cara)와 삼총사로 몰려다니면서 거의 매일 함께 놀았다. 엄마들끼리도 뉴저지의 제일가는 절친들이었다. 우리 아빠가 먼 데 있다

2016년 5월 30일, 엄마, 나, 원준이 삼촌, 윤제 그리고 진주와 제이슨

는 것을 알기에 카라 아빠가 주말이면 나와 브라이언을 데리고 정글짐도 하러 다니고, 과학실험도 하러 다녀 주셨다. 브라이언 아빠는 일요일마다 피자나 치킨을 시켜 주고 집에 와서 언제든지 놀게 해 주셨다. 하지만 브라이언네는 아빠의 직장 때문에 3학년 때 텍사스 오스틴으로 떠나갔다. 그때 공항으로 가는 길에 나를 못 보게 됐다고 브라이언이 많이 울고 우울해했다고 한다. 우리 가족이 달라스에 막 도착했던 다음 날 한인마트(H mart)에 시장을 보러 갔는데 우연히 차창 밖을 내다 보니 브라이언네 가족이 한식당을 향해 걸어가고 있었다. 3년 만에 길에서 우연히 만나서 너무 놀란 나머지 한동안 눈만 뻐끔거리면서 아무 말을 못 했다. 하지만 단번에 서로를 알아본 두 가족은 바로 점심식사를 함께했다. 그날은 원형이네가 한 달에 한 번 오스틴에서 달라스로 마트를 보러 오는 날이었다고 한다. 심지어는 달라스로 발령이 나서 집을 알아보러 조만간 달라스로 온다는 이야기를 전해 들었다. 정말 기가 막힌 우연이자 인연이었다. 만약 이날 한인타운에서 우연하게 브라이언 가족을 만나지 못했다면 아직도 소식을 몰랐을 것이다.

#42

텍사스 플레이노의 첫 집

우리는 상해에서 떠나기 전부터 달라스에 오면 살 집을 먼저 찾아봤었다. 한인신문에 난 리얼터의 광고를 보고 전화를 해 보고, 지역을 선정하고, 질로우(Zillow: 부동산 중개 사이트)를 통해서 우편번호(zip code)를 선별해서 집을 골랐다. 뉴저지의 집들은 낡고 작은 집이 많았던 반면에 텍사스의 집들은 크기도 크고 새집이 많았다. 우리 가족은 플레이노의 진한 갈색 벽돌집을 골라 이사를 하기로 마음을 먹고 달라스에 오자마자 집을 확인하고 계약을 했다. 집을 구할 때 우선순위는 학군, 안전, 적은 한국인, 넓은 마당이 있는 싱글홈(주택)이었다. 플레이노(Plano)는 큰 도시였고, 정비가 잘되어 있고, 안전하고, 쾌적했다. 게다가 플레이노의 중학교와 고등학교는 미국 내 공립학교 랭킹에서 거의 상위권을 자랑할 정도로 학군도 세고 경쟁도 심한 곳이었다. 비단 학군만이 고려 대상은 아니고 제일 중요한 것은 '안전'이었다. 텍사스는 뉴저지와 다르게 총기소지가 합법인 주다. 그래서 텍사스로 이주를 오기 전에는 총기에 대한 공포를 갖고 최대한 안전한 곳을 찾으려고 정보수집을 많이 했었다. 집에서 걸어가는 거리에 초등학교, 도서관도 있었고, 무엇보다 큰 경찰서가 있어서 총기 사용 규제가 없는 텍사스에 잔뜩 겁을 먹은 우리 가족이 조금이나마 안심할 수 있었다.

달라스에 이사를 와서 집은 쉽게 구한 편이라서 이전의 뉴저지처럼 호텔 생활을 길게 하지는 않았지만 이삿짐이 상해에서 달라스를 오는 여정이 길고 험했다. 태평양을 세 번째로 건너는 우리의 이삿짐은 애틀란타 항에 내렸는데 중국에서 들어온 짐이라는 이유로 전수조사(이삿짐 전체를 항만에 펼쳐서 하나하나 열고 검사하는 것)가 걸렸다. 가장 큰 컨테이너 두 개 분량의 이삿짐이 검역에 걸리면서 항구의 정박지에 모든 이삿짐이 풀렸고 상자가 하나하나 검역의 대상이 되었다. 그래서 이삿짐이 최종적으로 달라스에 도착한 것은 이삿짐을 부친 후 4개월과 6개월이 지나서였다. 게다가 해상운송과 육상운송이 반복되고 크레인이 이삿짐을 올리고 내리는 과정에서 거의 모든 가구가 파손되고 엄마가 주재원 생활 동안 모은 귀한 그릇들 대부분이 깨졌다. 벙크베드와 식탁다리가 부러지고, 마블(대리석) 콘솔상판이 두 조각 나고, 성한 이삿짐이 거의 없었다. 엄마가 이삿짐을 받아 보고 마음이 많이 아프셨다고 한다. 부모님의 말에 의하면 국제 이사 비용은 한 번 할 때마다 한국 돈으로 삼천만 원이 훨씬 넘게 드는 데다가 달라스에 올 때는 전수조사가 걸리면서 항구의 정박지 이용료와 조사관 인건비 및 이삿짐 보관창고의 사용 비용까지 얹어져서 금전적 손해도 너무 컸었다고 한다.

우리 가족은 이삿짐이 오랫동안 오지 않으니까 처음에는 냉장고 상자를 조립해서 식탁으로 만들어서 밥을 먹었다. 예전에 뉴저지에 정착할 때 이삿짐이 안 와서 외할아버지하고도 상자를 펴고 한동안 식탁으로 이용한 적이 있었다. 지금 생각해 보면 어떻게 그렇게 살 수 있었는지 모르지

2016년 6월 5일, 플레이노의 첫 집에서 생일을 기념하며

만 그때는 그렇게 지내는 것이 당연하다고 생각했다. 그러다가 상황이 길어지자 마당에도 놓을 겸 해서 피크닉 테이블을 사서 집 안에 들여놓고 밥도 먹고, 책도 읽고, 그림도 그렸다. 집 안의 유일한 가구가 '피크닉 테이블'과 '라디오'였다. 밤이 되어 자려고 바닥에 에어베드를 깔고 세 식구가 나란히 누워서 라디오를 틀면 단파방송인 AM 730으로 달라스 한인방

송이 나왔다. 라디오에서 나오는 음악과 방송을 들으면서 하루를 마무리 하고 잠이 들었다. 그렇게 4개월이 지나갔고 손상된 이삿짐을 풀고 안정적인 생활을 하게 된 시점이 달라스 도착 후 6개월 이상이 지나서였다. 매번 국제 이사를 하면 6개월 이상의 정착기가 걸린다. 옷이나 기본적인 식기도 제대로 없이 계절이 바뀌게 되는 경우도 많았다. 가족이 함께여서 힘들어도 서로에게 기대어 위로하고 극복할 수 있었다. 더 이상 국제 이사를 하지 않게 되면서 우리 가족들도 다른 평범한 가족들처럼 함께 밥 먹고, 잠자고, 생활을 공유하게 되었다.

#43

Mathews Elementary School

달라스에서의 정착이 어느 정도 이루어지고 나서는 내가 다닐 학군과 학교를 알아봤다. 미국에 오면 사립을 다닐 것이라는 생각은 변함이 없었지만 우리 가족의 생활이 정리된 시점인 6월은 이미 사립학교의 입학 절차가 모두 끝난 상태였다. 사립학교 입학은 보통 12월에 입학 절차가 시작되고 3월에 합격자 발표를 하면서 끝이 난다. 나는 12월이 되기를 기다릴 수밖에 없었다. 그래서 집 앞의 공립 초등학교인 매튜스 엘리멘터리 스쿨(Mathews Elementary School)에 잠깐 다녔다. 처음에 구한 집의 집주인은 대만계 미국인 부부였는데 교육열이 높아서 플레이노에 정착하고 아이들을 잘 키워 좋은 대학에 보낸 사람들이었다. 일례로 아들이 피아노를 쳤는데 스타인 웨이(Steinway and Sons)의 그랜드 피아노를 놓을 자리가 필요해서 통유리로 된 스테이지용 거실을 만들기 위해 집을 지어서 이사를 한 사람들이었다. 달라스에 온 이후에 내가 학교를 선택할 때도 좋은 조언을 해 주었고, 악기 연습을 못 하면 손이 굳는다면서 이삿짐이 올 때까지 본인들 집에 와서 피아노 연습을 하라고 했고, 중국인들의 명문대 교육네트워크를 소개시켜 주고, St. Mark's에 붙었을 때 누구보다 자랑스러워하고, 지금까지 나에게 많은 관심을 갖고 잘 챙겨 주는 고마운 분들이다. 그때 내 상황을 잘 아는 집주인 부부는 내가 플레이노 학군에 정착해야 한다는 것을 강조했었다.

부모님은 사립학교의 합격은 하늘의 별 따기보다 어렵다는 것을 아셨기에 만약 사립학교 진학에 실패해도 공립교육만으로 좋은 학교에 진학할 수 있는 학군이 좋은 곳을 찾으셨다. 플레이노(Plano: 텍사스 북쪽 도시로 미국 내 최상급의 공립학군으로 알려져 있다)는 그런 면에서 완벽한 곳이지만 집주인과는 다르게 주변의 한국 사람들과 한국계 학원장들은 우리에게 플레이노 학군은 신중하게 생각해 보고 들어가라고 만류를 했다. 이유는 대부분의 한인 학생들이 학군만 보고 플레이노에 들어갔다가 경쟁이 극도로 심한 중국계 학생들에게 밀려서 성적도 제대로 못 받고 고등학교 때는 플레이노가 아닌 다른 도시로 이탈을 하게 되는 경우가 대다수라고 했다. 그도 그럴 것이 텍사스주립대는 자동 입학 제도가 있어서 학교 내신 기준 6% 안에 들면 자동 입학을 하게 된다. 그래서 굳이 어려운 학군에서 힘들게 공부할 이유가 없다는 것이었다. 그런 이유로 지금은 한인 학생이 플레이노에 거의 남아 있지 않다고 했다. 하지만 나는 고등학교를 졸업하면 텍사스를 벗어나서 동부의 좋은 대학교를 갈 수 있는 학교를 선택하고 싶은 마음이 컸기 때문에 텍사스의 자동입학제도에는 관심이 없었다. 플레이노 학군은 매년 동부의 명문 대학을 많이 보내는 것으로 유명했고 학교의 교육수준도 높아서 좋은 선택이 될 수 있을 것이라는 생각이 들었다. 주변 사람들의 말처럼 내가 플레이노에서 잠시 다녔던 초등학교에 한국계 학생은 나 혼자였다. 실제로 초등학교 내 학생의 60%가 중국계 학생이었다. 미국의 전국권 학군이라는 뉴저지의 버겐카운티 학군에서도 거의 1등이었던 나는 이상하게 도전의식이 들었다. "그러니까 여기서 살아남으면 성공이겠구나…."라는 역발상으로 부모님과 상의 끝에 과감하게 플레이노에서도 제일 센 학군인 라이스미들스쿨(Rice Middle School) 학군으로 정착을 결정하게 됐다.

막상 학교에 들어오고 보니까 생각보다 경쟁이 훨씬 심했다. 뉴저지 학교에서는 바이올린을 하는 유일한 남학생이었던 내가 플레이노에서는 보이지도 않을 정도로 전교생이 바이올린에 목을 메고 열심히 했다. 그리고 뉴저지에서 수학경시에서 상을 휩쓸었지만 플레이노 아이들은 이

2015년 8월 24일, Mathews Elementary School 첫 등교 날

미 5학년에 미국 수학경시대회(AMC 8)에서 고득점을 올리는 아이들이 전교생의 10% 이상이었다. 처음에 학교에 가니까 이미 우열반이 가려져서 중간에 갑자기 들어온 내가 갈 만한 반을 학교 측에서 결정하기가 힘들었다. 학년을 올라가기 전에 학교의 아이들은 주 내 학력평가인 텍사스주 스타테스트(STAAR test: The State of Texas Assessment of Academic Readiness)와 표준학력평가시험인 맵(MAP: Measure of Academic Progress)을 끝낸 상태였다. 뉴저지주의 주 내 학력평가인 NJASK처럼 텍사스도 STAAR시험이 있고 매년 학년이 끝날 때 전교생이 시험을 보면 아이들의 석차가 정확하게 나오고 학교의 수준이 결정이 된다. 주 내 학력평가시험은 극상위권 아이들에게는 변별력이 없는 시험이라서 MAP시험을 추가적으로 보는 학교들도 있다. 학교 교장 선생님은 이미 학기가 시작되었지만 나에게 예외적으로 MAP시험을 볼 수 있도록 해 주셨다.

예외적인 기회로 봤던 Mathews Elementary School에서의 MAP 시험은 내가 플레이노에서 살아남는 학생이 되는 결정적인 계기가 되었다. 어느 날 오후 6시가 넘은 시간에 엄마에게 학교 담임 선생으로부터 전화가 왔다. "브랜든이 MAP시험을 봤는데 전 과목 점수가 통계그래프 밖으로 튀어 나갔다. 그래서 플레이노 교육국의 교육감이 브랜든 몰래 다음 한 주간 브랜든의 수업 시간을 지켜보고 따라다닐 것이다. 만약에 교육감이 판단할 때 브랜든이 영재교육을 해야 하는 대상이라는 확신이 들면 플레이노시 교육부의 회의를 거쳐서 특수 영재교육을 받는 여러 가지 프로그램에 참여시키게 될 것이다. 학기가 시작돼서 영재반 아이들은 이미 결정되었지만, 브랜든의 테스트 결과가 너무 이상할 정도로 높아서 아이의 학교생활을 며칠 동안 관찰해야 할 것 같다. 혹시 불편하거나 동의하지 않으면 이야기해라. 아이에게는 비밀이다." 엄마는 조용히 동의를 하셨다고 한다. 나는 시교육감의 관찰을 받고, 특수영재교육대상이 되었다. 영재교육의 방식은 조금 특별했다. 부모님은 학교에서는 보내온 20장이 넘는 아이의 특성파악 설문에 대답을 하고 제출해야 했다. 엄마가 설문 중에서 인상적인 질문들은 "너의 아이가 영재적인 특성을 보인 구체적인 사례를 적어라." "아이가 기차나 자동차들을 줄 세워 놓고 논 적이 있나?" "언어발달이 또래에 비해 눈에 띄게 빨랐나?" 등이었다고 한다. 미국은 아이가 영재라고 함부로 판단하지 않고, 영재교육도 조심히 지켜보고 부모의 동의를 구한 다음에 한다는 사실이 인상적이었다고 한다. 내가 받은 영재교육은 전교에서 1~2명을 뽑아서 플레이노시의 교육부에 가서 별도로 수업을 듣는 것이었다. 특수영재수업에 가면 선행수학, 비판적인 독서, 코딩, 주식투자를 실제로 해 볼 수 있는 기회를 줬던 기억이 난다. 주변의 만류와 우려가 있었지만 운 좋게도 플레이노에서의 초등학교생활은 순조롭게 시작됐다.

#44

제이슨과 메이슨

달라스에 와서 제일 좋았던 점은 반려견인 '제이슨'과 '메이슨'을 만난 것이다. 잦은 이동이 이어지는 생활 가운데 애완동물을 키운다는 것은 상상할 수도 없는 일이었다. 우리 가족은 혹시 다시 미국에 정착해서 살게 되면 반려견을 키우자는 약속을 하곤 했었다. 어느 날 달라스의 최고 부촌인 하일랜드파크(Highland Park)에 놀러 간 적이 있었다. 애완견을 판매하는 상점이 있어서 들어갔더니 눈처럼 빛나는 하얀 털을 가진 우아한 요크셔테리어 강아지가 우리 가족을 기다린 듯이 고급 가죽 소파에 앉아 있었다. 관리가 잘되어 털도 길고 윤기가 자르르 흐르면서 도도함이 살아 있는 강아지였다. 펫샵의 직원에게 만져 봐도 되는지 묻고 허락을 하자 그 강아지와 한참을 놀았다. 강아지의 가격을 물어보니 말도 안 되게 너무 비쌌다. 미국은 대형견을 주로 키우기 때문에 소형견종이 희귀해서 구매하기가 힘들고 가격도 상당히 비싸다. 그래서 사지 못하고 뒤돌아서려는 순간 강아지가 우리의 이야기를 알아들은 듯이 등을 돌리더니 우리 가족을 쳐다보지도 않았다. 우리 가족과 사교적이고 친화적으로 놀던 강아지는 결국 펫샵을 나오는 순간까지 인사를 하는데도 받지 않고 우리 가족을 끝까지 모르는 체했다. 우리 가족은 펫샵을 나오면서 조금 불편한 감정이 들었다. 하일랜드파크는 강아지도 차갑고 도도한 것 같았다고 한참을 이야기했었다.

이날 이후 강아지를 만나고 싶은 생각이 간절해졌다. 그러던 어느 날 한인타운에 강아지 한 마리를 분양한다는 광고를 보았다. 지극정성으로 키운 강아지 부부가 아기를 두 마리 낳았는데 둘 다 키울 수 없어서 한 마리는 다른 주인을 찾기를 원한다는 것이었다. 당장 달려가서 강아지를 만났다. 생후 8주된 꼬물이의 상태인 말티즈였다. 원래 강아지 주인분은 소아마비로 다리가 불편해서 강아지 여러 마리를 키울 수 없는 상황이라고 했다. 부모견도 얌전했고, 엄마견이 임신했을 때 영양식으로 잘 먹이고 최선을 다해 보살펴서 건강한 아이가 태어났다고 자랑을 했다. 부모견의 사진과 함께 보여 준 강아지는 천사 같았다. 우리에게 보내는 강아지는 태어나서 한 번도 징징거리고 힘들게 한 적이 없어서 항상 머리맡에 데리고 잤다고 한다. 우리는 데리고 와서 '제이슨(Jason)'이라 부르고 지극정성을 다했다. 실제로 제이슨은 주인의 말처럼 밤에도 잘자고 잘 먹었고 얌전했다. 제이슨은 내가 학교에 갈 때마다 따라오고, 오후에는 엄마랑 차 안에서 내가 끝나기를 목이 빠지게 기다리다가 학교가 끝나서 내가 차에 오르면 꼬리를 흔들면서 반가워서 어쩔 줄을 몰라 했다. 태권도장도 함께 다니고, 때로는 등굣길에 초등학교까지 나를 바래다주고, 내가 학교에 들어가면 제이슨 혼자 뛰어서 집으로 돌아가기도 했다. 창문을 열고 차를 달리면 혀가 길게 나오고 귀를 팔랑거리면서 공기 냄새를 맡고 좋아했다. 우리 가족은 착하고, 순하고, 선한 눈망울을 가진 강아지에 흠뻑 빠져들었다. 그렇게 제이슨과 함께하던 어느 날 8개월 된 강아지를 파양한다는 광고를 보게 됐다.

광고에는 플로리다에서 태어난 요크셔테리어가 달라스의 신혼부부에게 입양이 되고, 그 뒤로 캐롤턴의 노인 부부에게 입양이 되었는데 노인 부부가 키우지 못하게 되면서 파양이 된 것이라고 되어 있었다. 생후 8개월에 3번이나 파양이 된 가혹한 사연의 강아지였다. 우리 가족은 개를 두 마리 키울 수 있는지 심사숙고를 하고 결국은 입양을 해 오기로 결정했다. 원래 이름은 '해피'였고, 마당에서 뛰어노는 것을 좋아한다고 했다. 나는 강아지의 얼굴을 보자마자 '메이슨(Mason)'이라는 이름이 떠올랐다.

2019년 11월 24일, Oklahoma에서 Jason과 Mason이랑

2020년 12월 25일, 크리스마스에 Jason과 Mason

무엇보다 제이슨의 좋은 친구가 되어 줄 것 같아서 행복했다. 메이슨은 우리 집에 도착한 직후에 공포감이 커서인지 벌벌 떨고 똥을 줄줄 싸면서 집 안 곳곳을 헤매고 다녔다. 어디가 아픈 줄 알았는데 나중에 보니까 스트레스를 받아서 그랬던 거였다. 입양하던 날 비가 많이 내렸는데 강아지를 다른 사람에게 보낸다고 생각하니 마음이 아파서 주인 할아버지가 새 주인하고 잘 지내라면서 메이슨에게 닭고기 통조림을 특식으로 먹이고 마당에서 뛰어놀게 했다고 한다. 그런데 우리 집에 오자마자 먹은 것 전부를 토했고 그 안에 닭고기와 나뭇잎이 섞여서 그대로 나왔다. 모든 상황이 공포스럽고 낯선 메이슨은 몇 년 동안 우리와 눈도 잘 안 마주치고, 파양의 상처가 깊어서인지 이름을 불러도 잘 따르지 않았다. 우리 가족은 매일 메이슨에게 말했다. "메이슨, 이제 너는 어디도 가지 않아. 우리 가족이랑 영원히 함께 사는 거야." 요즘은 메이슨이 우리 가족의 약속을 이해하게 됐는지 눈도 잘 마주치고 밝고 명랑한 본래의 성격이 많이 나왔다. 지금은 제이슨보다는 메이슨이 우리 집에 먼저 온 것 같은 생각이 들 정도로 주인행세를 하고 얌전한 제이슨을 움직이게 하고 활기 있게 해 준다. 제이슨은 차분하고 얌전하고, 메이슨은 막내답게 천방지축에 까불이 강아지다. 나의 외로움을 달래 주고 함께해 준 나의 친구 제이슨과 메이슨에게 항상 고마운 마음이다. 따뜻한 햇빛 아래서 둘이 기대어 아버지와 아들처럼 지내는 제이슨과 메이슨이 우리 곁에 오래도록 함께하면 좋겠다.

#45

아침의 국기게양, 학교 방송, 전교학생회장 출마

학교생활은 금새 익숙해졌고, 한곳에 정착을 한다는 마음은 나에게 한없는 평온함을 주었다. 이제 학교에서 할 수 있는 모든 일을 하고 싶었다. 처음에 한 일은 초등학교 마당에 있는 높은 국기봉에 국기를 올리는 일이었다. 학교에서 플래그 어텐던스(flag attendance)를 뽑는다기에 지원을 했고 바로 선발되었다. 매일 학교를 다른 아이들보다 한 시간 일찍 가서 아무도 없는 교정에 서서 국기봉의 줄을 한없이 당기고 국기를 하늘 높이 올렸다. 태극기는 아니지만 내가 앞으로 공부하고 살아갈 나라의 국기를 매일 학교 마당에 올리다 보니까 미국에 살아가는 아시안 소수민족일지라도 당당하고 멋있게 살아야겠다는 다짐이 들었다. 국기를 마당에 올리고 나면 아침 방송을 시작했다. 나는 영어를 모국어로 말하는 것이나 다름이 없어서 영어 악센트가 별로 없는 편이다. 그래도 아시안들 특유의 악센트가 묻어난다지만 내가 방송을 하거나 학교에서 발표를 하면 주위 어른들이 악센트가 거의 없어서 특이하다는 말을 많이 들었다. 그래서 학교 방송을 할 수 있는 기회도 얻었다. 마이크를 켜고 내가 좋아하는 음악을 선곡하고 학교에 들어오고 있는 아이들을 반겨 주는 멘트를 했다. 학교 가는 일은 즐거웠고 친구와 학교를 위해 하는 일이 기쁨을 줄 수 있다고 생각하니까 내일의 방송 멘트와 국기게양을 기다리게 되었다.

학교에 들어간 지 3개월이 지날 무렵에 학교에서는 학생회장 선거를 한다는 공지가 올라왔다. 나는 주저 없이 학교 학생회장에 출마를 했다. 그때 담임 선생님이 엄마를 만나서 '브랜든은 학교에 온 지 얼마 안 되었는데, 아는 친구들도 거의 없는 상황에서 용기 있게 학생회장 선거에 나간다고 하니 놀랍고 인상적이다.'라는 말을 하고 최대한 도와줘 보겠다고 하셨단다. 학교에 한국인은 나 혼자였고, 동양인도 별로 없었고, 게다가 새로 온 학생이었다. 인기 많은 아이들만 할 수 있는 학생회장에 출사표를 던지니까 의외라는 말을 들을 수밖에 없었다. 엄마도 나에게 의외의 면이 있음을 알고 놀라셨다고 한다. 그런데 나는 어릴 때부터 악기 연주를 하거나, 연극을 하거나, 큰 카네기홀 무대 위에서조차도 긴장을 하거나 떤 적이 없었다. 많은 사람들 앞에서 연설을 준비할 수 있다는 사실이 설레었다. 학생회장을 선출한다는 공지 이후에 투표일까지는 한 달의 시간이 주어졌다. 나를 아는 친구들은 없었지만 오히려 그래서 더욱 학생회장을 나가야겠다는 생각을 했었다. 나를 모르니까 내 이름이라도 알리고 싶은 마음에 일단 손을 든 것이었다. 학교 재활용 쓰레기 처리에 대한 대안, 펫(Pet: 애완동물)을 데리고 학교 오는 날을 지정하기 등 나름의 공약도 준비하고 전체 학생들 앞에서 연설을 했다. 결국 학생회장은 되지 못했지만 학생회 임원이자 부회장이 되어 친구들과 가까워지는 계기를 만들게 되었다. 그 뒤로는 나를 모르는 친구들이 없고 나에 대해 호의를 가지고 다가오는 친구들이 많아졌다. 매일 한 시간씩 일찍 학교에 가서 국기를 올리고, 방송을 하고, 학생회장 선거에 나갔던 경험은 사립학교를 지원할 때 써내야 하는 에세이의 중요한 내용이 되었고 좋은 결과를 만들어 주었다.

#46

사립학교 입학시험(ISEE) 준비

학생회 선거가 마무리되면서 늦가을이 되었고, 나는 본격적으로 사립학교 입학시험 준비를 시작했다. 미국의 사립은 종류가 많은데 내가 가려는 사립은 프렙스쿨(preparatory school: 아이비리그 대학 진학을 목표로 하는 명문 사립들을 일컬음)이었다. 그래서 입학할 때 관문이 좁고, 입학 후에 과도한 학업 스트레스를 견딜 수 있어야 했다. 특히 내가 가고자 했던 St. Mark's School of Texas의 경우 입학시험에서 전 과목 만점에 가까운 점수를 받아야 한다는 것을 알았다. 사립학교마다 학교의 일반 정보를 확인하는 사이트가 있는데 그곳에 들어가면 입학생들의 인종 구성, 부모 소득, 입학시험성적(ISEE) 평균이 미국 전국적으로 공시가 되어 있다. 명문 사립일수록 ISEE 점수가 만점에 가깝고 한 학년에 들어갈 수 있는 정원도 2~3명에 불과하다. 보통 1~12학년이 함께 있는 사립학교의 경우는 중학교에 올라가는 5학년과 고등학교에 가는 9학년에 15~20명의 인원을 충원한다. 그 사이 학년의 경우는 부족한 결원이 생긴 인원만 뽑고 한 학년 정원은 80명 전후이기 때문에 극소수의 학생만이 선발된다. 그래서 6학년에 지원하는 나는 2명에 해당하는 입학 자리를 두고 경쟁을 해야 했다.

St. Mark's School of Texas는 한국에는 잘 알려지지 않은 학교이다. 남학생들만 다니는 명문 기숙학교인 The Roxbury Latin School(보스턴)을 알고 있는 경우는 종종 있지만 우리 학교는 생소해하거나 텍사스에 그런 명문이 있다고 생각하는 경우는 드물다. 하지만 미국 내 사립학교 랭킹을 보면 4,900개의 사립학교들 가운에 필립스 아카데미와 어깨를 겨누며 5위 안에 들고, 미국 내 2,590개의 12년제 사립학교 중 랭킹 1위의 최고 명문 사립학교다. (참고로, 남학생들만 다니는 미국 내 사립학교 중 1위, 텍사스 내의 명문 사립 1위의 학교다.) 그런 데다가 미국에서 남학생들만 다니는 사립에 다닌다고 하면 신기해하는 사람들도 많다. 엄마는 남학생만 다니는 사립을 생각했을 때 덜컥 여러 가지 두려움이 있었다고 했다. 선생님들이 심한 체벌을 하지는 않을까, 아이들이 너무 거칠지는 않을까, 심한 폐쇄적인 분위기라서 주위에 알려지지 않은 것은 아닌지, 남부의 백인 학교이기에 동양인이 적응하기 힘들지는 않은지, 부잣집 아이들이 너무 많아서 텃세도 심하고 차별도 심하지 않은지 등등 매일 고민을 해도 답을 얻을 수는 없었다. 하지만 입학 후에 보니까 일부의 상황을 제외하면 전부 정반대였다. 학교의 체벌은 미국이기에 가능하지 않고, 주위에 알려지지 않은 것이 아니라 모르는 사람만 모르는 것이었고, 백인은 많지만 비교적 공정하고 합리적이었다. 그리고 한국계 학생이 1학년부터 12학년까지 거의 10명도 안 되는 상황이라 극소수의 한국계 학생들의 이야기가 알려질 수 없는 것은 당연했다.

입학시험 준비는 1년 전에 상해 미국 학교에 들어갈 때도 했었기에 어색한 내용은 아니었다. ISEE(사립학교 입학시험)는 쉽게 설명하면 3개

위의 학년에 해당하는 영어와 수학을 시험 봐서 상위 1% 안에 들어야 명문 사립학교에 입학이 가능한 시험이다. 수학 공부는 항상 앞서 있기에 문제가 없었지만 영어 부분이 문제였다. 많은 단어를 외우고, 고등학교 수준에 해당하는 긴 지문을 읽고 문답을 해야 했다. 나에게 가장 어려운 부분은 독해보다는 단어유추(Analogies) 섹션의 시험이었다. 한국식으로 예를 들면 '간과하다, 묵과하다, 묵인하다, 무시하다…' 같은 유사한 단어의 오묘한 차이를 골라내는 것과 같은 시험이다. 원어민들에게도 까다로운 내용인데 한국어를 이중언어로 쓰는 나에게는 상당히 도전적인 시험이었다. 내가 시험에 성공하는 열쇠는 유추 부분의 점수에 달려 있었다. 엄마와 함께 아마존에 있는 유추에 관한 문제집을 여러 권 사고, 대학원 입학시험에 있는 유추 부분을 함께 공부했다. 매일 단어의 차이를 외우고 영어의 뿌리인 라틴어의 어근과 어미의 뜻을 공부했다. 그리고 10회분 문제풀이를 위해 학원에 등록을 했다. 학원은 오후 7시에 시작하면 저녁 10시에 끝났다. 추운 겨울이었고 아무도 공부하러 다니지 않는 늦은 시간에 학교가 끝나면 혼자 학원에 가고, 추운 차 안에서 저녁밥을 해결했다. 5분 내로 저녁을 해결해야 하면 패스트푸드를 사 먹기도 했었다. 어느 날은 시간이 없어서 파파이스에서 옥수수 샐러드를 저녁으로 샀는데 스푼이 없었다. 나는 뚜껑으로 허겁지겁 퍼먹고 학원에 공부를 했는데 엄마가 마음이 아파서 눈물을 짓기도 했다. 흔들리는 차 안에서 밥을 먹고 왕복 1시간이 넘는 거리에 있는 한인타운에 가서 이렇게 공부를 해도 합격률이 워낙 낮은 학교라서 스트레스가 이만저만이 아니었다. 고생을 하면서 3개월간 학원을 다녔고, 다행히도 시험은 잘 보았다. 나에게 겨울이란 혹한에도 수영을 하러 다니면서 힘들거나 입학시험 준비를 해야 해서 공부를 하면서 힘들거나 하는 힘든 계절이라는 생각을 하면서 유소년 시절을 보냈다. 하지만 아이러니하게도 계절 중 겨울을 제일 좋아한다.

#47

사립학교 지원서를 접수하는 과정

ISEE시험 점수를 받고서 점수가 안정권이라는 생각이 들면 학교 입학 지원서를 제출 기한에 맞춰 제출해야 한다. 그러고 나면 학교를 방문해야 하는 날짜들이 잡힌다. 즉, 학교의 자체 입학시험을 봐야 하고, 하루 동안 쉐도잉을 하면서 태도에 대한 점수를 받아야 하고, 학교 입학 담당 선생님들과의 인터뷰를 해야 최종적으로 지원 과정이 마무리된다. 시험을 보고 지원서만 접수하면 끝나는 것이 아니라서 입학까지 대략 6개월간 긴 여정이 걸린다. 학교 제출용 서류는 개인신상정보, 수상경력, 메디컬 컨디션, 10개가 넘는 에세이, 레쥬메, 그리고 부모의 에세이를 제출해야 하는 것이었다. 그중에서 스팩만큼 중요한 것이 에세이였다. 사립학교의 입학원서는 에세이가 많아서 보통 10개의 주제에 대해 써야 하고 전체적으로는 30페이지 정도의 분량이 된다. 학교에서 제시한 에세이는 대학 지원용 에세이의 주제와 비슷했다. '우리가 너에 대하여 알 수 있는 가장 좋은 예를 설명해 봐라.' '왜 우리 학교를 지원하나?' '우리가 너를 선택해야 하는 이유가 무엇인가?' '수상경력 중 가장 중요하다고 생각하는 것은 무엇이었나?' '학업적 강점이 무엇인가?' '너의 성격적 장점과 단점이 무엇이냐?' 등의 여러 질문에 답을 하는 에세이를 작성해야 했다. 그리고 부모님은 '당신의 아들이 St. Mark's School of Texas에 와서 stewardship(청지기의식, 공동체의식, 동료의식 등으로 설명할 수 있다)에 기여할 수 있는 부분이 무엇이라고 생각하나?'에 대한 1,000자 에세이를 적어 내야 했다. 부모님은 글을 잘 쓰시는 편이지만 지원서의 에세이는 학교의 합격과 직결된다는 사실 때문에 한국에 있는 에세이컨설팅 회사에 검수를 받았다. 그 회사는 아이비리그 출신들 여러 명이 운영하는 곳이었고 두 달 동안 우리 가족의 이야기를 수차례 첨삭해서 가장 좋은 글을 쓸 수 있게 도와주었다. 이렇게 지원서가 준비되면 입학지원서를 접수한다. 학교에 지원서가 접수되는 시기는 대략 9월부터이고 12월에 마감이 되는데, 그 기간 동안에 학교는 서너 차례의 입학설명회, 한 번의 스쿨투어, 한 번의 학교수업참관의 기회를 준다.

엄마와 함께 처음에 학교에 갔을 때 학교 입구에서는 곤색 자켓에 금색단추가 달린 전형적인 프레피룩(사립학교의 복장을 일컬음)을 입은 키 크고 잘생긴 남학생들이 학생들과 부모들에게 학교 안내를 해 주었다. 학교의 상징인 Great Hall이라는 곳에 서서 보니 천 명은 족히 넘어 보이는 학생들과 부모들이 가득했고, 학교 학장의 인사말과 함께 학교 소개를 들을 수 있었다. 그때 눈에 띄던 동양계 학생들 중에서는 한국계 학생(1년 선배로 학교에 함께 합격하고 나중에 브라운에 진학함)과 부모도 있었다. 참관 수업도 갔는데 흰색 셔츠를 입은 학생들과 하늘색 셔츠를 입은 학생들이 섞여 있는 클래스가 상당히 인상적이었다. 나중에 합격하고 보니까 주니어(11학년)와 시니어(12학년)가 함께 들을 수 있는 AP(Advance Placement: 대학 과정에 해당하는 수업) 수업이라서 섞여 있었던 것이었다. 스쿨투어의 제일 마지막에는 학교를 대표하는 학생들이 나와서 부모들과 질의응답을 하는 시간을 가졌다. 부모들은 '학교가 공부하기 힘들고 학점을 잘 안 주느냐?' '인종차별이 심하냐?' '학교에 다니면 행복하냐?' '너는 어느 대학에 지원할 예정이냐?' '선생님들이 체벌을 하냐?' 같은 구체적이고 민감한 질문들을 했다. 그때 눈에 띄는 한 한국계 12학년 학생이 부모들의 질문에 열심히 응답을 했었다. 그 선배의 모습은 스마트하고 자신감이 넘쳤다. 그래서 그 모습을 보고 St. Mark's 는 내면의 당당함과 자신감을 갖게 만드는 교육을 한다는 생각이 들면서 반드시 합격을 했으면 좋겠다는 생각을 했었다. 또한 나도 그 자리에 서고 싶었고 무한정 부러웠다. 여담이지만 지금 나는 학교에서 11학년부터 학교 앰배서더(St. Mark's의 대표 얼굴로 학교설명회에 참석하여 부모들의 스쿨투어를 담당하고 질의응답에 참여한다. 11학년에 성적으로 선발하는데 학교에 최소 5년 이상 다녔어야 한다)로 활동하고 있다. 스쿨투어를 온 많은 학부모들에게 전화번호도 요청받고 여러 가지 부러운 시선을 한몸에 받게 되었으니 나도 그 선배의 위치에 서게 된 것 같긴 하다. 그 눈에 띄던 한국계 선배는 이번 여름부터 나의 훌륭한 멘토가 되어주고 있다. 선배는 몇 해전에 컬럼비아대학을 졸업하고, 올해 하버드 메디컬스쿨에 진학했다. 내가 12학년이 되면서 연락을 하고 도움을 청하자 자신의 일인 듯이 대입에 대한 여러 가지 조언과 도움을 주고 있다. 학교에서 유일하게 한국말로 "형~"이라고 부를 수 있는 선배라 든든하다.

나는 설명회도 빠짐 없이 갔었고, 학교의 자체 입학시험도 보러 갔었다. ISEE시험과는 다르게 St. Mark's School of Texas 자체의 입학자격 시험은 문학작품의 지문을 주고 분석하는 에세이, 학교에 입학한 후 나는 무엇에 기여할 수 있는지, 왜 학교를 선택했는지에 대한 에세이를 쓰고, 수학문제도 풀어야 했다. 시험을 보고 나니 에세이도 무난하게 잘 쓴 것 같았고, 수학시험도 잘 봤다는 느낌이 들었다. 다른 날에는 인터뷰가 예정되어 있었다. 인터뷰를 위해 멋진 양복도 입고 예상 질문에 대한 답도 준비했다. 엄마와 생각한 예상 질문은 '왜 이 학교에 지원했고, 학교에 들어오는 목적이 무엇인가?'였다. 인터뷰에서는 정확히 그 질문이 주어졌고, 나는 엄마랑 생각했던 대로 인터뷰를 했다. "학교의 planetarium(허블 천체망원경이 설치되어 있는 돔형 극장이 학교에 있다. 돔형 천장은 천체관측을 위해 전면이 열리고 하늘을 관찰할 수 있는데 미국 사립학교에서는 거의 유일한 천체관측용 극장이다)이 너무 인상적이었고, 학교에 입학하면 천체관측을 직접 해 보고 싶다. 또한 허블망원경이 찍은 학교의 전체 사진이 학교의 홈페이지에 올라가 있는 것을 본 적이 있다. 넓고 큰 렌즈로 세상을 보면 아래서 가까이 보는 것보다 근사하게 볼 수 있고, 많은 것을 볼 수 있다는 생각이 들었다. 학교에 입학하면 나도 넓고 큰 사고를 하면서 사회를 다양하게 보는 학생으로 성장하고 싶다. 꼭 입학하고 싶다."라고 말했다. 다섯 명의 아이들이 팀으로 면접에 들어가서 서로 토론도 하고 의견도 나눈다. 대부분의 아이들은 '왜 이 학교를 선택했나?'라는 질문에 "최고 명문 사립이라 아이비리그에 들어가기 좋을 것 같아서 지원했다."는 대답을 가장 많이 했다. 그런 면접을 했던 친구들은 입학 후에 만나 볼 수 없었다.

입학지원의 마지막은 과정은 쉐도잉(shadowing)이다. 쉐도잉은 학교에서 지정한 스쿨버디(school buddy)와 함께 하루 종일의 수업을 함께하면서 나의 태도를 평가받는 날이다. 그때 토마스(Thomas Goglia)라는 백인 친구가 나의 버디가 되어 하루 종일 함께했다. 수학, 영어, 사회, 음악, 운동 등 그 친구의 옆에 앉아서 선생님들의 질문에 대답도 하고, 점심도 같이 먹었다. 나중에 나도 중학교 대표로 버디에 선발되어 쉐도잉을 여러 번 했었다. 학교가 시작하는 8시부터 오후 3시 30분까지 학교생활을 같이 하면서 학생을 지켜보고 학생에 대한 평가서를 학장에게 제출해야 한다.

2019년 11월 24일, St. Mark's 입학 전 쉐도잉 버디였던 토마스와 함께

수업태도, 말하는 습관, 발표태도 등 여러 가지 면에 대한 학생의 평가가 점수로 되어 있다. 아마 토마스는 나에게 좋은 점수를 준 것 같다. 나도 버디를 하면서 엄정한 평가를 했기에 좋은 학생은 후한 점수를 줬지만 수업태도가 나쁘거나 동료를 배려하는 모습이 없으면 최저점 평가서를 학교에 제출하기도 했다. 이렇게 입학 과정에 대한 절차를 모두 마치고 난 후에는 합격자 발표를 기다리는 일만이 남는다.

#48

대기자 명단에 올라간 사립학교 입학, Mathews Elementary School의 졸업

사립학교의 원서 접수는 12월에 끝나고, 입학 절차에 필요한 시험, 인터뷰, 그리고 쉐도잉은 그다음 해 2월에 끝난다. 모든 과정이 마무리되면 3월에 합격자를 발표한다. 우리 가족 모두가 기다리던 합격자 발표 날에는 편지 형태의 합격통지서가 집으로 왔다. 봉투를 열자마자 확인한 나의 결과는 '대기자 명단(waiting pool)'이었다. 한마디로 합격도 아니지만 불합격도 아니었다. Mathews Elementary School이 생긴 역사 이래로 내가 처음 명문 사립학교에 지원했던 터라 교장 선생님, 담임 선생님, 영어 선생님, 수학 선생님, 과학 선생님 등 모두가 나에게 관심을 집중했었다. 두 분의 선생님께서 추천서를 써 주셔야 했는데 영어 선생님과 과학 선생님이 1~2주 동안 고민을 거듭해서 정성스럽게 추천서를 써 주시고 우편으로 보내면 분실될까 봐 직접 달라스의 학교에 가져다주셨다고 했다. 그리고 이례적으로 교장 선생님께서 '브랜든을 꼭 입학시켜 줬으면 좋겠다.'는 강력한 추천서를 추가로 첨부했다는 사실을 나중에 알았다. 많은 선생님들이 각별하게 신경을 써 주셨지만 안타깝게도 웨이팅이었던 것이다. 그 당시에는 결국에는 합격이 어려울 수도 있을 것이라는 생각이 들었다. 합격통지서를 받았을 때 나는 이미 쉬멜페니그 중학교(Schimelpfenig Middle School)에 가는 것으로 결정되어 있었고, 반배정 시험을 봐서 최상위권 반과 최상위 수준의 오케스트라에 배정이 된 상태여서 큰 아쉬움은 없었다.

나는 그때 라이프타임(Lifetime)이라는 회원제 피트니스 클럽에 다녔었다. 라이프타임은 나름 고급 피트니스 클럽이고 회원권도 싼 편이 아니라서 진입 문턱이 조금 높은 피트니스 클럽이었다. 나는 그곳에서 농구 레슨, 수영 레슨, 그리고 스쿼시 레슨을 받았었다. 남아공 스쿼시 챔피언인 백인 여자 선생님에게 스쿼시 개인레슨을 받았고, 그 선생님께서도 내가 St. Mark's에 지원했다는 것을 알고 있었다. 그때 선생님은 달라스의 여러 사립학교에서 스쿼시 강사로 활동하는 중이라서 사립학교의 학부모들을 많이 알고 있었다. 여느 날처럼 스쿼시 레슨을 받고 있는데 어떤 엄마가 와서 나에게 말을 걸었다. "네가 이번에 St. Mark's에 지원한 아이니?"라고 물었다. 자기 딸이 하커데이(Hockaday: 달라스에 있는 명문 여자사립 기숙학교)를 졸업했고, 아들은 달라스의 명문 사립인 그린힐(Greenhill)에 다니는 중이라고 했다. 그분은 엄마랑 두 시간 넘게 대화를 나누었고, 내가 웨이팅에 걸렸다는 사실도 알게 되었다. 그 엄마는 St. Mark's의 입학처장 딸과 자기 딸이 같은 학년이었고 학교 다닐 때 절친이었다고 했다. 학교생활 내내 가족들도 서로 친하게 지내 봐서 아는데 St. Mark's의 입학처장이 생각보다 유연한 사람이니까 학교에 전화해서 직접 만날 약속을 잡고 입학의 기회를 다시 한번 어필을 하라는 조언을 해 주었다. 단, 여름방학이 5일밖에 안 남았으니까 당장 내일이라도 만나는 것이 좋다고 했다. 그래서 부모님은 그날로 약속을 잡고 우리 학교의 어드미션 헤드인 베이커(David Baker)와

만남을 갖게 되었다. 약속을 한 날 비서실에 앉아 있는데 그린힐 어드미션에서 온 사람이 우리 학교로 전학을 원하는 아이들의 서류 덩어리들을 들고 앞서 기다리고 있었다고 한다. 부모님은 명문 사립에서 더 좋은 명문 사립인 St. Mark's로 오고 싶어 하는 학생들의 전학신청도 상당히 많다는 것을 눈앞에서 보게 되니까 마음이 좋지만은 않으셨다고 한다.

부모님과 베이커의 면담은 1시간가량 진행되었고 여러 가지 질문이 오고 갔다고 한다. '직업이 무엇이고, 얼마를 버느냐?' '다른 사립에서 전학을 오는 것이냐?' '9학년에 필립스 앤도버로 전학 갈 생각이 있느냐?' '학교에 기부금을 내고 입학할 수 있나?' '아이의 영어 성적이 수학 성적보다 조금 낮은데 동양 아이라서 오히려 거꾸로 되어야 된다. 우리 학교는 무조건 학교 이익과 명성에 도움이 되는 아이들만을 선발한다. 아이가 St. Mark's에 입학 후에 기여할 수 있는 학업적 능력과 도움이 구체적으로 무엇인가?'와 같은 민감하고 직설적인 질문을 많이 했다고 한다. 그리고 마지막에는 "매일 텍사스로 유입되는 아이들이 2천 명이 넘고 이번에 6학년으로 지원한 아이들이 300명을 넘어섰다. 그중 우리는 3명의 자리만 있다. 만약에 이번 학기 등록 기간에 누군가가 등록하지 않는다면 네 아이가 웨이팅 넘버원이라 입학 가능성이 상당히 높다. 만일 한 학년 아래로 입학 허가를 줘도 입학할 생각이 있는지 이메일을 달라."고 말했다고 한다. 그러면서 베이커는 부모님에게 쉐도잉 때 학교에서 나를 평가했던 평가서에 선생님들이 '예의가 바르고, 스마트한 학생이라 St. Mark's에 도움이 될 것 같아 입학을 강력히 추천한다.'는 코멘트를 남겼다고 말해 주었다고 한다. 부모님은 면담이 끝나고 집으로 돌아오는 차 안에서 이미 일 년이 늦어 버린 나의 학년을 다시 또 낮추는 것을 받아들이기 힘들고, 게다가 기부금을 언급한 것이 마음에 쓰여서 이 학교에 입학하는 것은 어려울 것 같다는 생각을 하셨다고 한다. 그래서 엄마는 집에 오시자마자 입학을 못 해도 어쩔 수 없다는 생각으로 입학을 허가해 준다면 너무 좋을 것 같다는 의지를 강하게 표명하면서 되도록이면 제 학년인 6학년에 들어갈 수 있기를 희망한다는 내용의 이메일을 써서 베이커에게 보내셨다고 한다.

이렇게 5학년을 마무리하고 나는 초등학교를 졸업했다. 졸업식장에 앉아 있자 많은 백인 학부모들이 나의 합격 여부를 물었고, 웨이팅 상황이라는 사실을 안타까워했다. 그리고 부모님께 입학 절차와 스펙을 묻는 사람들도 여럿 있었다. 나는 초등학교를 전교 1등으로 졸업했다. 수학은 월반을 했고, 플레이노시에서 선발하는 '매쓰 락스(Math Rocks)'라는 수학 특수교육 프로그램에 선발된 3명 중 한 명이었다. 매쓰 락스는 중학교에 가면 본격적으로 미국 수학경시대회[AMC-USA(J)MO]를 준비하는 하는 프로그램이다. 특별 프로그램 선발과 함께 여러 가지 수학상과 버락 오바마의 대통령상을 받았다. 대통령상은 백악관에서 보내온 편지와 함께 성적 최우수상의 학생에게 부여되는 값진 상이었다. 오랜 시간 해외를 떠돌며 성장한 내가 한곳에 정착하면서 많은 부분이 안정이 된 결과였다. 더 이상 국기게양과 아침 방송을 할 수 없고, 학교를 떠나야 된다고 생각하니까 아쉬움이 가득했다. 비 오는 날 아이들이 비를 맞을까 봐 전교 선생님들 모두 바지를 걷고 맨발로 학교 앞에 나와서 차에서 내리는 학생들 한 명 한 명씩 우산을 씌워 주면서 학교로 데리고 들어가 주시고, 집으로 가는 차를 향해 문도 열어 주고 잘 가라고 환하게 웃으시던 모습들은 잊지 못할 것이다. Mathews Elementary School에서의 소중한 기억은 뒤로 한 채 여름방학이 시작되었다.

2016년 6월 1일, Mathews Elementary School을 졸업하며

2016년 6월 1일, 초등학교 졸업식에 받은 대통령상

#49

여름방학의 시작, 수학 공부와 수학 이야기

나는 여름방학이 시작되면 대부분의 시간들은 수학 공부를 하면서 보냈다. 중학교까지는 엄마와 함께 한국의 수학책으로 기본을 익히고, 진도를 나갔다. 학기 중에는 한국 수학책을 보거나 예습을 할 시간이 부족했고, 여름방학 기간 동안 한 학년 이상의 내용을 소화하려면 하루에 6~7시간 이상은 수학 공부를 해야 했다. 한국 수학을 공부하면서 진도의 방향을 잡고, 미국 수학 교과서로는 다음 학년에 배우는 개념과 용어를 익혔다. 미국 수학 공부를 하기 위해서 매년 방학이 시작되기 전에 아마존에서 다음 학년에 해당하는 일반 수학 교과서와 선생님 버전 교과서(Teacher's Edition: 일반 교재와 다르게 풀이가 자세히 되어 있고 답안지가 있다)를 동시에 구매했다. 한국 수학 교과서에서 기본 개념을 공부하고 심화문제를 풀고 나면 미국 교과서에서 해당 내용을 확인하고 한국 교과 과정에서 부족한 부분을 보충하면서 공부했다. 그렇게 두 가지 언어로 수학을 꼼꼼하게 공부했기 때문에 미국 수학 공부도 잘할 수 있었고 동시에 한국어를 잊지 않을 수 있었다. 초등학교 2학년부터 꾸준히 공부한 한국 수학은 중학교 2학년이 되는 시점이 되면서 한국 고등수학의 전 과정을 끝낼 수 있었다.

나는 수학 교과 과정과는 다르게 별도로 수학경시 공부도 꾸준히 해 왔다. 학교에서 배우는 수학과 경시대회용 수학은 완전히 다르다. 학교에서 배우는 내용으로는 수학경시를 준비할 수 없었다. 경시를 준비하기 위해서는 경시 전문 책들을 보면서 체계적으로 공부를 해야 한다. 나는 3학년에 처음으로 수학경시에 발을 들여놓고 입상을 하게 되면서 고등학교 졸업할 때까지 수학경시대회에 참가를 했다. 처음에 뉴욕의 퀸즈칼리지에서 열린 수학경시대회를 나갔다가 3등을 했었는데, 그 뒤로 수학적 재능이 있다는 선생님들의 권유로 매쓰 캥거루(Math Kangaroo), 매쓰 카운트(Math Counts), 미국 수학경시(AMC)를 순차적으로 해 왔다. 미국의 초등학생 때는 수학을 잘하면 매쓰 캥거루라는 대회를 나가고, 중학교 때는 매쓰 카운트라는 대회를 나가게 된다. 진정한 수학경시의 길로 들어서는 학생들은 매쓰 카운트부터 두각을 나타내기 시작한다. 매쓰 카운트는 학교 내에서 시험을 통해 수학 선수들을 선발한다. 처음에 지역(chapter)대회를 통과해야 하고, 그다음은 주(state) 대회를 통과하고, 마지막으로 전국 대회(national)로 나가는 수학경시대회다. 학교를 대표하는 팀원이 계속 레벨을 올려야 전국 대회로 진출하기 때문에 학교에서 챕터를 나가는 학생으로 선발되기도 정말 어렵다. 우리 학교는 매쓰 카운트에서 매년 최상의 성적을 거두었고, 게다가 남학생들만 다니는 학교라서 수학으로 두각을 나타내는 것이 쉽지 않았다. 그럼에도 불구하고 나는 St. Mark's 중학교 매쓰팀의 대표 선수로 선발이 되어 2020년 매쓰 카운트 챕터라운드에서 좋은 성적을 거두게 되었고, 학교도 스테이트 대회에 진출할 수 있었다. 그 밖에도 8학년에는 텍사스주 수학경시대회 대수 부분에 참여하여 여러 번 텍사스주 1등을 하기도 했다.

중학교 때까지 열심히 참여하던 수학경시대회였지만 고등학생이 되면서부터 팬데믹이 시작되어 모든 수학경시대회가 취소가 됐다. 나는 6학년부터 미국 수학경시대회(AMC, American Math Competition 8/10/12: 미국 수학경시대회로 8학년, 10학년, 12학년용 시험을 볼 수 있다)를 꾸준히 참여했지만, 그 이상을 목표로 수학에 집중하지는 못했다. 결국 11학년에 AMC12를 보고 AIME(American Invitational Math Examination: AMC 응시자의 2.5%가 통과되는 시험)까지는 통과를 할 수 있었다. AIME를 통과하면 USAMO를 나가게 되고 그중 몇 명을 선발하여 전 세계 수학올림피아드 미국 대표로 출전하게 된다. 나의 목표는 AIME까지였는데, 이 과정까지도 독학을 했었기 때문에 수학 공부를 열심히 했던 나름의 성과는 있었다고 생각한다. 한국 수학은 수학 수준이 높고 체계적으로 가르치는 장점이 있다. 그런데 미국의 고등학교 수학 과정도 일정 내용을 넘어서면 한국 학교의 수학보다 난이도도 높고 공부하기가 훨씬 까다로워진다. 한국 수학과 미국 수학 공부를 병행한 것이 쉽지는 않았지만 학창 시절 동안 특별히 수학 과외를 받지 않고도 스스로 문제해결을 할 수 있는 기본을 다지는 데 많은 도움이 된 것 같다. 초등학교 때부터 여름방학마다 엄마랑 하루에 6시간 이상씩 수학을 공부하면서 보낸 10년의 시간들이 쉽지는 않았다. 엄마는 일을 하고 바쁘셔도 내가 매일 해야 하는 수학 공부를 먼저 예습하시고 가르쳐 주셨다. 내용이 복잡해지는 고등학교 삼각함수와 미적분부터는 공식을 정리한 노트를 만들어서 책상 위에 올려놓아서 내가 필요할 때마다 펼쳐볼 수 있게 해 주셨다. 철저한 문과였던 엄마가 헤론의 공식, 팰럼드럼과 피보나치 수열을 가르치는 수준이 되기까지는 많은 노력이 있었다. 때로는 나와 엄마 간의 트러블도 심해서 수학 공부를 포기하려 했던 적도 많았지만 지금은 내가 대학에서 통계학을 부전공으로 하고 싶다는 생각을 할 정도로 수학에 대한 기본이 잘 다져지고 재미있는 학문이라는 생각을 하게 되었다.

수학 공부 이야기에 덧붙여 나에게는 수학에 관한 웃지 못할 에피소드가 있다. 내가 11학년이 되면서 우리 학교는 미국에서 가장 수학이 강한 고등학교를 만든다는 목표로 다년간 전 세계 수학올림피아드(IMO)의 출제위원이자 전 필립스아카데미(Phillips Academy Exeter: 미국 최고 명문 사립의 하나로 수학경시 부분에서 미국 내 최고의 성과를 거두는 학교다)의 수학 마스터 티처였던 주밍펑 박사(Zuming Feng)를 수학 교사로 특별 초빙하였다. 페이스북의 창업자인 마크 저커버그(Mark Zuckerberg)의 스승이라 자신하는 선생님인데 교육방식도 특이하고, 무엇보다 수업 내용이 안드로메다급으로 어렵다. 나도 지난 1년간 수업을 들으면서 학창 생활에서 처음으로 수학 과목에서 원없이 헤맸다. 가장 유명하다는 수학 교사들도 고개를 젓는 풀기 힘든 문제를 매번 시험으로 출제해서 역대 최저의 시험평균을 만들었고, 수학에 자신 있던 전국권 수준의 학생들의 자신감은 땅밑으로 떨어졌다. 주밍의 수업을 듣는 학생들은 1년 내내 우울증과 자괴감에 시달렸다. 하지만 학교 차원에서 보면 장기적으로는 위대한 도전이 될 것이라는 생각이 든다. 나중에 우리 학교에서 필즈상(Fields Medal: 4년마다 전 세계 최고의 수학자에게 수여되는 상) 수상자가 나올 수도 있지 않을까? 그런데 지금 예상을 해 보자면 필즈상 수상자는 아마도 중국인 학생일 것 같다. 주밍은 복사하기와 붙여넣기같이 똑같은 풀이를 내도 중국 학생은 엑스트라로 플러스 10점을 주고, 중국인이 아니면

엑스트라 점수를 주지 않았다. 미국 학교의 수업 시간임에도 불구하고 중국 학생들과 중국어로 잡담을 나누는 일이 다반사다. 심지어는 중국인 학생들은 개인과외도 해 준단다. 그래서인지 평균 60점인 시험을 중국 학생들만 골라서 110점씩 받는 기적이 일어나기도 했었다. 시험이 끝나고 점수를 받으면 시험지를 펴고 같은 풀이를 했지만 얼마나 다른 점수를 받았는지 아이들이 서로 비교해 보면서 재미있는 발견을 해내는 진풍경이 벌어지기도 했다. 지난 해에 내가 수학 때문에 하도 마음고생을 해서 11학년 끝날 무렵 두 달 정도 숙제 도움을 받았던 선생님이 있다. 본인은 데이터사이언스를 전공하고 아버지도 대학교 수학과 교수인 자타공인 수학공신이었는데 내가 숙제와 시험을 펼쳐보이면 매번 한숨을 깊게 쉬면서 했던 말이 생각난다. '이 문제를 그 선생은 이해를 하고 낸 걸까? 자기가 무슨 문제를 낸 건지 자기도 모르는 것 같은데….' 나는 이제 졸업하기에 어찌나 다행인지 모른다.

#50

우여곡절 끝에 입학한 명문 사립학교 St. Mark's School of Texas

초등학교를 졸업한 직후의 여름방학도 엄마와 함께 매일 수학을 풀고, 바이올린 연습을 하고, 태권도를 배우고, 스쿼시를 쳤다. 학원을 다니는 대신에 책을 많이 읽고 영어단어(Vocabulary)와 문법도 공부했다. 수학 공부 이야기를 길게 했기 때문에 수학만 공부하며 지루하게 보냈을 거라는 생각이 들 수 있지만 경험을 중시하는 엄마는 무조건 많이 보고 경험하게 도와주셨다. 방학이 되면 가족이 함께 텍사스의 명소를 전부 가 보고자 했기에 지도를 펴고 목적지를 정하고 매주 한 군데씩 가 보았다. 휴스턴 존슨우주센터, 샌안토니오, 갈베스톤, 코퍼스 크리스티, 오스틴을 다니면서 맛있는 것도 사 먹고 바다 구경도 하고 전직 나사 출신 우주인 할아버지도 만났다. 또한 아루바(Aruba: 네덜란드령 섬나라)에 여름휴가도 다녀왔다. 여름방학이 끝나 갈 무렵인 7월의 어느 날 점심식사를 하는데 전화 한 통이 걸려왔다. 엄마의 핸드폰에는 달라스라는 지명이 찍혀서 스팸전화일 거 같아 전화를 받을지 말지 고민을 하는 상황이었다. 엄마가 전화를 받자 "St. Mark's School of Texas의 어드미션 오피스다. 오늘 좋은 소식을 알려 주려고 전화했다. 브랜든이 2023학번으로 입학 허가를 받았다. 정말 축하한다. 기분이 어떠냐? 기쁘고 행복하니? 학교 입학 패키지를 찾으러 내일 학교로 와라."라고 했다. 우리 가족 모두 너무 기뻐서 껴안고 펄쩍펄쩍 뛰었다. 라이프 타임에서 우연히 만난 한 학부모의 도움으로 입학을 하게 된 것 같아 기쁘기도 했고 고마웠다. 그리고 Mathews Elementary School의 모든 선생님들에게 이메일을 보내고 방학 중이지만 학교에 찾아갔다. 눈물을 흘리면서 좋아하는 선생님, 축하 엽서를 보낸 선생님 등 축하가 쏟아졌다. 그리고 교장 선생님은 내가 Mathews Elementary School 개교 이래 최초로 St. Mark's에 입학하게 된 학생이라서 학교의 큰 영광이라는 메시지를 보내 주셨고, 개학 후 학교 첫 어셈블리에서 전교 학생들에게 내 소식을 언급하셨다고 한다.

내가 생각하는 나의 합격 요인은 초등학교 전교 1등 졸업, 미국수영연맹 소속 선수, 카네기홀 피아노 독주, 아시아의 명문 인터내셔널 스쿨 출신, 고득점의 ISEE 점수, 중국어 실력과 영어 실력이 돋보이는 좋은 에세이였던 것 같다. 원래 지원했던 학년으로 입학하게 되었고 추가 합격으로 인해 학교 오리엔테이션에 가지 못했기에 따로 학교 입학설명을 듣고 교과서를 받게 되었다. ISEE를 공부하면서 다녔던 학원에 플래카드가 붙었고, 그 뒤로 1년 후까지도 학원원장이 엄마에게 전화해서 주변 엄마들이 엄마랑 커피 한잔하면서 학교 입학 노하우를 듣고 싶어 한다고 자리를 마련해도 되냐는 요청을 여러 차례 받았다고 한다. 이 소식을 제일 기뻐했던 사람은 외할아버지와 외할머니였다. 합격한 소식을 듣자마자 외할머니는 외할아버지께서 주신 입학격려금을 입학선물로 준비해서 미국으로 바로 오셨다. 그런데 외할머니가 미국에 도착하셨던 날 외할아버지는 갑작스런 복통이 와서 병원에 입원하여 검사를 받고 검사 당일 위암진단을 받았다. 이 소식에 놀란 외할머니는 달라스에 도착하자마자 2일 후에 다시 한국으로 돌아가셨다. 외할아버지께서 수술을 하게 되고, 위암 4기라서 남은 여명이 6개월이라는 소식이 들려왔다. 나의 합격은 기뻤지만 미국에 처음 정착할 때 엄마와 나에게 많은 도움을 주고 편안하게 살 수 있게 도와준 외할아버지께 미안하고 감사한 마음이 제일 많이 들었다.

#51

St. Mark's School of Texas의 첫날

새로운 학교에 다니기 위해서는 원래 입학이 예정되었던 쉬멜페니그 중학교(Schimelpfenig Middle School)에 가서 제적신청을 해야 했다. 공립학교라서 이유 없는 제적이 불가능해서 플레이노 교육구에 별도의 서류를 접수하고 중학교 교장의 허가를 받아야 정식으로 제적이 되었다. 처음이자 마지막이었던 중학교 방문 날 학교를 둘러보고, 오케스트라 합주실도 가 보고, 강당에 서서 노래도 불러 보고, 그동안 초등학교에서 학생회 임원을 함께했던 친구들과도 작별인사를 했다. 친구들의 격려와 축하가 이어졌고 나 역시 항상 연락하면서 지내겠다는 약속을 한 채 학교 문을 나섰다.

새로운 학교에 가기 앞서서 개학 일주일 전에는 St. Mark's에서 일 년 동안 쓰일 이어북 사진을 찍고, 달라스의 대저택에서 열린 수영장 파티(풀파티, Pool Party)에 초대를 받아서 갔다. 우리 학년은 학교에서 2023년 학번이라고 불렀고, 내가 입학할 당시에는 한 학년이 총 86명이었다. 극소수의 학생이 다니다 보니 학생들 간의 유대와 결속을 중요시하는 분위기였다. 처음으로 풀파티에 초대를 받아 간 곳은 달라스의 하일랜드 파크에 있는 같은 학년 친구의 집이었다. 친구 집의 수영장은 클럽하우스처럼 화려하고 수중놀이 시절까지 완비되어 있었다. 집에서 고용한 라이프가드들이 수영장을 두르고 서 있고, 집 밖에는 가사도우미들이 왔다 갔다 하면서 음식을 세팅해 주기도 하고 아이들이 어지르는 물건들을 계속 치우고 있었다. 처음으로 앞으로 학교생활을 함께하게 될 아이들과 만나서 인사했다. 동양인 친구들은 없고 거의 백인이었다. 집도 크고 화려한 데다가 메이드들은 수없이 왔다 갔다 하고 친절하게 관심을 주는 아이들이 없어서 여러 가지로 주눅이 들었다. 어색함이 절정에 달아서 힘들어지려는 찰나 한 중국 친구와 그 엄마가 나에게 먼저 다가와 말을 걸어 주었다. 그

2016년 8월 26일, St. Mark's에 입학한 직후

친구 이름은 몰겐(Morgan)이고 1학년 때부터 학교를 다닌 아이라 모든 분위기에 익숙해 보였다. 몰겐 엄마는 우리 둘이 체격도 비슷하고 키도 비슷하고 생긴 것도 비슷하니까 친하게 지내라면서 악수도 해 주고 엄마에게도 말을 걸었다. 그 친구도 오랫동안 플레이노에서 학교까지 통학을 했었기에 어떻게 학교에 다니면 시간 맞추기 좋은지 조언을 해 주었다. 그리고 학교생활에 어려움이나 궁금증이 있으면 언제든지 연락하라고 하면서 전화번호도 건네주었다. 그렇지 않아도 제일 걱정되고 궁금했던 것이 통학 방법이었는데 나름의 지름길도 소개받고 나니 마음이 한결 가벼워졌었다. 파티에서 돌아온 날 이후로는 교과서를 챙기고 교복을 사서 세탁하는 등 첫 등교를 위해 여러 가지 준비를 했다.

하지만 학교에 가는 첫날부터 순탄치는 못했다. 제일 큰 문제는 통학 거리였다. 학교까지의 거리도 멀었지만 교통체증이 심해서 등교에 소요되는 시간을 대중 잡기가 힘들었다. 개학 전에 엄마와 나는 교통체증이 가장 심한 출근 시간에 등교를 해 보는 시뮬레이션을 미리 여러 차례 하면서 집에서 학교까지 가는 시간을 측정했었다. 학교까지 가는 여러 길 중 어느 길이 빠른지 알아보고, 심지어 학교까지의 교통 신호등 숫자까지도 세 보았다. 하지만 학교가 달라스 시내로 들어가는 방향이라서 아침에 차가 막히면 속수무책이었다. 플레이노의 집에서 학교까지의 거리가 대략 35km여서 고속도로가 있어서 막히지 않으면 30~40분 정도면 갈 수 있는 거리였다. 하지만 학교가 달라스 다운타운에 있다 보니까 출근을 하는 사람들과 같은 시간대에 같은 방향으로 움직이기 때문에 교통체증이 심했다. 거의 한 시간이 걸리는 학교로의 아침 등교는 부담으로 다가왔다. 학교로 가는 것은 그나마 오전이라 일찍 나가면 되었지만 오후에 집으로 돌아오는 길은 퇴근 시간과 맞물리면서 한 시간 반에서 두 시간까지도 걸렸다. 학교에서 만나는 부모들마다 집이 멀어서 어떻게 다니냐는 걱정을 했다. 학교가 8시에 시작하는데 늦지 않고 학교에 도착하려면 적어도 6시 40분에 일어나서 7시 전후에는 집에서 출발을 해야 했다. 처음에는 학교까지 가는 시간을 예측하기가 어려워서 지각을 하는 경우도 몇 번 있었다. 지각을 하면 바로 교실로 가지 못하고 학교 오피스에 가서 지각슬립을 들고 교실로 가야 했다. 가뜩이나 늦게 학교에 도착해서 마음도 안 좋은데, 지각슬립을 받게 되면 수업에 들어가는 시간이 더 늦어지게 되는 격이었다. 엄마는 학교가 엄격하게 지각관리를 한다는 것을 알고 피치 못하게 늦은 날은 운전을 하면서 하염없이 눈물을 흘리기도 했다. 지각슬립을 들고 교실에 들어가면 화를 내는 선생님도 있었고 때로는 화장실도 못 가게 해서 나 역시 많이 힘들었다.

통학 거리만큼 힘든 것이 아침식사였다. 아침에 일찍 일어나니까 밥을 먹을 시간이 없었기에 차 안에서 아침을 먹거나 학교에 도착해서 아침을 해결했다. 처음에는 흔들리는 차 안에서 밥을 먹고 내렸는데 매번 속이 거북했다. 그래서 학교에 조금 일찍 도착하도록 계획을 하고 학교 주차장이나 학교 앞 주택가에 차를 세워 두고 아침을 먹고 학교에 갔다. 엄마는 먼 곳으로 학교를 다니는 나를 위해서 아침마다 매번 색다른 음식으로 정성스럽게 식사를 준비하고 비록 차 안이지만 따뜻하고 귀한 음식을 먹도록 해 주셨다. 6학년에 시작한 통학은 8학년이 끝날 무렵까지 거의 3년 동안 지속됐고, 매일 아침 차에서 식사를 해결했다. 나름 고생을 하며 먼 거리를 다니는 학교생활이었지만 처음에 생각했던 것만큼 평탄치가 않았다. 점심을 함께 먹을 친구가 없었고, 수업 시간에 선생님들은 별로 친절하지 않았고, 아이들의 커뮤니티 속으로 쉽게 들어가지 못했다. 그렇게 어색하고 불편하게 St. Mark's의 학교생활은 시작이 되었다.

#52

학교 아이들과 선생님들 이야기, 쉽지 않은 학교생활

우리 학교는 텍사스의 최고 부촌인 달라스 다운타운 중심에 위치하고 있다. 그래서 선조부터 달라스에 뿌리를 내리고 살아온 텍사스 내 최고 상류층 백인들이 다닌다. 달라스 다운타운은 올드머니가 집중되어 있는 곳이라서 학교 주변은 억만장자 집들의 집합소라고 할 정도로 고가의 주택들이 즐비하게 늘어서 있다. 그런 분위기다 보니까 학교에서 중간쯤 되는 아이들이 사는 집들이 2백만~3백만 불(25억~35억 정도)이었고, 적지 않은 아이들이 6백만 불이나 천만 불(70억~100억)이 넘는 화려한 집에 살았다. 나는 재정보조를 받지 않고 학비 전액을 내면서 다녔지만 사는 집은 평범 이하에 속했다. 세상물정에 이미 눈을 뜬 아이들은 학교에 새로운 학생이 들어오면 학생 디렉토리(Directory)에 나온 집 주소를 구글에 찍고 집값이 얼마인지 알아본다. 그리고 학생포털에 들어가서 아빠와 엄마의 직업을 확인하고 자기들끼리 뒷담을 했다. 그래서 끼리끼리의 문화도 심했다. 학교에는 달라스 매버릭스 구단주, 아메리칸 에어라인 CFO, 세계 최대 욕실 용품 회사인 콜러(Kohler) 집안, 페롯 박물관재단 집안 등 셀 수 없이 많은 부잣집 아이들이 다니고 있다. 한마디로 드라마 〈상속자들〉에서 보던 김탄과 최영도가 학교에 가득했다. 그런 부자가 아니면 미국 남부의 명문 의대인 U.T. Southwestern 대학병원 의사나 개업의인 의사 학부모가 80%가 넘었다. 하버드나 스탠포드 의대를 나온 부모들도 쉽게 볼 수 있었고, 부모들의 대부분이 전문직, 박사, 고소득이었다. 그래서인지 아이들은 차갑고 타인에 대한 이해심이 부족했다. 7년간 학교를 다니면서 같은 학년임에도 불구하고 한마디도 섞지 않은 아이들도 있다. 다른 아이들이 잘난 이야기에는 전혀 관심이 없고 모든 아이들이 '내가 이 세상에서 제일 잘났다.'는 태도로 일관하고 도와주지 않았다. 그 아이들 중 몇 명은 나를 괴롭히기도 했다. 새로 받은 교과서를 화장실 쓰레기통에 버려서 수업에 못 들어가서 선생님께 혼나게 하고, 그다음에 또 다른 곳에 교과서를 꽁꽁 숨겨서 교과서를 재구매한 적도 있다. 수업 시간에 의자를 일부러 내 발가락 위에 놓고 앉기도 하고, 선생님을 욕하고 못된 짓을 했다고 중상모략해서 교장실에 끌려간 적도 있었다. 때로는 내가 운동하는 것을 아는 백인 아이들이 고의로 출입문을 있는 힘껏 세게 닫고 나가서 유리문에 어깨가 끼어서 한 달 동안 물리치료를 받기도 하고 손목이 부러진 적도 있었다.

학교의 선생님들도 호락호락하지 않았다. 학교에 가는 통학 시간이 길어 화장실을 못 본 채 교실에 들어가 수업 중에 화장실을 간다고 하면 아이들 앞에 세워놓고 수업 내내 화장실도 못 가게 하고, 면박을 주고, 소리를 지르고, 예의가 없다고 화풀이하는 사람도 있었다. 그리고 뼛속 깊은 인종차별주의자들도 있었다. 영어 수업에 들어가면 "동양 아이들이 절대 해결하지 못하는 문법구조가 있다. 너도 그럴 거라고 확신한다. 내가 30년간 가르친 아시안들은 모두 그랬다. 그들만의 이상한 문법구조가 있다."는 막말을 수업 시작 전부터 끝날 때까지 퍼붓거나 동양 아이들에게 책을 읽게 하고 악센트를 지적하면서 계속 같은 단어를 반복해서 발음하게 하는 백인 영어 선생님도 있었다. 수업 시간에 발표를 위해 손을 들어 보지만 계속 무시하고 의견을 듣지 않고, 선생님을 애타게 부르지만 모르는 척하는 선생님들도 있었다. 1년을 함께 공부한 선생님이 이름을 헛갈려 하거나 심지어는 학교의 학생인지 모르는 경우도 다반사였다. 여기에 전부 적지 못할 수많은 아픔과 슬픔이 항상 존재했고, 6학년 이후 9학년이 끝날 때까지는 매년 학년이 바뀔 때마다 학교를 나와서 공립학교로 전학을 가겠다는 계획을 세우고 가족 모두가 울기도 했었다. 실제로도 많은 학생들이 중간에 여러 이유로 학교를 그만두고 떠났다. 고등학교에 가고 이성적인 생각을 하게 되면 학교의 상황이나 선생님들 그리고 아이들이 조금 좋아질 수도 있다는 생각을 했었지만 그들은 전혀 변하지 않았다. 그런데 시간이 갈수록 오기가 생겼다. '내가 어떻게 여기까지 왔는데 꼭 버텨야 한다.'고 다짐하면서 학교를 가는 날이 많았다. 그나마도 동감을 해 주는 친구들과 서로 위로를 하면서 힘겨운 적응을 해 왔다. 학교 내에 만연해 있는 인종차별과 무관심은 극복의 대상이 아니기에 적당히 무시하고 내 갈 길 가면서 무브온(move on)하는 방법밖에는 없었다.

#53

9학년의 기로에 서서 갈등을 하다, 그리고 PECOS

나는 중학교생활이 끝나갈 무렵에 St. Mark's를 그만두고 공립학교로 전학 가는 것을 심각하게 고려하게 되었다. 학교생활이 너무 힘들어서 더 이상은 다닐 수 없을 것 같았고, 부모님도 학교에 조금의 미련도 없다고 하셨다. 그래서 다음 학년의 학비를 내지 않는 것으로 결정했었다. 고등학교를 가려면 전학 서류를 내야 하는데 막상 그만두려니까 내 마음속이 복잡했다. 3년간 학교를 다니면서 고생하고 버틴 것이 억울했고 오기가 생겼다. 고민만 수백 번 했지만 그래도 9학년은 다녀 보고 결정해야겠다는 마음이 생겼다. 이유는 여러 가지였는데 3년간 학교생활을 보니 해 놓은 것들이 제법 있었다. 퀴즈볼 전국 대회에 입상하고, 매쓰 카운트(Math Counts: 미국 내 중학생 수학경시대회로 가장 공신력이 있다)에 학교 대표로 뽑혀서 챕터라운드를 통과했고, 텍사스주의 수학경시에서 1등을 하기도 했다. 수영 선수로 활동하면서 워터폴로(Water Polo: 수구)를 2년간 했고, 고등학교에 가서 조정팀(Crew)에 들어가기 위한 훈련을 받기 시작했다. 그리고 중학교 내내 지역 유스오케스트라와 학교오케스트라 활동을 했는데 중학생으로는 드물게 8학년부터 올스테이트(All State: 미국 내 고등학생들 대상으로 악기, 밴드, 콰이어 등의 오디션을 통해 각 주를 대표하는 연주자를 총 100명 내외로 선발한다. 선발이 되는 대부분의 학생들은 어릴 때부터 악기를 시작해서 전공을 해도 무방한 수준이고, 악기 중에서도 바이올린은 경쟁이 심해서 선발되기가 무척이나 어렵다) 오디션을 보라는 학교의 권유도 받고, 올-리전(All-Region: 올스테이트 가기 전 단계로 북텍사스 지역의 전체 사립 중학교 오케스트라 단원들 가운데 오디션을 거쳐 30명 남짓의 바이올리니스트를 선발한다)에서 2등을 해서 세컨드 바이올린 섹션리더로 활동했다.

그리고 7학년부터 펜싱을 본격적으로 시작했고, 학교 코치의 눈에 띄어 원래하던 포일(foil)을 포기하고 에페(epee)로 종목을 바꾸고 한참 연습을 열심히 하는 중이었다. 코치를 따라서 펜싱 클럽에 다니기 시작했고, 계속 펜싱을 할 경우에는 12학년이 되면 스포츠 발시티 캡틴의 자리에 올려주겠다는 약속을 받고 중학교 펜싱팀 주장을 하고 있는 상황이었다. 그리고 학업성취도가 높아서 매년 학기 말에 성적 우수자를 호명하는 16명의 명단에도 꼭 들어갔다. 학교가 탑 사립이라서 상위 20%에 들면 일반 공립학교의 전교 1등 수준인 곳이고 아이비스쿨에 지원하는 기본적인 조건은 갖추는 셈이었다. 이제껏 해 온 것들이 아까워서 딱 1년만 더 버텨 보기로 하고 9학년이 되었다.

우리 학교는 전통적으로 9학년에 올라가기 전에 극기훈련형 캠프이자 졸업필수 과목의 하나인 페코스 프로그램(PECOS wilderness program)을 가야 했다. 100년이 넘은 학교의 프로그램 중 가장 오래되고, 중요하고, 상징적인 프로그램이 '페코스'다. 9학년으로 올라가는 여름방학에 10일간 뉴멕시코주 페코스의 산속에 가서 산행을 하고, 밥을 지어 먹고, 혼자서 비박지를 찾아 단식을 하며 하룻밤도 보내야 하는 극기훈련형 프로그램이다. 졸업이수 필수 코스라서 사정상 가지 못하면 10학년, 11학년에라도 다녀와야 졸업을 할 수 있다. 학교를 졸업한 선배들이 쉐르파(Sherpa: 5명의 아이들당 한 명의 쉐르파 선배가 있고 대부분 사관학교에 다니거나 풋볼 선수인 선배들이 왔었다)가 되고 학교의 과학 선생님과 어드바이저 선생님들이 인솔자가 되어 떠난다. 9학년이 되는 아이들과 그 부모들은 기대감보다는 공포와 걱정이 앞서는 프로그램이기도 하다. 페코스에 가기 전에 학교에서는 여러번의 사전미팅이 있다. 페코스에 갈 때 필요한 준비물도 학교에서 준 리스트 외에는 가져가지 못한다. 예를 들어 휴대폰, 게임기, 카드놀이… 등 아무것도 허용하지 않는다. 캠핑을 가기 전에 등산용품 전문점인 REI에서 600불에 상당하는 캠프용 장비, 배낭, 추위에 강한 특수 침낭, 타프 등을 구매하고 그와 별도로 학교에서 지정해 준 등산용 바지와 등산용 신발을 사야 했다. 기본적인 캠핑용품과 옷 외에는 손전등, 숟가락 한 개, 책만이 허용된다. 부모님은 산에서 비박을 하다가 동물의 습격을 받거나 실족을 할까 봐 걱정이 많이 됐다고 한다. 나는 페코스 준비를 위해 중학교 때도 캠프를 가서 텐트를 치거나 야외에서 2박 3일씩 비박을 해 왔기에 그냥 좀 더 길어진 버전이라고 생각하고 있었다. 하지만 막상 페코스에 가 보니 현실은 많이 달랐다.

페코스를 출발하는 날은 학교에서 저녁 11시가 넘어서 떠난다. 고속버스를 타고 밤새 쉬지 않고 8시간을 달려가면 뉴멕시코주에 도착한다. 버스를 타고 잠시 잠이 들었던 사이 우리를 태운 버스는 주경계에 있는 휴게실에 한 번 들른 후에 멈추지 않고 열심히 달려서 깊은 산속의 어딘가에 우리 모두를 내려 주었다. 우리는 팀별 그룹으로 나뉜 채 해가 뜨자마자 걷기 시작했다. 걷고 오르고 또 오르고…. 그렇게 4일간 계속 하루 8시간이 넘게 산능선과 계곡을 따라 걸었다. 아침에 일어나면 계곡물을 1갤런 통에 받아 식수로 쓰고, 얼굴도 계곡물로 대충 닦는다. 그리고 또르티아에 피넛버터와 꿀을 발라 먹거나 썸머소시지로 끼니를 때운다. 높은 산 정상까지 올라가야 해서 30kg 이상의 짐은 못 가지고 가니까 식료품도 한정적으로 가져갈 수밖에 없어서 끼니마다 배불리 먹지는 못했다. 아이들은 태어나서 처음으로 하는 고생에 적잖게 놀랐고 문제가 생기는 아이들도 있었다. 산중턱에 다다르자 숨을 못 쉬고 더 이상 걷지 못하기도 하고, 발바닥에 거대한 수포가 끊임없이 생기고 발바닥 통증이 심해져서 많은 고생을 했다. 결국에는 의료용 긴급 헬리콥터를 타고 캠프 베이스에서 뉴멕시코 시내 병원으로 이송된 아이도 있었다. 나도 발바닥에 큰 물집이 계속 생겼는데 바늘로 터뜨리고 터뜨려도 소용이 없었다. 우리는 다리가 없어졌다는 생각을 할 정도로 산을 오르고 또 올랐다.

그렇게 4일이 지나고 산 정상에 도착하고 다시 내려오게 되는데 그 가운데 하루는 산속의 어딘가에 아이들이 단독으로 거처를 만들고 혼자서 24시간을 보내야 한다. 그때 부모님들이 쓴 편지도 나눠 준다. 엄마가 써 준 편지 속에는 무료한 시간을 보내는 데 도움이 되라고 exo의 〈365〉 가사와 강아지의 사진이 들어 있었다. 그때 편지를 얼마나 많이 읽고 노래를 불렀었는지 아직도 생생하게 기억에 남아 있다. 24시간의 솔로가 정해지자 나도 호숫가의 한쪽에 타프를 쳤다. 친구도 사람들도 아무도 없이 고독한 솔로였다. 처음에는 벌레가 무서워서 아무것도 못 하고 배낭을 깔고 앉아서 멀리 있는 호수를 보았다. 하지만 시간이 지나면서 곧 밤이 될 텐데 어떻게 있어야 할지 고민이 되기 시작했다. 물어볼 친구들도 없기에 일단 타프 위에 앉아서 글을 쓰고 그림을 그리기 시작했다. 어릴 때 살았던 곳들, 뉴욕, 달라스의 집, 가수 레드벨벳, 엑소, 한국에 홀로 계신 외할머니에 대한 생각들이 계속 떠올랐다. 글을 쓰다 보니까 해가 져서 더 이상 쓸 수가 없었다. 타프 위에 쳐 놓은 침낭 속에 누워서 하늘을 올려다보니까 별이 수없이 많았다. 사방에서 동물의 울음소리가 크게 들리고, 계곡물 흐르는 소리가 선명하게 들렸다. '어떻게 고등학교를 보내야 할까?' '나는 뭐가 되고 싶은 걸까?' '학교에 다시 돌아가면 잘 지낼 수 있을까?' … 여러 생각들이 꼬리에 꼬리를 물고 지나갔다. 그렇게 나도 모르게 잠이 들었고 새벽에 눈을 뜨게 되었다. 사슴 가족들이 호숫가에서 물을 먹고 있는 모습이 평화로워 보였다. 이제 다시 달라스에 돌아가면 페코스를 극복한 것처럼 고등학교의 힘든 생활도 잘 극복해 봐야겠다는 생각을 하고 묵은지에 삼겹살구이를 빨리 먹어야 되겠다는 다짐을 했다.

10일간의 페코스 여행을 마치고 고속버스가 다시 달라스의 학교에 도착한 시간은 밤 10시가 넘어서였다. 학교 진입로에 버스가 들어서자 학교 진입로를 따라 많은 부모님들이 서 있는 모습이 보였다. 학교 진입로를 따라 길거리를 가득 메운 부모님들은 버스에서 내리는 우리들 모두에게 박수갈채를 보내 주었다. 집에 오자마자 더러운 옷을 벗어던지고 10일 만에 샤워를 하고 바로 잠이 들었다. 그렇게 12시간을 자고 일어나서 부모님께 무용담을 쏟아놓았다. 며칠이 지나서 산중에서 홀로 비박을 하면서 썼던 일기를 다시 읽어 보니까 페코스에 다녀온 일이 마치 꿈만 같았다. 친구들 모두가 페코스는 두 번은 못 갈 것 같다고 말하면서 고개를 절래절래 젓는다. 하지만 고등학교생활을 하면서 부딪치는 수많은 어려움과 극기가 필요할 때마다 이때의 기억을 떠올리면서 '나는 뭐든지 할 수 있다.'는 자신감으로 정신력을 무장하는 내 자신을 발견하곤 했다.

2021년 7월 30일, 뉴멕시코 PECOS에서 2023 친구들과

#54

홈커밍, 윈터포멀, 파티 보이들

9학년이 되고 나서 미니스쿨(Mini School: 부모들을 학교로 초대해서 일 년간 배우는 과목을 소개하고 해당 과목 선생님들과 만나는 날)에 갔더니 부모님들이 이구동성으로 "우리 아들 성적이 곤두박질칠까 봐 무섭고 두렵다. 학교생활을 잘해 나가야 할 텐데…."라고 했단다. 이미 학교를 졸업한 선배들로부터 고등학교 때는 학업의 압박이 심하다는 말을 많이 들었기 때문에 학부모들의 걱정이 많을 수밖에 없었다. 더욱이 아시안계 부모들은 영어와 역사 과목이 갑자기 많이 어려워지고 성적도 잘 안 주기 때문에 아시안계 학생들이 여러모로 불리해진다는 말을 많이 했다. 하지만 막상 9학년이 되자 우려와는 다르게 학교생활은 무난하게 지나갔다. 성적도 계속 올 A가 유지되었고 역사와 영어 과목이 제일 적성에 맞았다. 심지어 역사나 영문학을 전공하고 싶다는 생각마저 들었고 제일 재미있는 과목이었다. 그리고 글을 잘 쓰니까 영어 과목도 어렵지 않게 좋은 성적을 얻었다. 고등학교 시절 내내 가을을 보내는 일과는 매년 똑같았다. 겨울에 실시되는 미국 수학경시대회(AMC 10, AMC 12)를 준비하고, 다음 해의 썸머 프로그램에 지원서를 접수하고, 올스테이트에 통과하기 위해 6개월 이상 바이올린 오디션 곡을 연습하고, 펜싱 토너먼트를 나갔다. 일상이 반복되는 가운데서도 고등학생 모두가 기다리는 특별한 날도 있었다. 바로 전교생의 최대 관심사인 '홈커밍(Homecoming)'이다. 홈커밍은 데이트를 하고 싶은 여학생과 커플이 되어 예쁜 드레스나 턱시도를 입고 사진도 찍고, 맛있는 저녁 식사도 하고, 대형 이벤트홀에 가서 댄스 파티와 테마형 이벤트도 하는 날이다. 매해 시니어 학년(12학년)이 홈커밍의 테마를 정하고 이벤트를 기획하기 때문에 재미있고 기발한 아이디어의 홈커밍을 경험할 수 있었다. 우리 학교는 9학년의 경우는 홈커밍을 의무 참석으로 규정하고 학교 차원에서 여러 가지 도움을 준다.

문제는 홈커밍을 가려면 데이트를 찾아야 하는데 남학생만 다니는 학교에서 여학생을 만날 기회가 거의 없다는 것이었다. 그래서 9학년 아이들과 엄마들의 가장 큰 고민이 '어떻게 데이트를 찾고, 어떻게 데이트를 신청하는지…' 그리고 '우리 아들이 데이트를 거절당할 경우는 어쩌나….' 였다. 학교는 커피모닝을 통해 엄마들에게 홈커밍의 전체적인 준비사항과 데이트를 찾는 방법을 설명해 주는 시간도 마련해 준다. 엄마도 내가 데이트를 못 찾을까 봐 걱정이 되었지만 선배 엄마들이 데이트를 일부러 안 찾으면 모를까 찾으려고만 하면 100% 매치가 되고, 지금까지 데이트가 없어서 홈커밍에 못 간 경우는 없었다는 말을 해 주었다고 한다. 우리 학교는 남학생만 다니는 학교지만 이웃에는 여학생들만 1학년부터 12학년까지 있는 하카데이스쿨(Hockaday School)이라는 텍사스 최고의 명문 여자 사립학교가 있다. 하카데이는 중동 공주님들만 다니는 학교라는 별명처럼 부유하고 예쁜 여학생들이 많이 다닌다. 게다가 우리 학교랑 자매결연 학교라 딸이 하카데이에 다니면 남동생이나 오빠가 우리 학교에 입학할 수 있었고, 반면 우리 학교에 오빠나 남동생이 다니면 여자 형제들이 하카데이에 입학하는 입학제도가 있었다. 두 학교가 상호보완적인 관계인 데다가 아이들의 환경도 비슷해서 학부모들끼리는 서로를 인정하고 서로의 데이트가 되는 것을 반기는 분위기였다. 물론 홈커밍 전에도 우리 학교 학생들과 하카데이 학생들은 가끔 교류를 할 수 있는 기회가 있었다. 중학교 때부터 하카데이 여학생들과 발런티어도 함께하고, 고등학교 때는 풋볼 경기를 보러 가면 하카데이 치어리딩이 따라와서 우리 학교 팀을 응원을 해 주곤 했다. 그래서 대부분의 학생들은 홈커밍 데이트를 하카데이에서 찾는다.

홈커밍은 데이트를 찾고 나면 데이트 신청을 정식으로 해야 한다. 우리 학교는 그런 데이트 신청 방식도 학교에서 조언을 해 준다. 하드보드지에 데이트 신청용 문구를 적고, 학교에서 나눠 준 티셔츠와 작은 선물을 가지고 여자친구 집에 가서 데이트 신청을 하고, 함께 사진을 찍어서 SNS에 올리는 방식으로 9학년 모두가 각자의 파트너에게 데이트 신청을 했다. 나의 첫 데이트는 몰겐 엄마가 소개해 준 하카데이스쿨의 로렌(Lauren)이라는 중국계 친구였다. 그 친구의 오빠도 우리 학교를 졸업하고 예일대에 다니는 중인 에릭(Eric) 선배였다. 로렌과 친구가 되고 나니까 에릭하고도 자연스럽게 친해지게 되었다. 예일대 4학년인 에릭 선배는 스쿨투어도 버추얼로 시켜 주고, St. Mark's에 다니면서 있었던 에피소드도 공유하고, 때로는 학교에서 어려운 점이 없는지 물어보면서 나를 잘 챙겨 주었다. 여자친구의 집에 가서 사진도 찍고, 데이트 신청도 하고, 맛있는 밥도 사 먹었다. 여자친구의 부모님도 나를 반기고 사진도 찍어 주시고 양복에 꽃도 달아 주셨다. 홈커밍 파티에 가기 일주일 전부터 매일이 홈커밍 이벤트나 다름이 없었다.

홈커밍 파티 전날인 금요일은 풋볼 경기의 결승전이 열리기 때문에 데이트 커플들은 그곳에서 멈(Mum: 데이트를 찾았다는 심볼이 되기도 하는 대형 목걸이로 구슬, 꽃, 리본으로 장식되어 있다)을 목에 걸고 마지막 결승 경기를 함께 관람한다. 그해에는 우리 학교와 그린힐이 결승전에서 맞붙었고, 우리 학교가 승리를 했다. 승리의 분위기에 도취되어서 9학

2021년 11월 24일, 홈커밍 가던 날

년 친구들의 마음은 하늘 높이 붕붕 떴었다. 멈을 목에 걸은 여자친구들은 자신이 홈커밍의 커플로 선택되었다 것이 자랑스러워서인지 이유 없이 분주하게 경기장의 여기저기를 휩쓸고 다녔다. 풋볼 경기가 끝나고 나면 여러 커플들이 함께 인앤아웃 같은 햄버거 집에 가서 새벽 1시까지 이야기를 나누고 논다. 홈커밍 파티는 토요일 저녁에 있다. 낮에는 홈커밍 그룹별로 모여서 사진을 찍고 리무진을 타고 고급 레스토랑에서 저녁 식사를 하고, 식사를 끝내면 학교에서 대관한 호텔이나 파티 장소에 가서 홈커밍 댄스파티를 하면서 광란의 밤을 보낸다. 고등학교 전교생과 그 데이트까지 족히 700명 이상이 모이는 파티라서 규모도 상당히 크고 재미있다. 첫 홈커밍이 끝나면 후유증도 오래간다. 거의 한 달 이상을 여자아이들과 그룹챗을 만들고 후일담을 밤새 나눠서 집에서 문제가 되는 경우가 많았다. 남자아이들의 엄마들이 여자아이들에게 직접 전화해서 제발 그만하고 공부하라고 혼을 내는 경우도 있었다. 나도 그 소용돌이에 휘말려서 한동안 헤어나오지 못했다. 홈커밍을 처음 맛본 우리 학교 친구들은 윈터포멀(Winter Formal: 밸런타인데이 파티로 여자친구들이 남자친구들에게 데이트 신청을 한다)과 주니어 어셈블리(Junior Assembly: 달라스 지역 사립학교 연합모임) 등 파티만 있으면 영혼까지 끌어모아서 전부 참석을 하면서 파티 보이들로 거듭나게 되었다. 얼마 전에는 베트맨이 테마인 12학년의 마지막 홈커밍을 갔었다. 나는 매년 다른 파트너들과 홈커밍을 갔었지만 올해 함께한 하카데이스쿨의 한국계 선배 파트너가 가장 마음에 맞고 재미있었다. 고등학교 시절의 화려한 파티 라이프는 거의 끝났지만 나름대로 재미있는 추억을 만들 수 있었고 큰 활력이 되었던 것 같아서 잊지 못할 것 같다.

#55

토네이도, 혹한의 텍사스, 그리고 팬데믹

미국에 살던 시간 중 기억에 남는 자연재해가 몇 번 있었다. 처음으로 경험했던 재해는 태풍 샌디였고, 그다음은 뉴저지의 가을 눈폭풍이었다. 그런데 그런 경험은 자연재해라고 볼 수도 없는 천재지변 수준의 일이 달라스에서 일어났었다. 2019년 10월 20일 9학년 홈커밍을 앞둔 어느 날 핵폰탄급의 토네이도가 달라스를 지나간다는 경보가 울렸다. 토네이도를 뉴스에서는 종종 봤지만 실제로 경험하지는 못했는데 얼마나 위협적인지 임시휴교령이 내려졌다. 강풍이 불기 시작하면서 도시 전체는 정전이 되었다. 거대한 바람기둥이 학교의 중심에 상륙을 한 후에 학교 앞길을 따라 천천히 진행을 하면서 학교 주변에 있는 모든 것들을 집어삼켰다고 했다. 100년 된 건물이 무너지고, 종탑의 지붕이 사라지고, 동문의 기부금으로 새로 신축한 체육관(Gym)이 바람과 함께 흔적도 없이 사라졌다. 더욱 피해가 심각했던 것은 주택들이었는데, 75230의 우편번호에 해당하는 달라스 주택들의 대부분이 완파되고 흔적도 없이 사라졌다. 친구네는 집에서 잠을 자는데 토네이도가 안방 문 앞까지 와서 집의 반이 통째로 하늘로 솟아오르면서 날라가는 것을 보고 트라우마에 시달리게 됐다는 말도 했다. 집이 부서지거나 없어진 친구들은 지인의 집에 가거나 호텔로 가서 생활을 했다. 그 당시는 시니어들이 한참 대학 입학 조기전형 원서를 써야 하는데 학교가 부서지니까 수업을 듣지도 못하고 원서를 쓸 수도 없었다. 결국은 이웃 여자 학교인 하카데이스쿨의 교실을 빌려서 대학 지원서를 제출했다. 그해 대학 지원서에 붙여서 보내는 스쿨프로파일에는 토네이도가 학교를 강타해서 학교를 다니지 못했고 원서를 쓰는데 차질이 있었다는 내용이 강조되어 담겨 있었다고 한다. 학교가 끝나면 친구들과 늘 다니던 맥도날드와 대형 슈퍼체인 그리고 학교 앞의 식당들은 대부분 사라졌다. 토네이도가 강타한 후 처음 학교를 열었을 때 본 학교 주변의 모습은 참혹한 전쟁터를 불사했다. 달라스 곳곳은 완파된 집들과 건물 잔해들이 산더미같이 쌓여 있었고, 도로를 덮치고 있는 대형 나뭇가지들로 인해 차가 다닐 수 없을 정도였다. 그 후로 4년이 지난 지금도

2019년 10월 20일, 토네이도가 덮친 학교와 학교 주변의 모습

달라스 학교 앞의 집들이나 쇼핑몰들은 여전히 복구 중이다.

예상치 못한 토네이도로 힘겨운 가을을 보내는 와중에 전 세계적으로 이상한 뉴스가 매일 보도되었다. 코로나 바이러스가 전 세계로 퍼져 나가는 중이고, 미국에도 곧 상륙한다는 내용이었다. 치명적인 바이러스로 인해서 에피데믹이 아니라 팬데믹이 시작된다고 했다. 토네이도가 강타하면서 전부 깨져 버린 교실의 유리창을 테이프로 겨우 막고 위험한 건물 잔해들만 대강 치운 채 등교 수업 한 달 여 만에 학교는 다시 락다운이 되었다. 락다운으로 인해 9학년의 1월부터 10학년의 3월까지 1년이 넘도록 학교로 돌아가지 못했다. 부모님도 하시던 일을 그만두고 재택근무를 시작하고, 나도 리모트러닝(Remote Learning)으로 수업을 들었다. 그때 시작한 팬데믹은 아직 끝나지 않았지만 이제는 팬데믹에 적응을 한 채 살고 있다는 생각이 든다. 락다운이 시작된 상태에서 텍사스에는 100년 만의 혹한이 왔다. 처음에는 조금 추워지는 줄 알고 수영장 물이 얼까 봐 부모님과 함께 두 시간이 넘게 뜨거운 물을 담아서 수영장에 부었다. 그날이 토요일이었는데 그 뒤로 날씨가 악화되고 기상이변이 오면서 10일이 넘게 영하 20도와 영하 37도를 넘나들고 매일 폭설이 쏟아졌다. 수영장이 얼면 모터가 고장 나고 수리비가 기하학적으로 든다는 이야기를 들어서 밤이 되면 세 식구가 수영장에 나가 수영장의 얼음을 삽으로 깨고 얼음을 퍼내면서 밤을 세웠다. 그때 퍼낸 얼음은 거대한 빙산처럼 집 전체를 뒤덮었다. 그리고 집의 온열 기능을 담당하는 메인파이프가 동파될까 봐 히트 건(Heat Gun)으로 밤새도록 집 밖에 있는 수도관에 온기를 불어 주었다. 손발에 모두 동상을 입고 너무 힘든 시간을 보내면서 일주일이 넘게 고생을 한 후에 세 가족 모두 몸과 마음에 병이 났다. 필사의 노력을 기울

2021년 2월 18일, 텍사스가 영하 38도로 떨어졌던 날의 집앞마당

였음에도 불구하고 극한의 날씨를 견디지 못한 집과 수영장은 곳곳이 망가졌다. 수영장의 타일 전체가 떨어져 나가고, 수영장 바닥에 금이 가고, 집 벽이 얼면서 벽에 걸어 둔 모든 거울이 바닥으로 쏟아져 내렸다. 끝나지 않을 것 같은 끔직한 혹한이 끝이 났지만 텍사스 전체가 비상재난구역으로 지정되고 쏟아지는 수리 접수로 인해서 1년 내내 주 정부가 마비될 정도였다고 한다. 혹한이 지속되면서 정신적으로로 많이 지쳤지만 봄이 오면 좋아질 것이라는 희망으로 하루하루를 버텼다.

#56

팬데믹 한가운데 2021년 학교로 돌아가다, 미국 입시 이야기

팬데믹이 계속되는 가운데 텍사스주는 미국의 다른 주들에 비해서 마스크 자율화를 앞장서서 실시했다. 또한 학교로 돌아가서 대면수업을 하는 정책으로 빠르게 전환했다. 미국 내 코로나의 하루 확진자 수가 백만 명이 넘어가는 상황인데도 불구하고 2021년 봄에는 전교생이 학교로 돌아왔고 교실에 앉아 마스크를 벗고 대면수업을 하기 시작했다. 식당에 전교생이 옹기종기 모여 식사를 하고 팬데믹 전과 똑같이 생활하기 시작했다. 우려와는 다르게 학교 내 코로나 감염자가 많이 늘어나지는 않았다. 그래도 10학년이 끝날 때까지는 등교하기 전에 헬스 체크를 위한 스쿨패스 앱을 작성해서 내고, 코로나 증상이 조금이라도 있으면 학교에 못 나가는 정책도 엄격하게 유지되었다. 모두가 서로를 배려하면서 팬데믹 이전으로 천천히 돌아가는 연습을 했다. 학교로 복귀한 후 여름방학까지는 한 달 남짓이었지만 10학년 생활도 성공적으로 마치고 11학년의 여름방학이 되었다. 미국에서 가장 중요한 학년이 11학년이다. 대학을 가기 위한 결정적인 학년이기에 긴장도 많이 하고 스트레스도 굉장히 높은 시기다. 공부를 잘하던 최상위권 학생들도 어려워지는 수업에 학점 관리를 실패하는 경우도 다반사인 데다가, 학업 부담이 큰 가운데서도 교내외 비교과 활동을 성공적으로 해 나가야 하기 때문에 만만치가 않다.

전 세계의 추세인지 모르지만 미국의 입시는 나날이 힘들어지고 있다. 한국도 요즘은 학교 내신, 수학능력시험, 비교과 활동, 학교 내외의 스펙을 잘 쌓아야 좋은 대학에 간다고 알고 있다. 그럼에도 불구하고 한국의 경우는 여전히 내신과 수학능력시험 점수가 대학을 입학하는 데 중요하고 절대적인 기준이 된다는 사실은 틀림이 없다. 하지만 미국의 경우는 조금 다르다. 예를 들어 전 세계 최고 명문이라고 알려진 아이비리그 학교들도 단순히 완벽한 성적만을 가지고 입학하는 경우는 없다. 한마디로 성적은 기본 조건일 뿐 입학하는 데 결정적인 역할은 못 한다는 것이다. 아이비스쿨이나 20위권의 명문 사립대학에 입학하려면 공부, 운동, 악기, 경시, 과외활동, 봉사활동, 리더십 등이 하나도 빠짐없이 완벽해야 한다. 심지어 탑 아이비스쿨에 입학하기 위해서는 구글에 학생 이름을 치면 전국적으로 유명한 성과들이 검색되는 정도는 돼야 한다는 말이 있다. 그런데 완벽한 성적과 수학능력시험 점수 그리고 특별한 활동을 해도 아이비스쿨에 합격하는 경우보다는 불합격하는 경우가 더 많다. 미국의 전교 1등 졸업이 7만 명(미국 전체 고등학교 졸업생은 151만 명이다)이 넘는데, 아이비리그 한 해 정원이 1만 2천 명이라고 한다. 전교 1등으로 고등학교를 졸업해도 6만 명은 아이비스쿨을 가지 못한다. 전교 1등만 아이비스쿨을 지원하는 것도 아니기 때문에 실질적인 경쟁은 극악의 난이도라고 봐야 한다. 게다가 미국의 입시는 국지전이 아니라 전 세계에 있는 학생들이 지원을 하니까 국제적 경쟁이라고 봐야 할 것이다.

나와 같은 일반적인 고등학생이 아이비스쿨이나 탑 스쿨을 가기 위해서는 몇 가지 중요한 준비사항이 있다. 우선 내신 성적이 완벽에 가까워야 한다. 한마디로 고교 시절 4년 내내 만점에 가까운 내신성적을 받아야 한다. 그런데 일반 과목으로 A를 받는 것이 아니라 대학 수준(Advance Placement, AP: 대학선수과목)의 물리, 화학, 생물, 고급미적분학, 미국 역사, 통계학, 영어학, 영문학, 외국어(라틴어, 스페인어, 중국어, 불어) 같은 중요 과목을 듣고 전체 만점에 가까운 내신을 유지해야 한다. 이런 것을 코스리거(Course Rigor: 어려운 과목을 선택해서 듣는 학업능력)라 부르고, 아이비스쿨을 입학하는 데 필수조건이다. 우리 학교는 11학년부터 대학 과정의 수업을 선택할 수 있다. 일 년간 수업만 받고 끝나는 것이 아니라 미 전국적으로 실시하는 일 년에 한 번뿐인 AP시험(매년 5월, 3주간 시험을 치른다)을 치르게 된다. 이 시험에서 과목별로 4점 이상을 받게 되면 대학에 입학한 후에 학점을 인정받게 된다. AP 과목들은 대학 수준의 수업을 듣는 것이기 때문에 수업 난이도도 높고 과제도 많다. 최상위권 학생들은 한 학년에 4~5개의 AP 과목을 듣는데 거의 매일 밤을 세워 공부해야 좋은 학점을 받을 수 있다. 이런 어려운 과목을 듣고 전부 A를 받는다면 아이비리그 스쿨에 진학해 보려는 계획을 세우게 된다.

다음으로 중요한 것은 대학 입학용 표준시험이다. SAT나 ACT는 한국의 수능시험처럼 미국으로 대학을 지원하는 학생이 필수적으로 봐야 하는 시험이다. 9학년부터 12학년 대입원서 접수 전까지 언제든 봐도 되고 횟수의 제한도 없다. 하지만 대체로 11학년에 시험을 보는 경우가 많고, 4회 이내로 보는 것을 추천한다. 1600점 만점인 시험인데 213만 명이 시험을 치르면 1580점 이상의 만점이 나오는 경우가 3260명(0.15%)인 난이도의 시험이다. 아시안이 아이비리그 스쿨을 가기 위한 점수의 안정권은 1550점(응시자의 1%) 이상은 돼야 한다고 한다. 나의 경우는 엄마와 함께 배런스와 프린스턴 리뷰 책에 있는 연습문제를 풀고 1580점을 받았다. SAT를 준비하면서 학원을 다니거나 튜터를 하지는 않았지만 11학년에 AP Literature(A학점, AP 5점)와 AP Language(A학점, AP 4점)를 듣고 시험을 본 것이 큰 도움이 된 것 같다. 미국 고등학교에서는 AP Literature(미국문학)와 AP Language(언어학)를 11학년과 12학년에 듣는다. 대부분의 최상위권 학생들은 이 둘 중 한 가지 과목만 선택해서 듣고 졸업한다. 하지만 우리 학교는 AP English라는 이름으로 두 과목을 묶어서 11학년에 듣는다. 이렇게 최상위 난이도인 두 과목을 1년 동안 배우는 학교는 미국 전체에서 우리 학교가 유일하다고 알고 있다. 두 과목을 동시에 들으면 아카데믹이 강한 학생이라는 사실을 증명해 보일 수 있는 장점이 있다. 하지만 애초부터 거의 신청을 하지 않는 대표적인 과목이기도 하고, 심지어는 수업을 듣다가 학점을 망치게 될까 봐 드랍을 하기도 한다. 아비비리급의 학교에 진학하기 위해서는 반드시 들어야 하는 과목들이라고 알려져 있지만 대부분의 아시아계 학생들이 가장 회피하는 과목이기도 하다. 그럼에도 불구하고 나를 포함하여 세네 명의 아시안 학생들은 AP English 과목을 과감하게 선택하고 1년 동안 처절하게 공부했다. 읽어야 하는 책의 양이 많아서 거의 매일 밤을 세웠고, 수차례를 읽어야 겨우 이해가 되는 고문학을 해석하고 의견을 피력하면서 한계를 느끼기도 했었다. 하지만 더 이상의 영어 과목은 없을 정도로 최고난이도인 영어 수업을 성공적으로 마치고 나서 영어에 대한 이해도 깊어지고 작문실력도 많이 는 것 같다.

마지막으로 중요한 것은 학교 내의 활동과 학교 밖에서의 활동이다. 미국에서 탑 스쿨을 가기 위해서는 스쿨리소스(school resource)가 매우 중요하다. 예를 들어, 스쿨리소스란 학생회, 교내 잡지 편집장, 스포츠 캡틴, 학교 앰배서더, 클럽창립, 클럽회장 같은 학교 내 활동을 의미한다. 특히나 자신이 활동하던 영역에서 '회장, 캡틴, 창립자' 같은 리더십 포지션을 가지고 있어야 한다. 리더십 포지션은 단순히 우두머리가 되었다는 의미보다는 오랜 시간 동안 공을 들여 해 온 활동이 인정을 받았다는 것을 의미한다. 그래서 혼자서 하는 활동보다는 동료들과 함께하고 인정을 받을 수 있는 활동을 오랫동안 꾸준히 하는 것이 좋다. 개인적인 생각이기는 한데, 어느 학교나 고등학교 학생회장 출신들이 하버드, 유펜, 브라운 같은 아이비스쿨에 매년 합격하는 것을 보면 동료들이 인정해 주는 리더십 활동을 크게 평가한다는 사실을 알 수 있다. 그리고 학교 내에 클럽을 만들고 회장을 하고, 교내의 여러 행사에 참여하는 것도 중요하지만 학교 밖에서의 활동도 중요하다. 자원봉사, 리서치, 홈페이지운영, SNS활동, 환경운동, 가드닝, 사진 찍기, 악기 연주, 그림 그리기 등 오랫동안 열정을 가지고 한 활동들이 돋보이면 탑 스쿨을 갈 수 있는 조건을 갖추게 된다. 무엇보다도 미국 대학에서 중요시 여기는 덕목이 '자신이 속한 커뮤니티에 대한 기여도'다. 내가 훗날 미국 사회에 어떤 긍정적 기여를 할 수 있는지를 평가하기 때문에 리더의 자질과 봉사정신이 중요하다. 그래서 고등학교생활 동안 자원봉사를 많이 하는 것이 좋다. 단, 대학을 가기 위해 스펙을 쌓는 단발성의 봉사보다는 진심을 가지고 일관된 봉사를 해야 한다. 우리 학교 같은 탑 사립 고등학교 학생들의 대입 목표는 아이비리그 및 탑 20 스쿨에 진학하는 것이다. 하지만 아이비리그가 목표가 되기 전에 내가 무엇을 하면서 살게 될 때 진정한 가치가 있을 것인지를 먼저 생각하고 활동을 하고 스펙을 쌓아야 한다. 입학만을 위해 억지로 쌓은 스펙은 몇십 년간 입학사정관을 해 온 권위 있는 입시 전문가들의 눈에는 10초도 되기 않아 탈락하는 원서가 되기 쉽다고 한다.

2022년 7월 6일, 졸업사진을 찍고서

#57

대학 지원을 앞둔 12학년 나의 모습, 불합리한 거짓말에 분노하다

2022년 가을, 나는 대학 지원서를 쓰고 있다. 학교의 칼리지 카운슬러는 커먼앱(Common App: 미국 대학 지원용 공용앱)을 열기 전에 레쥬메를 제출하라고 했다. 레쥬메를 준비하면서 '내가 St. Mark's 에 7년간 다니면서 얻은 성과들은 무엇일까?'를 생각해 보았다. 그동안 한국계 선배들은 학교활동에 적극적으로 참여하고 리더십을 발휘는 경우가 거의 없었다. 나는 한국계 선배들의 선례를 통해서 학교 내 리더십을 갖는 것이 구조적으로 어렵다는 것을 알고 있었다. 학교의 학생들은 모두 자기가 제일 잘난 천상천하 유아독존의 인물들이었다. 자신들만이 오로지 리더의 자격이 있다고 생각하고 다른 아이들이 리더가 되는 기회를 허용하지 않았다. 그래서 나는 개인적인 클럽보다는 학교 행사, 학생회, 학교 대표 모임 등 학교의 모든 공식적인 활동에 적을 걸고 9학년부터 고등학교 졸업할 때까지 최선을 다해 열심히 활동했다. 아무래도 공식적으로 활동하면 나중에 리더십 자리에 지원할 때 정당화도 되고, 학생들과 선생님들의 잣대로 마음껏 판단하거나 무시를 할 수 없을 것이라고 생각했다. 고등학교 시절 동안 대부분의 점심시간을 반납하고, 때로는 밤늦게까지 학교를 지켰다.

나는 학교에서 Inclusion and Diversity Leadership Council 12학년 대표(학교 내 다양성을 위한 학생회: 11학년 대표, 12학년 대표, 학교 전체 코디네이터), Lion and Sword 12학년 대표(학교 앰베서더로 학교에 5년 이상 다닌 성적 우수자를 대상으로 품행을 고려하여 학교 교무회의를 통해 11학년에 선발함: 11학년, 12학년), International Week Committee 회장(국제 문화 교류를 위한 학교 대표 행사: 9학년, 10학년, 11학년, 12학년, 학교 전체 회장), 해부학클럽 회장, International Heritage and Culture Organization 회장, Ping Pong Club 회장(중국어 담당 마스터 티처가 선발하는 중국계 학생들의 사교클럽: 최초의 한국인 회장)을 맡고 있다. 그리고 Scientific Marksmen이라는 학교 과학잡지의 편집자(Managing Editor) 중 한명이다. 고등학교 내내 열심히 활동을 한 덕분에 학생들이 지지해 주지 않아도 선생님들과 학교 관계자들이 지지해 줘서 학교 내 중요한 리더십 포지션을 많이 맡게 되었다. 또한 오래전 펜싱 코치의 약속대로 St. Mark's 발시티 펜싱의 캡틴이 되었다. 12년간 해 온 바이올린으로 10, 11, 12학년에는 올스테이트에 합격하여 달라스 르네상스 호텔에 모여 텍사스 각지에서 모인 음악가 친구들과 연주회도 했다. 열심히 노력한 끝에 AP 과목도 어려운 것들로 채워 듣고 올 A를 받는 학생이 되었다.

여기까지 나열한 것들은 내가 St. Mark's에 7년간 다니면서 얻은 성과들이다. 자기 자랑을 하기 위해 구구절절 나열을 한 것이 아니라, 나같이 해외에서 애쓰고 있는 학생들에게 나름의 방법을 알려 주고 용기를 주고 싶어서 자세히 나열했다. 12년간 나라 간 이주도 많이 하고, 전학도 많이 하고, 힘들게 학교생활을 해 왔다. St. Mark's에 입학한 이후에는 단 하루도 편안한 날이 없을 정도로 학교생활이 고되고 힘들었다. 그래도 내가 St. Mark's에 다니면서 열심히 많은 것들을 추구했던 이유는 오직 한 가지다. 내가 졸업한 후에도 학교에 남아 있는 한국계 후배들에게 롤 모델이 되어 주고 싶었다. 나는 한국계 선배들이 없어서 외로운 학교생활을 했다. 알준이나 앤소니 같은 좋은 친구들도 있었지만 결정적인 순간이 되면 그들도 인도 학생 커뮤니티와 중국 학생 커뮤니티를 등에 업고 그들의 도움을 받았다. 선배들은 학교 내 클럽, 교내출판물, 학생회 활동을 하고 졸업을 하면서 같은 인종의 후배를 지목해서 회장 자리를 물려준다. 나같이 선배가 없으면 누구도 나를 지목해 주지 않기 때문에 학교 내 리더십을 갖기 위해서 홀로 고군분투를 해야 한다. 그래서 다른 아이들이 꺼리고 힘들어하는 학교 일도 솔선수범하고 오랫동안 꾸준히 해 왔다. 때로는 실패도 했지만 좌절하지 않으려고 노력하면서 계속 도전했다.

이런 나에게도 굉장히 분노를 했던 경험이 있다. 중학교 때부터 해 오던 잡지의 편집 일을 9학년이 돼서도 이어 가고 싶었다. 편집은 중학교 때부터 해 온 일이고 미국 전체에서 디자인 개인상 2등과 3등을 한 적도 있기에 남다른 열정이 있는 편이었다. 과학잡지에 기사도 많이 쓰고, CSPA(Columbia Scholars Press Association)에서 금상을 받기도 했다. 그런데 그 과정은 고통의 시간이었다. 아빠에게 부탁하여 중국에 있는 환경 전문가와 어렵게 인터뷰를 하고 기사를 써서 학교에 제출하고 나면 다른 백인 아이들의 이름까지 함께 올려져서 글이 실리고 그 아이들이 인터뷰를 한 것으로 둔갑했다. 때로는 중국인 친구가 함께 기사를 쓰기로 했는데, 그 친구는 자기 분량을 쓰지도 않고 중국 선배들을 등에 업고 응석이나 부리면서 모든 책임을 나에게 일임하고 늘 천하태평이었다. 심지어 마감 전날 홀로 고군부투하는 나에게 자신은 발레 공연에 간다면서 비아냥거리기도 했다. 마지막 순간까지 자기 몫은 다하지 않은 채 기사는 네가 알아서 쓰고 제출할 거면 하고 하기 싫으면 하지 말라는 식이었다. 결국 혼자서 몇 달간 애써서 쓴 절반의 기사만을 제출하고 선배에게 혼나고 대신 욕을 먹기도 했다. 잡지사의 선배들은 편집장을 포함하여 전부 중국계였고 대놓고 중국계 아이들만 싸고 돌았다. 10학년이 되자 부모님은 나를 이용하는 그들에게 화가 나셔서 잡지사 일을 그만두라고 했지만 지금껏 참고 해 온 오기 때문에 쉽게 그만둘 수 없었다.

고집스럽게 묵묵히 해 온 잡지사 일은 내가 11학년을 마칠 무렵에 큰 문제가 생겼었다. 편집장이었던 중국 선배들은 명문 대학을 조기전형으로 붙고, 잡지의 편집과 출판 등의 모든 일에서 갑자기 손을 떼었다. 학교 역사상 처음으로 과학잡지가 발행되지 못할 것이라고 말했다. 그 순간 나는 '그럼 나는 3년 동안 무엇을 위해 고군분투한 것인가?'라는 생각이 들었다. 그래서 편집장 선배를 찾아가서 잡지를 내야 후배들도 계속 명맥을 유지한다고 말하고 책임감 있게 일해 줄 것을 요구했다. 동시에 편집장으로서 전교 학생들에게 과학 관련 기사 제출을 요청하는 내용의 이메일을 보내 달라는 부탁도 했었다. 그랬더니 편집장 중 한 명인 제레미(MIT에 진학함)가 나에게 너를 앞으로 편집장(Editor-in-Chief)을 시켜 줄 테니까 기사를 모아 오라고 했다. 그래서 나는 앤소니, 닐과 함께 고등학교 후배들, U.T. Dallas(텍사스주립대 달라스 캠퍼스) 컴퓨터 사이언스 교수, 학교 간호사, 팬데믹 현상을 분석하는 과학자들을 찾아가서 인터뷰하고, 글 쓰고, 사진 찍고 하면서 한 달간 밤늦은 시간까지 학교에 남아서 온갖 고생을 다해 가며 기사를 모았다. 기사가 충분하게 준비되었기에 제레미에게 가져다주었다. 그랬더니 잡지 출판을 위해서는 학교의 고유 양식(InDesign이라는 프로그램)으로 기사들을 디자인을 해야 하는데 본인은 할 줄을 모른다고 출판을 포기한다고 했다. 그러면서 디자인 툴을 쓸 줄 아는 학생이나 선생님을 찾아오면 출판이 가능하니 나에게 찾아오라는 은근의 압력을 줬다. 학교 선생님들 중 디자인을 하는 분들께 직접 찾아가서 부탁을 했지만 이어북(Yearbook)과 학교 메인 저널리즘 매거진을 디자인하는 일들이 마감에 걸려서 도와줄 수 없다고 했다. 어쩔 수 없이 다른 잡지부에 있는 친한 친구 두 명을 며칠 동안 따라다니면서 잡지 디자인을 부탁했다. 그 친구들과 새벽 2~3시까지 학교에 남아서 강행군을 한 덕분에 잡지 디자인을 마칠 수 있었다. 인쇄 마감 당일이 돼서야 인쇄소로 겨우 보낸 과학잡지는 결국 무사히 출판되어 전교생에게 배포되었다.

하지만 잡지출판이 끝나고 나서 일주일 후에 고등학교 내내 잡지클럽에 모습도 보이지 않던 중국계 아이 두 명이 편집장이 되었다는 소식을 들었다. 결국 일을 제일 열심히 했던 나와 앤소니는 팽을 당했다. 후배에게 편집장을 물려주는 권한은 모두 제레미에게 있었기에 착실한 우리 둘을 감언이설로 속이면서 일만 쉽게 시켜 먹고 결국은 다른 중국 아이 두 명에게 편집장 자리를 물려준 것이다. 나는 3년 동안 얼굴도 보이지 않았던 그 두 아이에게 편집장을 맡긴 제레미의 저의가 궁금했다. 아마도 아이비스쿨들이 학교 편집장 출신들을 좋아하는 것은 공공연한 상식이기에 스펙이 부족한 중국계 후배들을 밀어준 것 같다는 합리적 의심이 들었다. 나는 편집장이 되지 못해 분노했다기보다는 나에게 거짓말을 하고 3년간의 나의 노력을 배신했다는 사실 때문에 화가 났다. 제레미는 나에게 아무런 설명이나 양해 없이 졸업을 했다.

이 일은 내가 학교에 입학한 이후로 엄마가 가장 분노한 사건 중 하나다. 학교의 엄마들 대부분(특히 백인 엄마들)은 비싼 학비를 내고 다니기에 생각하지도 못하는 갑질을 학교에 하는 경우가 많았다. 하지만 엄마는 동양계 부모가 그렇게 하면 결과가 안 좋다는 것을 주변 친구들을 지켜보면서 알았기에 자제하고 참아 왔었다. 불편하고 슬프고 억울한 일은 많았지만 학교 선생님들을 찾아가는 것은 생각해 본 적도 없었다. 학교 내에서 약자인 나에게 피해가 갈까 봐 불만이 있어도 속으로 삼켰다. 하지만 엄마는 이번 사건은 도저히 참을 수 없다면서 학교에 고발을 하셨다. 담당 선생님에게 중국 아이들의 나쁜 관행을 낱낱이 밝히고, 어린 나이부터 공정한 기회를 생각하지 않고 자기 식구 감싸기에 급급한 저급한 리더십이 문제가 있음을 지적했다. 그리고 내가 애써서 노력한 활동들을 상세하게 적고, 편집장의 기회를 줄 것을 강력히 요구했다. 그 이메일은 학교 최고 높은 자리의 사람들에게까지 전달이 되었고, 부모님을 이해시키려는 듯한 답변이 왔다. 이메일의 내용은 '이번 일은 아이들의 일이라서 선생님이 관여할 부분이 아니다. 우리 학교는 다양성을 인정하고 일말의 차별이나 특정 커뮤니티에 대한 옹호는 없다.'는 말도 안 되는 회피성 답변을 받았다. 그렇지만 졸업 직전에 제레미가 선생님에게 불려가서 많이 혼났다고 하면서 나에게 전화를 했고, 내가 선생님께 투고를 했는지 물어봤었던 것을 보면 정당하지 못한 행동을 했던 것은 사실이었던 것 같다. 제레미는 MIT를 가서 세계를 위한 일을 한다니 참으로 기막힌 일이다. 권모술수로 가득한 아이들은 명문 대학이라는 안전한 우산 아래 살다가 대학을 졸업하면 전 세계 인류를 위한다면서 온갖 멋있는 척을 할 것이다. 엄마는 내가 편집장이 되라고 학교에 불만을 토로한 것이 아니라 불이익을 당했을 때는 항변도 할 줄 아는 모습을 보이고 싶으셨다고 한다. 나는 힘겹게 리더십을 가지게 되었지만 우리 한국계 후배들은 나보다는 편안하게 공정한 기회를 가졌으면 좋겠다. 한편으로는 나도 리더십 포지션은 무조건 한국계 후배들에게만 물려주는 저급한 리더십을 가진 선배가 되도 상관이 없다는 생각이 들기도 한다. 학교를 졸업하면서 극소수인 우리들을 위해 무언가를 해 주고 싶다.

2022년 9월 25일, 시니어셔츠를 입고 학교에서

#58

다양성을 중요하게 생각하는 학교로 변신 중

St. Mark's에서의 시간은 다양성을 중요시하는 사립학교의 설립 취지나 학교 운영 철학에 부합하는 활동이나 상황이 많지는 않았다. 하지만 다양성을 인정해야 한다는 의견에 불을 지피는 중요한 계기가 몇 번 있었다. 2019년에는 달라스를 강타한 역사적인 토네이도로 100년 된 학교의 중요 건물들과 체육관이 처참하게 부서지고, 학교 주변에 있는 친구들의 집과 간식을 사 먹던 대형 수퍼체인이 바람과 함께 사라졌다. 게다가 2020년에 시작된 팬데믹은 2022년인 지금까지도 지속되고 있다. 팬데믹이 한참 극성이던 시기에는 'Black lives matter'라는 캠페인과 함께 인종차별을 반대하는 전국적인 시위와 함께 폭동도 일어났었다. 힘든 일들이 속수무책으로 계속 발생하자 학교는 커뮤니티의 결속을 강화하고 어려움을 함께 극복해야 한다는 생각을 하게 되었다. 커뮤니티의 결속을 강화하기 위해서는 다양한 인종과 문화를 인정하고 이해하려는 노력이 우선되어야 한다. 그래서인지 2021년에 학교 역사상 처음으로 'Inclusion and Diversity Leadership Council(IDLC: 인종의 다양성을 인정하고 소수인종의 권리를 보호하기 위한 학생회)'이 생겼다. 나같은 소수인종 학생들이 학교의 공식적인 채널을 통해 목소리를 낼 수 있게 된 것이었다.

10학년을 마치고 11학년을 올라가는 여름방학에 IDLC의 학년 대표를 선발한다는 이메일이 왔다. 그렇지 않아도 학교 내에서 인종적 다양성이 점점 강화되고 있는 상황이라 졸업하기 전에 내가 할 수 있는 일이 있을 것이라고 생각하고 있었는데 너무 반가운 소식이었다. 학생회의 학년 대표가 되려면 지원서를 작성하고 학교의 심사과정을 거쳐야 했다. 지원서에는 '학교 내 다양성이 왜 중요한지 개인의 경험에 기반하여 설명하라.'는 500자 에세이가 포함되어 있었다. 그래서 내가 지금까지 겪어 온 국제적인 경험과 배경에 대한 간략한 소개와 함께 내가 학년 대표로서 할 수 있는 역할에 대해서 에세이를 쓰고 지원서를 제출했다. 여름방학이 끝날 무렵에 내가 11학년 대표가 되었다는 소식을 전해 들었다. 앞으로 IDLC 활동을 하면서 어떤 의견을 제시해야 학교 내 소수인종 학생들에게 도움이 될 수 있을지 고민이 되었다. 고민을 거듭한 끝에 나는 한국계 학생으로서 소수의 한국계 학생들의 권리를 대변하고 졸업해야 되겠다는 결정을 내리게 되었다. 국제적인 배경을 갖고 '다양성'이라는 시선으로 학교를 바라보니까 학교 내에도 다양한 인종과 문화가 공존하고 있음을 알았다. 하지만 대다수의 학생들이 백인이고, 그들은 미국 사회의 주류라는 생각을 하기 때문에 학교 내의 다양성에 큰 관심이 없었다. 학교 친구들은 처음에 나를 상당히 이질적인 시선으로 보고 대화를 하려고 하지 않았다. 때로는 중국에서 왔고 한국인이라는 사실 때문에 이유 없이 무시하기도 했다. 그렇다고 내가 한국계 동양 학생이라는 사실이 변할 수는 없다. 결국 나는 한국인으로서의 정체성을 강하게 지키면서 '다양성이 있는 사회의 일원 중 한 명'이라는 생각을 해야겠다는 다짐을 했다.

내가 한국계 학생들의 권리를 대변해야 하는 또 다른 이유가 있다. 사실대로 고백하면 우리 학년의 한국계 친구들은 지난 7년간 서로 말을 섞어 본 적이 거의 없다. 학교 내 한국계 친구들은 한국어도 할 줄 모르고 백인 친구들과만 어울린다. 중국계나 인도계 친구들과 어울리는 것은 창피하다고 생각하는 경우도 있다. 나는 NCT 127, 레드벨벳, 블랙핑크, 트와이스와 같은 K-pop 아이돌의 월드투어가 달라스에 오면 무조건 달려가서 본다. 그때 나와 함께하는 친구들은 한국계 친구들이 아니라 중국계와 백인 친구들이다. 그 친구들은 콘서트 내내 전곡을 한국어로 따라 부르면서 떼창을 한다. 한국인인 나에게도 어려운 한국어 가사를 전부 외우고 따라 부르면서 공연을 지켜보고 행복해한다는 사실에 놀라기도 하고 감동을 받기도 한다. 그런데 정작 학교에 있는 한국계 친구들과 한국 문화에 대해 대화를 나누어 본 적이 별로 없다. 그 친구들은 학교 내 국제적인 행사나 리더십 자리에서도 모습을 보이지 않는다. 그럼에도 불구하고 그 친구들은 학교 어드바이저 미팅에 잡채와 불고기를 가지고 오고, 점심시간에는 고추장같이 매운 스리라차 칠리소스에 밥에 비벼서 먹으면서 매운맛을 좋아한다고 말한다. 운동 가기 전에 바쁜 날은 한인타운의 순댓국집에서 저녁을 사 먹는다는 것도 알고 있다. 그 친구들은 내가 한국말도 잘하고 너무 한국적인 정서를 많이 가지고 있어서 나에게 이질감이 느껴졌을 것이다. 하지만 한국어를 잘하고 한국 드라마를 본다고 해서 미국 사회에 부적응을 했다고 생각하면 안 된다. 누군가는 한국계 학생들이 학교에 있다는 사실을 알리고 자신 있게 생활하자고 말할 필요가 있다. 내가 조금이나마 역할을 하고 졸업한 후에는 한인 학생들이 서로 많은 공감대를 나누었으면 좋겠다.

책을 마무리하는 2022년 가을에는 IDLC의 12학년 대표가 되었고, 학교 전체 IDLC Coordinator가 되었다. 나는 학교에서 주로 '국제적'인 특징을 갖는 활동에 리더십을 갖고 있다. 고등학교 시절 내내 4년간 몸을 담고 활동하던 학교의 국제 문화 행사인 International Week Committee의 학교 전체 회장이고, 2021년부터 International Culture & Heritage Organization이라는 클럽을 만들어 학교의 승인을 받고 회장을 맡아서 국제적인 배경의 학생들에 대한 인식을 높이려는 노력을 하고 있다. 그리고 재미있게도 중국계 졸업생들에게만 허용되던 Ping Pong Club의 회장으로도 선출되었다. 졸업을 몇 달 앞두고 뒤돌아보니 국제적인 배경을 가진 나의 이야기와 꾸준한 활동이 인정을 받고 결실을 맺은 것이라는 생각이 들었다. 비록 여기저기 떠돌며 학창생활을 했지만 나만의 독특한 필살기가 된 셈이다. IDLC의 활동을 하는 친구들은 모두 부모님의 나라에 대한 자부심과 긍지가 있다. 다양성을 이해하기 위해서는 국적, 인종, 학력, 문화 등과 같은 다양한 요소에 관심을 갖고 서로를 인정해야 하기 때문에 오랜 시간이 걸린다. 지금 학년 대표들은 매주 수요일에 만나서 두세 시간씩 학교의 중요 부서들과 의견을 나눈다. 아직은 시작단계라서 많은 성과를 기대하기는 힘들지만 앞으로 시간이 지나면 학교 내의 다양성은 중요하게 자리매김을 할 것이다. IDLC 를 계기로 백인 위주의 학교였던 우리 학교도 다양성을 이해하기 위한 시초석을 마련했다는 생각이 든다.

#59

한국계 선배들 이야기

책을 거의 마무리하는 시점에 뉴저지 친구들의 대학 합격 소식이 들렸다. 나는 뉴저지에서 중국 상해로 이주하여 학교를 다니다가 다시 미국으로 오는 바람에 학제의 차이가 생겨서 그 친구들보다 학교생활이 1년이 늦었다. 뉴저지에서 제일 친했던 학교 삼총사가 있었는데 한 명은 예일을 가고, 두 명은 유펜을 가게 되었다. 미국 동부 최고 명문 8개 사립학교인 아이비 리그의 한 해 한인계 입학생은 300명이 조금 넘는다고 한다. 서울대 입학생이 몇 명인지 모르지만 전 세계 한인들 중 300명이 안 되는 학생들에게 아이비리그 합격의 기회가 주어지는 것이니까 입학하기가 하늘의 별 따기보다 어렵다고 볼 수 있다. 그런데 뉴저지 올드 테판의 조그만 초등학교 교실 안에서 아이비리그 입학생이 3명이나 나온 것이다. 그런데 그들은 어릴 때부터 정말 똑똑했고, 부모님의 서포트도 좋았기에 초등학교 졸업 후에 뉴욕의 최고 명문 보딩과 줄리어드 예비학교 등을 졸업하고 뉴욕이 주는 최고의 혜택을 누리면서 좋은 결과를 얻게 된 것이었다. 친구들이 자랑스러웠다. 나도 뉴욕이라는 화려한 도시에서 많은 기회를 보고 자랐다면 좋았겠다는 생각도 했다. 확실히 뉴욕이 주는 지역적 혜택이 큰 것도 무시하지는 못할 것 같다.

지역적 혜택과는 상관없이 나와 한국계 선배들은 한국에는 알려지지 않은 달라스의 작은 명문 사립학교에서 매일 고군분투하는 생활을 하고 있다. 뉴욕도 아니고 LA도 아닌 보수적인 남부의 남자 사립학교에 다니는 선택을 한 것은 여러 이유가 있을 것이다. 이민을 온 부모님보다는 조금 더 나은 삶을 사는 것, 교육의 기회를 통해 사회적인 공헌을 할 수 있는 영향력이 있는 한인교포가 되기 위해, 그리고 젊은 청년으로서의 꿈을 위해 여기에 있는 것이다. St. Mark's를 졸업하는 한국계 선배들은 극소수지만 매년 약속이나 한 듯이 아이비스쿨에 진학했다. 학교 내에 하버드대나 예일대 합격생이 한 명인 해에 그 합격생은 한인 학생이 차지했다. 그들의 학업성취나 과외활동을 보면 경이롭기까지 하다. 어떻게 저렇게 많은 것들을 잘해 내었을까?라는 생각이 들면서 자리가 사람을 만든다는 말이 떠오른다.

아시안들이 거의 선택하지 않는 미국 남부의 백인 남자 사립에서의 적응과 생활은 생각보다 힘들고 고난도 많다. 한국계 선배들의 학교생활을 보면 6~7년간 고속도로로 왕복 2시간 이상이 걸리는 학교를 다니면서 귀가 찢어질 때까지 운동(레슬링 등)을 하고, 처절하게 공부하고, 백인이 우세한 학교 내에서 소수 유색인종으로 힘든 편견을 견디고, 흔들리는 차 안에서 밥을 먹고, 잠자는 시간도 아끼고, 이보다 더 열심히 할 수 없었다는 말을 남기며 학교를 졸업했다. 결국은 좋은 교육의 기회를 발판으로 성공적인 결말을 맞이하게 되는 경우가 대부분이다. 학교를 졸업한 선배들이 달라스 사립학교에서 하는 스펙의 반만 해도 뉴욕에 있었으면 아이비스쿨은 쉽게 합격했을 것 같다는 농담을 하곤 한다. 남부라는 지역적

한계로 동부로 진출하는 데 어려움이 있는 것은 사실이다. 하지만 학교를 무사히 졸업한 것처럼 보였던 한국계 선배들은 졸업 이후에는 출신 학교를 지우고 기억조차 하고 싶어 하지 않는 경우가 많았다. 졸업생이 학교를 방문하는 날이 되면 누구도 다시 학교로 돌아오지 않았다. 그리고 주기적으로 열리는 동부 연합 아이비리그 모임에도 한인계 선배들의 모습은 찾아보기 힘들다. 학교생활이 어떠했는지 묻지 않아도 그들의 숨겨진 큰 상처가 느껴진다. 또한 극소수였기에 누가 누군지도 모르고 졸업을 해서 챙겨 줄 사람도 없다는 것이 큰 원인이 되는 것도 같다.

학교 내 중국계 학생회 모임과 인도계 학생회 모임은 조직도 크고 영향력도 막강하다. 거기다가 학부모의 모임도 강해서 대입과 관련된 정보, 동문활동, 학교생활의 애로사항을 취합하고 정기적인 모임을 하면서 필요한 경우는 학교에 시정을 요구하거나 강한 건의도 한다. 그리고 후배들을 위해 좋은 대학에 간 선배들의 커먼앱(Common App)을 공유하고, 좋은 기를 받으라면서 하버드 합격생이 입었던 교복도 양도하고, 다음 학기의 교재와 족보도 나눈다고 한다. 우리 한국계는 학생 모임이나 학부모의 모임이 없다. 그래서 혼자 생활하고 독자적으로 알아서 생존해야 했다. 내가 책을 내고 싶었던 가장 큰 이유 중 하나가 St. Mark's를 졸업한 한국계 선배들을 대신해서 학교를 알리고 그들의 숨은 노력을 알리고 싶었다. 〈죽은 시인의 사회〉의 실사판 학교에 다니는 한국계 학생들은 극소수지만 한인으로서 자긍심을 갖고 미국 사회에 뿌리를 잘 내리고 있다. 한인 선배들이 졸업한 후에 학교를 돌아보지는 않지만 졸업앨범에 남기는 어록에는 가수 아이유나 손흥민을 언급하고, 주말에 한인타운에서 초코파이를 사 먹는 것을 보면 뭉클할 때가 있다. 아무도 알아줄 것 같지는 않지만 조용하게 '나는 한국인이야.'를 외치고 싶었던 것은 아닐까? 내가 졸업하면서 남기는 작은 흔적이 달라스에 있는 명문 사립학교에 다니는 소수의 훌륭한 한국계 학생들을 기억할 수 있는 계기가 되었으면 좋겠다.

St. Mark's School of Texas를 기억하며-1

St. Mark's School of Texas를 기억하며-2

St. Mark's School of Texas를 기억하며-3

St. Mark's School of Texas를 기억하며-4

#60

죽은 시인의 사회, 그리고 나의 꿈

9학년 때 학교 영어 시간에 《죽은 시인의 사회》를 읽고 토론을 한 적이 있다. 〈죽은 시인의 사회〉는 1989년에 상영된 영화다. 톰 슐만(Tom Schulman)이 각본을 쓰고, 피터 와이어(Peter Weier)가 감독을 맡아 제작한 영화인데 상영 당시에 큰 화제가 되었던 것으로 안다. 엄마는 고등학교 때 이 영화를 여러 차례 봤었고 책도 사서 읽으셨다고 한다. 미국 사립학교에 대한 동경, 아름다운 캠퍼스, 그리고 남자 주인공들의 외모에 빠져서 한동안 헤어나오지 못했다는 말을 하셨다. 하지만 나는 첫 장면부터 살짝 지루했다. 어제도 오늘도 현실에 있는 일인데 영화로까지 보는 지루함을 두 시간이 넘게 견뎌야 해서였고, 그들의 숨막히는 학교생활이 너무 이해가 되어 보기 싫기까지 했었다. 1989년의 〈죽은 시인의 사회〉 속에 등장하는 미국 최고 명문 남자 사립과 2022년의 우리 학교는 너무 닮아 있다. 영화의 주인공들처럼 남학생으로만 구성된 학교에서 교복을 입고 다닌다. 그리고 영화에 등장하는 수업 장면들처럼 하크니스 테이블(Harkness Table: 필립스 아카데미의 하크니스가 고안한 수업의 방식으로 12명의 학생과 선생님이 원탁에 앉아 토론식 수업을 하는 것)에 앉아

수업을 하면서 자율토론을 한다. 매주 채플이 있어서 교회 종탑이 울리면 학교 내 교회에서 기도를 하고, 원정경기나 중요 이벤트가 있으면 학교 목사님이 따라와서 안전을 기원하는 기도를 해 준다. 그리고 아이들을 위해 헌신하고 인격이 훌륭한 키팅 선생님 같은 분도 있다. 학교를 7년 정도 다니다 보니까 학교생활이 보수적이고 편한 분위기는 아닌데 그럼에도 전체적으로는 학생들에게 공정했다는 생각이 든다. 학교는 아시안 아이들에게 상을 주거나 눈에 띄게 챙겨 주지는 않지만, 그렇다고 학점을 일부러 안 주거나 깎아내리지도 않았다. 졸업할 때 보면 아시안 학생들의 대부분이 아이비리그를 갔고, 최우수졸업(Cum Laude: 쿰 라우데)을 했다. 교과 선생님들은 수업 중 이해가 가지 않는 내용이 있으면 따로 시간을 내어 개인지도를 해 주고, 학점이 0.1~0.3점 차이로 A가 안 될 것 같은데 성실하게 어필을 하면 A로 올려 주시기도 했다. 이제 몇 달 후면 학교를 졸업한다. 그리고 2022년 가을인 지금 나는 대학을 지원하기 위해 열심히 에세이를 쓰고 있다. 영화 〈죽은 시인의 사회〉의 실사판인 학교를 졸업하면서 나는 과연 무슨 꿈을 꾸고 있을까?

나는 중국에서 어린 시절의 상당 부분을 보냈다. 황사나 대기오염이 너무 심해서 숨을 쉬기 힘들었고, 등교 전에는 항상 공기오염지수를 확인하고 학교에 갔다. 중국 정부는 매일 맹독성 오염(hazardous)이라는 대기오염 지표를 발표하고 되도록 외출을 하지 말 것을 권유했다. 그런데 어느 수준 이상의 오염수치는 발표되지 않도록 정부에서 통제하고 있다는 사실이 공공연한 비밀이었고, 실제로는 오염도가 훨씬 심각했었다고 한다. 어린 나이의 내가 밖에서 마음껏 뛰어놀 수 없다는 사실은 비극이었다. 그런 이유로 미국에 오게 되었고 지금 내가 생활하는 St. Mark's에 몸을 담게 되었다. 유년 시절의 대부분을 중국에서 보낸 배경 때문에 나는 중국에 대한 연민과 관심이 많다. 팬데믹이 시작하자 코로나 바이러스의 원인을 중국산 박쥐에서 원인을 찾기도 하고, 사천의 한 연구소에서 코로나가 시작되었다는 루머도 퍼졌다. 하지만 루머에 머무르는 일차적 관심보다는 비교적 정확한 분석을 하기 위해 미국 질병통제연구소(CDC)는 많은 연구 보고서를 내고 있고, 미국 유명 대학의 공중보건학 연구센터들도 팬데믹 해결을 위한 방법을 찾고 있다. 나는 중국이 유해한 바이러스의 온상이고 환경보호에 관심이 없다는 루머를 믿지도 않고 그렇다고 미국의 연구가 선도적이며 무조건 정답이라는 생각도 하지 않는다. 유년 시절에 중국에 살면서 환경과 건강문제는 밀접한 연관이 있음을 몸소 체험했고, 미국에서 청소년기를 보내면서 환경 문제를 좀 더 객관적으로 바라볼 수 있는 시선을 키울 수 있었다. 팬데믹을 거치면서 질병역학연구나 환경의 문제는 글로벌한 관심과 국가 간의 협조가 필요한 영역이라는 생각을 많이 했다. 나는 국제적인 배경을 갖춘 학생으로서 환경 문제에 대한 대안과 건강한 삶을 살기 위한 방법을 찾는 학문을 연구하고 글로벌 공중보건에 중요한 역할을 하는 사람이 되고 싶다.

어릴 때 남자아이들의 소원은 슈퍼히어로들 중 하나가 되고 싶은 경우가 많다. 나도 슈퍼맨 인형을 배에 묶고 함께 다니고, 밥도 먹여 주고, 뽀뽀도 하고, 슈퍼카라고 생각했던 작은 플라스틱 차 뒤에 히어로를 태우고 다니면서 마치 나도 영웅이 된 양 으스대던 시절이 있었다. 지금 내가 슈퍼맨이 되고 싶다고 하면 비웃음을 살 것이다. 그런데 슈퍼맨의 핵심은 보이지 않는 곳에서 약자를 돕는다는 것이다. 12학년이 되는 여름에 나는 푸드뱅크(North Texas Food Bank)에서 일을 했었다. 45도에 육박하는 텍사스의 뜨거운 태양아래서 100kg이 넘는 감자백을 어깨에 메고 푸드뱅크에 음식을 얻으러 온 가족들의 차에 수도 없이 감자백을 실어 주었다. 탈진할 정도로 힘들지만 4시간의 자원봉사를 마치고 나면 다음에 다시 하고 싶은 생각과 함께 내심 뿌듯했다. 우리는 풍요의 시대에 살지만 아직도 많은 청소년들은 배고픔을 경험하고 교육의 불균등을 경험한다. 그래서 식량불안정(FI: Food Insecurity)이 있음을 인지하고, 대안을 찾아보려는 노력이 필요하다. 내가 고등학교 시절 내내 관심을 갖고 리서치를 했던 환경과 식량불안정에 관련된 이슈들은 대중매체(SNS, Instagram, Tic Toc 등)를 이용하여 대중의 관심을 유도해 내는 것이 중요하다고 알고 있다. 많은 청소년들이 환경과 배고픔의 문제에 관심을 갖고 발전된 미래를 생각하는 슈퍼맨이 되면 좋겠다는 생각을 한다.

지금까지의 나의 이야기가 국제학교나 외국에서 공부하고 있는 청소년들에게 좋은 경험서가 되기를 바라고, 한국에 있는 청소년기의 친구들에게는 색다른 경험을 선사했기를 바란다. 학창 시절의 종착점은 대학 입시가 결코 아님은 명백하다. 공부를 잘하고 많은 활동을 한 것이 성공의 잣대도 아니다. 하지만 글로벌 마인드로 넓은 시각을 가진 사례들을 접하면서 큰 꿈을 꾸는 데 도움이 되었으면 좋겠다는 바람이 든다. 나는 2022년 여름에 반기문 재단이 처음으로 실시한 탄소배출 제로(Net Zero 2050)에 관한 영어 에세이 대회에서 금상을 받았다. 한국에서 열린 시상식에 참석한 날, 반기문 전 유엔사무총장이 들려주셨던 이야기가 감명 깊었다. 시상식이 열린 날은 반기문 전 유엔사무총장이 40여 년 전 충주고등학교 학생 신분으로 영어웅변대회에 나가서 금상을 타고 미국 백악관에 초대를 받아 John F. Kennedy 대통령을 만나게 되었던 날과 같은 날이라고 했다.

2022년 8월 3일, 반기문 UN (전)사무총장과 함께

또한 이 일은 반기문 전 유엔사무총장이 평생 외교관으로 헌신하게 된 결정적인 계기가 되었다고 한다. 평생을 바칠 수 있는 꿈을 갖게 해 준 중요한 날이 본인에게 있었듯이, 이날의 시상식이 우리와 같은 청소년들에게 또다시 큰 꿈을 가질 수 있는 계기가 되었으면 좋겠다고 하셨다. 나도 40년 후에는 반기문 전 유엔사무총장처럼 넓은 세계에서 중요한 역할을 하는 사람으로 성장하여 또다시 청소년들에게 귀감이 되는 역할을 할 수 있다면 좋겠다. 그리고 지금 이 순간에도 부모님을 따라 글로벌 지구촌 곳곳에 거주하며, 열심히 공부하고 때로는 적지 않은 어려움을 겪고 있을 많은 한인 청소년들에게 멋진 미래가 함께하기를 진심으로 응원한다.

전세계
어디에 있어도 괜찮아

초판 1쇄 발행 2022년 12월 23일

지은이 송현준 · 김수진
펴낸이 이기봉
편집 좋은땅 편집팀
펴낸곳 도서출판 좋은땅
주소 서울특별시 마포구 양화로12길 26 지월드빌딩 (서교동 395-7)
전화 02)374-8616~7
팩스 02)374-8614
이메일 gworldbook@naver.com
홈페이지 www.g-world.co.kr

ISBN 979-11-388-1538-3 (03810)